DUMONT

Von Deutschland nach Italien, von Ostfriesland ins Piemont, von einer traditionsreichen, wundervollen und unterschätzten Region zur anderen. Turin liegt abseits der üblichen Pilgerrouten, in der Peripherie der kulturellen Wahrnehmung – der ideale Ort für Jan Brandt. Nur ein einziges Wochenende verbringt er auf der Turiner Buchmesse, im Gepäck ›Contro il mondo‹, die italienische Übersetzung seines Romans ›Gegen die Welt‹. Und in diesen drei Tagen erlebt er mehr als sonst in drei Wochen. In ›Tod in Turin‹ erzählt er die Geschichte eines Schriftstellers, der von Deutschland, vom Vorlesen, vom Nichtschreiben, von sich selbst genug hat und nach Italien reist, um sich neu zu erfinden – oder für immer zu verschwinden.

JAN BRANDT

TOD IN TURIN

**Eine italienische Reise
ohne Wiederkehr**

**Mit Zeichnungen von
Tom Smith**

DUMONT

Juni 2016
DuMont Buchverlag, Köln
Alle Rechte vorbehalten
© 2015 DuMont Buchverlag, Köln
Coverdesign: Nurten Zeren, zerendesign.com
Gesetzt aus der Haarlemmer und der DIN
Druck und Verarbeitung: CPI books GmbH, Leck
Gedruckt auf säurefreiem und chlorfrei gebleichtem Papier
Printed in Germany
ISBN 978-3-8321-6364-8

www.dumont-buchverlag.de

Aus persönlichkeitsrechtlichen Gründen sind einige Namen und einige biografische Angaben geschwärzt oder verändert worden. Die Chronologie der im Buch geschilderten Ereignisse stimmt nicht mit dem tatsächlichen Ablauf des Geschehens überein. Manche Details lassen sich trotz intensiver Recherche nicht überprüfen. Einige sagen, dass sie das, was sie hier sagen, so nie gesagt haben – so höflich, nett und auskunftsfreudig. Andere finden, Jan Brandt habe sie insgesamt viel zu positiv dargestellt, in Wirklichkeit seien sie ganz anders, härter, böser, dämonischer. Daher möchte ich empfehlen, diese Reisereportage als Erzählung anzusehen, eine Fiktion voller Fakten.

Martin Kordić, Lektor, Köln im Frühjahr 2015

TOD IN TURIN

Für D.

Materialband I

Ich bin im Himmel gewesen. Ich habe die Alpen von oben gesehen, die schneebedeckten Gipfel. Ich bin in Deutschland gestartet und in einer anderen Welt gelandet. In Turin habe ich in drei Tagen mehr erlebt als in Berlin in drei Wochen. Ich bin auf einem Dach zweimal zehn Kilometer im Kreis gelaufen. Ich habe in einer Autofabrik geschlafen, mit Fremden über Politik gesprochen, als würde ich den ganzen Tag nichts anderes machen, und ich habe Witze erzählt, die niemand verstanden hat. Stundenlang bin ich unter Arkaden entlanggewandert. Ich habe einen halben Nachmittag im Supermarkt verbracht, obwohl ich nur einen Apfel kaufen wollte. Ich bin mit einem Clown durch die Stadt spaziert, bis mir klar wurde, dass er nicht mich, sondern sich selbst zum Lachen bringen will. Ich habe Tintenfische aus dem Glas gegessen und unter einem Urzeitwal getanzt. Ich habe einen Mann geküsst und auf den Po geblickt. Ich habe Mephisto getroffen – er hat einen Rückenwirbel und einen Zahn zu wenig, aber ein paar Haare zu viel. Ich bin meinem Alter Ego begegnet und muss mir selbst eingestehen: Ich bin nicht ich. Ich habe mich auf eine Pilgerreise begeben und mein Ziel ein Jahr zu früh erreicht. Ich habe überm Abgrund geschwebt und den entscheidenden Schritt nach vorn dann doch nicht gewagt. Ich habe unverschämt leicht bekleidete junge Frauen gesehen, aber nur im Fernsehen. Ich habe Nackte fotografiert und einen Alarm ausgelöst. Ich weiß jetzt, was »unfickbar« bedeutet, und seither wünschte ich, ich wüsste es nicht. Ich habe lebensverändernde Gespräche geführt und eine Menge sehr schöner und sehr elegant gekleideter Menschen kennengelernt. Ich habe, wenn auch nur kurz, vor Glück geweint. Und jetzt, da ich wieder zurück bin, erscheint mir alles, was ich in Turin erlebt habe, wie der Traum eines anderen.

Erster Teil

1

Im August 2011 erschien bei DuMont mein BRD-Untergangs-roman *Gegen den Wind*. Weil das Buch auf der Shortlist für den Deutschen Buchpreis stand, war ich ständig unterwegs. In Prag, wo ich am Abend zuvor im Goethe-Institut gelesen hat-te, erreichte mich beim Frühstück eine Nachricht von der Frau, die bei DuMont für Rechte und Lizenzen zuständig ist. Sie schrieb mir, dass der italienische Verlag Bompiani ein Angebot für mein Buch gemacht habe, das sie nicht ablehnen könne. Ita-lienische Weltrechte für zehn Jahre, spätester Erscheinungster-min: vierundzwanzig Monate nach Vertragsabschluss. Es sei wichtig, noch vor der Buchmesse eine erste Lizenz zu verkau-fen, das animiere Verlage aus anderen Sprachräumen, ebenfalls zuzugreifen.[1] Ich sagte unter der Bedingung zu, dass alle typo-grafischen Besonderheiten übernommen werden, und dach-te: Jetzt geht's los, jetzt werde ich mit *Gegen den Witz* um die Welt reisen. Übersetzungen in dreißig Sprachen, Filmrechte, Fernsehserie, Actionfiguren, ein Haus am See, am Meer, in der Stadt. Kleinbürgerträume: Nichts kann mich mehr aufhalten.

Das war die Zeit des permanenten Ausnahmezustandes. Mit einem Fernsehteam der Deutschen Welle fuhr ich von Ber-lin nach Ihrhove und posierte vor einem Maisfeld. Der NDR drückte mir ein Dorfschild mit dem Namen des fiktiven Ortes Jericho in die Hand und ließ mich damit vor der Kamera auf und ab gehen. In der Fußgängerzone in Leer sprach mich ein Mädchen namens Anastasia an und bat um ein Autogramm. Ich unterschrieb wie ein Popstar: im Vorbeigehen auf ihrer Federmappe. Überall, wo ich hinkam, war vor mir schon ein

---

[1] Was nicht der Fall war.

roter Teppich ausgerollt. Leute, die ich nicht kannte, grüßten mich, als wären wir seit Langem befreundet. Meine Eltern waren stolz auf mich, weil sie mein Buch nicht gelesen hatten. Die *Spiegel*-Schlussredaktion rief mich an und fragte, wie alt ich sei. Mein Roman stieg auf Platz fünfunddreißig der Bestsellerliste ein. Alle paar Wochen informierte mich der Verleger, dass *Gegen die Wand* nachgedruckt werden müsse: »Die Maschine brummt. Wenn du den Buchpreis gewinnst, stellen wir um auf Erfolgsausgabe.«

Die Auszeichnung, auf der Shortlist zu stehen, einige zum Teil begeisterte Kritiken in überregionalen Zeitungen und Zeitschriften und das unermüdliche Werben der Verlagsvertreter bewirkten, dass Veranstalter das Wagnis auf sich nahmen, mich einzuladen. Und ich machte den Debütantenfehler: Ich sagte alles zu.

Bald hatte ich sechzig Lesungen in acht Monaten auf meinem Plan stehen, von der tiefsten Provinz bis in die größte Metropole des Landes, von Koppelheck bis Köln, von Pinneberg bis Pullach, von Bottrop bis Berlin. Nur aus dem Osten kam nichts. Dort interessiert sich niemand für Westgeschichten, im Gegensatz zum Westen, wo sich alle, die etwas auf sich halten, für Ostgeschichten interessieren.

Im Wissen, dass ich nicht gewinnen würde, fuhr ich zur Buchpreisverleihung nach Frankfurt am Main, zog einen schwarzen Anzug an und betrat völlig entspannt den Römer. Der kaufmännische Geschäftsführer von DuMont begrüßte mich mit Euro-Zeichen in den Augen. Die Leiterin der Presseabteilung drückte mir eine Liste mit den Terminen des Buchpreis-Gewinners in die Hand. Mein Verleger flüsterte mir euphorisch ins Ohr: »So weit bin ich noch nie gekommen.«

Einen Moment lang glaubte ich selbst, dass alles anders kommen könnte als gedacht. Ich sah mein Foto im Fernsehen und meine Eltern im Wohnzimmer vor dem Bildschirm sitzen; ich hörte meinen Vater den Namen meiner Mutter brüllen und meine Mutter »Ach« sagen – was sie auch immer sagte, wenn sie die letzten Seiten der *Ostfriesen-Zeitung* aufschlug, die Seiten mit den Todesanzeigen. Womöglich würde sie aber auch, wie schon einmal, einfach nur den Fernseher mit meinem Foto fotografieren.

Ich dachte an die Theater in Deutschland, die ihre Spielpläne ändern müssten, um *Gegen die Epik* aufzuführen. Ich spürte das Vibrieren meines Handys in der Hosentasche, das Phantomklingeln, ein anonymer Anrufer, der sich, als ich auf *Annehmen* drückte, als J. J. Abrams vorstellte und sagte, er wolle meinen Roman als Serie verfilmen. Ich überlegte mir eine Reiseroute für meine Welttournee. Mein Ruhepuls erhöhte sich von fünfundvierzig auf fünfzig Schläge pro Minute.

Für den Fall, dass meine Konkurrenten nicht erscheinen würden und ich eine Rede halten müsste, hatte ich meine verspiegelte Sonnenbrille eingesteckt; in der Tasche meines Jacketts fand ich einen Zettel, den ich jahrelang mit mir herumgeschleppt hatte und den ich jetzt, sollte ich vom ehemaligen DuMont-Verleger[2] und jetzigen Vorsteher des Börsenvereins nach vorne gebeten werden, vorlesen wollte: »Ich möchte heute nicht über mein Buch sprechen.«

Wie erwartet wurde Eugen Ruge für seinen DDR-Untergangsroman *In Zeiten des abnehmenden Lichts* ausgezeichnet. Der kaufmännische Geschäftsführer von DuMont war schnell

---

2 Gottfried Honnefelder war von 1997 bis 2006 Geschäftsführer des DuMont Buchverlages, danach, von 2006 bis 2013, Leiter des Verlages Berlin University Press und Vorsteher des Börsenvereins des Deutschen Buchhandels.

verschwunden. Die Leiterin der Presseabteilung nahm mir die Liste mit den Terminen des Buchpreis-Gewinners aus der Hand. Mein Verleger brachte mir auf der After-Show-Party ein Bier nach dem anderen und flüsterte mir nach jedem Glas »So weit bin ich noch nie gekommen« ins Ohr; jedes Mal klang es weniger euphorisch. Der Literaturkritiker Denis Scheck reichte mir die Hand und sagte: »Ginge es in der Welt gerecht zu, hätten Sie den Preis gewonnen.«

Und ich sagte: »Ich weiß.«

Was ich nicht wusste, war, dass, als ich den Römer wieder verließ und an den Frankfurter Gerechtigkeitsbrunnen pinkelte, alles vorbei sein würde, der Hype, die Euphorie, das Gefühl, dass sich das, was ich geschrieben hatte, unkontrolliert verselbstständigt, auf wunderbare Weise ohne mein Zutun vervielfältigt.

Als meine Lesereise begann, hoffte ich, es würde so werden wie in Benjamin von Stuckrad-Barres Lesereisebuch *Livealbum*: trostlos und glamourös, voller trauriger und großartiger Momente, voller Sehnsucht und Enttäuschung, Groupies, Erbrechen und Koks. Aber es kam alles ganz anders.

In Buchholz und Worpswede, Norderney, Marburg, Augsburg, Frankfurt, Freiburg oder Karlsruhe bestand das Publikum meist aus älteren Damen und Herren zwischen fünfzig und siebzig – das Bildungsbürgertum. Überall hatte ich meine Death-Metal-Perücke[3], ein Kill-Mister-T-Shirt[4] und meinen Laptop dabei, für den Fall, dass ich Musik abspielen würde, Lieder, die in meinem Roman auftauchen, Songs von Napalm Death, Metallica oder Cannibal Corpse. Aber wo immer ich

---

3 Bei Amazon bestellt. Ein buntes Stirnband lag bei – falls ich irgendwann in die Verlegenheit kommen sollte, mich auch einmal als Indianer verkleiden zu müssen.

4 Kill Mister heißt die Heavy-Metal-Band in meinem Roman *Gegen die Stille*.

mich nach dem ersten Kapitel an meine Gäste wandte und sie entscheiden ließ, wie die Lesung von *Gegen den Wahn* weiter-gehen sollte – als Heavy-Metal-Roman oder Liebesroman –, entschied sich die Mehrheit für den Liebesroman. Immerhin waren daraufhin alle Büchertischexemplare verkauft, und ich hatte alle Hände voll zu tun, sie zu signieren. Während ich *»für Irmgard«* oder *»für Gerhard«* schrieb und meine Unterschrift daruntersetzte, versuchte ich, die drei Killerfragen[5] (»Was wollen Sie damit eigentlich sagen?«, »Wie autobiografisch ist der Roman?«, »Und? Arbeiten Sie schon an etwas Neuem?«) höflich, aber unbestimmt zu beantworten. Kaum hatte sich die Schlange vor mir aufgelöst, war ich allein. Ich ging ins Hotel zu-rück, stand morgens früh auf, um das Frühstücksbuffet nicht zu verpassen, und nahm den nächsten Zug in die nächste Stadt. So ging es von Tag zu Tag. Auf einer dieser Fahrten, irgendwo im Nebel zwischen Leer und Hamburg, passierte das, was ich nach einem deprimierenden Aufenthalt in einer Schriftsteller-residenz vor ein paar Jahren[6] nicht mehr für möglich gehalten hätte: Ich sehnte mich nach Gesellschaft von Gleichgesinnten, dem Lesen, dem Vorlesen der Anderen.

---

5   Die Top Ten der Killerleserfragen:
    1. Was wollen Sie damit eigentlich sagen?
    2. Wie autobiografisch ist der Roman?
    3. Warum wohnen Sie in Berlin?
    4. Können Sie vom Schreiben leben?
    5. Haben Sie irgendwelche Hobbys?
    6. Arbeiten Sie schon an etwas Neuem?
    7. Es heißt, das zweite Buch sei das Schwerste. Wie ist das bei Ihnen?
    8. Worum geht es da?
    9. Wie geht die Geschichte aus?
    10. Ich schreibe auch. Zufällig habe ich mein Manuskript dabei. Wollen Sie es mal lesen?

6   Die schrecklichen Autoren, mit denen ich dort zusammengesperrt war, sind es nicht wert, namentlich erwähnt zu werden. Nicht einmal in einer Fußnote.

An einem Sonntag im November sollte Sibylle Lewitscharoff in Braunschweig der Wilhelm-Raabe-Literaturpreis verliehen werden. Zu diesem Anlass wurde im Kleinen Haus des Staatstheaters am Abend zuvor die *Lange Nacht der Literatur* veranstaltet, ein Festival mit sieben Mehrfachliteraturpreisträgern und einem Füreinenliteraturpreisnominierten – mir. Sibylle Lewitscharoffs jüngstem Roman zu Ehren, der von dem Philosophen Hans Blumenberg und einem Fantasielöwen handelt, hatte ich unter meinem roten Westernhemd extra ein T-Shirt mit Löwenmotiv angezogen. Bevor ich las, besuchte ich die Lesung von Clemens J. Setz, weil ich herausfinden wollte, ob er tatsächlich das Genie ist, für das viele Kritiker ihn halten. Unten im Keller stellte er seinen Erzählband *Die Liebe zur Zeit des Mahlstädter Kindes* vor und erzählte; dass ein Freund einmal zu ihm gesagt habe, er sei wie jemand aus dem Mittelalter, bloß ohne Glaubensgewissheit; und dass er sich nachts im Hotel gern den Bademantel überziehe und sich neben eine der Topfpflanzen stelle, bis jemand ihn fortschicke.

Oben im Restaurant begegnete ich endlich Sibylle Lewitscharoff und knöpfte mein Hemd auf; sie war ernsthaft amüsiert. Um elf, als fast alle schon gegangen waren, sah ich, wie der Johnny-Cash-Biograf Franz Dobler in einem der Säle auf der *Late Night: Literaturparty* Countrymusik auflegte und zwei Buchhändlerinnen sich im Takt der Musik wiegten. Ich ergriff die Flucht. Nachts im Hotel konnte ich nicht schlafen; die Bierbörse gegenüber lärmte. Ich wollte mich beschweren, aber das Telefon funktionierte nicht. Ich ging nach unten zur Rezeption und sagte: »Ich brauche ein anderes Zimmer, eins nach hinten raus.«

»Jetzt noch?«, fragte der Mann hinterm Tresen. »Draußen wird's doch schon hell.«

»Ich bin Schriftsteller«, sagte ich. »Ich gehe immer erst ins

Bett, wenn alle anderen aufstehen.« Auf dem Rückweg, auf dem Gang, traf ich Clemens J. Setz in einem weißen Bademantel, seine Habe von einem Zimmer ins andere tragend.

In München gab es erstmals einen Hauch von Rock'n'Roll. Der Schriftsteller Matthias Politycki hatte mich zum von ihm im Rahmen des Literaturfestes kuratierten Format *forum:autoren* eingeladen. Abends, im Foyer des Volkstheaters, wurde unter dem Titel *Wie geht's weiter?* der Ausklang des Festivals gefeiert, mit vier Schriftstellern, die sich dazu äußerten, wie es weitergehe mit dem Leben und dem Schreiben, und einer neuen, noch unbekannten deutschen Band namens Weiter. Das Publikum war jung und tanzfreudig, und nachdem die Stimmen und die Musik verstummt waren, meinte Politycki, dass es jetzt, dem Motto des Abends gemäß, noch weitergehen müsse. Er bestellte ein Taxi und lud uns alle in der Bar des Hotels zu Drinks unserer Wahl ein. Als die schloss, wollte er unbedingt noch mehr, noch weiter, rief abermals ein Taxi und beauftragte den Fahrer, für uns Bier und Schnaps zu besorgen. So saßen wir bis sechs Uhr morgens in der Lobby des Torbräu am Isartor, umringt von Studentinnen, die bei der Planung und Organisation des Festivals geholfen hatten. Ich hoffte, eine von ihnen mit aufs Zimmer nehmen zu können, aber als die, mit der ich seit Stunden geflirtet hatte, mein Buch aufschlug – die Seite mit den biografischen Angaben – und sagte: »Mensch, das ist ja lustig, du bist genauso alt wie meine Mutter«, ging ich allein nach oben, weil ich mich für ein kathartisches Homofabererlebnis noch zu jung fühlte.

In Esslingen, eine Woche später, las ich bei den Literaturtagen *LesART* im Uhrenwerk von Citizen Europe zusammen mit der sechsunddreißigjährigen Daniela Krien, die mit ihrem Liebesroman *Irgendwann werden wir uns alles erzählen* über eine weibliche Jugend in der ostdeutschen Provinz zur Zeit der Wende das Gegenstück zu meinem Buch geschrieben hatte, und dem achtundzwanzigjährigen Leif Randt, dessen halluzinogener Roman *Schimmernder Dunst über CobyCounty* von einer Welt ohne Konflikte und der überaus erträglichen Leichtigkeit des Seins handelt. Bevor es losging, mussten wir uns den Fragen eines Online-Reporters der *Esslinger Zeitung* stellen; Fragen, die sofort erkennen ließen, dass er keines unserer Bücher gelesen hatte. Leif Randt antwortete so ironisch wie möglich. Daniela Krien brach das Gespräch nach der zweiten Frage ab. Ich entschied mich für den Mittelweg: brutale Ehrlichkeit.

»Fühlen Sie sich mit siebenunddreißig noch als junger Autor?«

»Ja.«

»Haben Sie mit dem Erfolg gerechnet?«

»Ja.«

»Was würden Sie jungen Menschen, die den Drang zum Schreiben verspüren, raten?«

»Nichts.«

Als Erster sollte Leif Randt lesen. Die Moderatorin nannte ihn in ihrer Einführung immer »Leif Brandt«. Jedes Wort, das er anschließend las, bezog ich daher sofort auf mich: »Bevor ich die School of Arts and Economics besuchte, glaubte ich, dass mich die schlimmste Lebensphase zwischen siebenunddreißig und achtundvierzig erwartet. In diesen Jahren muss man schon etwas erreicht haben, aber man hat auch noch sehr viel Stress vor sich. Man sieht nicht mehr gut genug aus, um richtig im Fokus zu stehen. (…) Unter den Jungautoren, die wir vertreten, gibt es einen Trend zur Erinnerungsprosa, zu sinnlicher Nostalgie. Besonders in Mode ist es, sich mit simplen Texten in seine Kindheit hineinzuforschen. (…) Es ist schon der dritte Frühlingsmorgen und ich bin immer noch nicht vor der Tür gewesen.« Dann kam Daniela Krien, dann ich. Dann gingen wir mit den beiden Veranstalterinnen – zwei äußerst sympathische, aber müde wirkende Stadtbibliothekarinnen – noch etwas essen und entließen sie in die Nacht, nachdem sie uns gestanden hatten, in den vergangenen drei Wochen jeden Abend mit den von ihnen eingeladenen Autoren essen gegangen zu sein. Im Best Western Premier Hotel Park Consul verabschiedete sich Daniela Krien bald mit den Worten »Ich muss morgen früh raus«, und Leif Randt holte an der Bar seine Geheimwaffe heraus: eine winzige PET-Flasche voll Magnon, eine vom Dolfin-Kollektiv destillierte kupferfarbene und geschmacksneutrale Flüssigkeit, mit der wir die Erinnerung an die zurückliegenden Stunden wegspülten.

Auf einer meiner letzten Stationen vor der Weihnachtspause, in Hildesheim – im Literaturbetrieb berühmt für seinen Studiengang Kreatives Schreiben und Kulturjournalismus –, war ich überrascht, das gleiche ältere Bildungsbürgerpublikum vorzufinden wie an den meisten anderen Orten zuvor auch. Einer der beiden anwesenden Studenten erklärte mir, es seien deshalb so wenige Studenten zu meiner Lesung gekommen, weil sich viele Studenten nur für ihre eigenen Texte interessieren und mich höchstens fragen würden, wie ich an einen Verlag gekommen und wie hoch der Vorschuss ausgefallen sei.

Die beiden Studenten nahmen mich hinterher noch mit auf eine Privatparty, ein altes Fachwerkhaus in der Keßlerstraße; am Klingelschild Dutzende, teilweise überklebte Namen, drinnen Hunderte verschwitzte, ekstatisch hüpfende Menschen auf vier Etagen. Ich hockte im ersten Stock im Schneidersitz auf dem Boden, nippte am Bier, das mir die Studenten unablässig reichten, um auf diese Weise an die gewünschten Informationen zu kommen, und beobachtete einen der Gäste dabei, wie er, während er nach seinen Klamotten suchte, jedem, der ihm begegnete, einen Kuss auf die Lippen drückte, Frauen wie Männern. Ein anderer trug einen Pelzmantel über seinem bloßen Oberkörper. Süßer Rauch umwölkte mich. Seit Jahren hatte ich mich nicht mehr so leicht gefühlt, so schwerelos.

Eine junge Frau neben mir stellte sich als Studentin des Kreativen Schreibens vor, fragte mich nach meinem Hotel und sagte, sie wolle sich ja nicht selbst ins Spiel bringen, aber es gebe hier bestimmt viele Mädels, die gern von mir abgeschleppt werden wollten. Kurz darauf saßen wir uns in meinem Zimmer im palastartigen Novotel gegenüber, teilten uns ein Bier aus der Minibar und unterhielten uns über Perfektion. Die Studentin sagte, der Komponist Robert Schumann habe sein ganzes Leben lang praktisch nichts anderes getan, als beim Klavierspielen die Ringfinger zu trainieren. Beide Hände nach der Flasche ausgestreckt berührten wir uns daraufhin wie zufällig mit eben jenen Fingern. Und dann beugte sie sich vor und fragte mich sanft, aber bestimmt, jedes Wort abwägend, wie ich an den Verlag gekommen und wie hoch mein Vorschuss ausgefallen sei.

2

Der Roman verschwand von der Bestsellerliste und aus den Buchhandlungen. Ich gab nur noch vereinzelt Interviews und irgendwann keine mehr. Die Rezensionen fielen jetzt meist negativ aus: »Ein erstaunlich herzloses Buch (...), das genau so aussieht, wie ein Journalist sich coole Literatur vorstellt.« – »Ein Retro-Fest, das niemandem zu viel abverlangt.« – »Das ›Gegen‹ im Romantitel umarmt alle, die mal einen Parka hatten.« – »Das langweiligste Buch des Herbstes.«

Der Backlash hatte begonnen. Zu den Lesungen im Frühjahr kamen immer weniger Gäste. Mein Verleger schickte mir nur noch selten E-Mails, und wenn, dann nicht, um mich über Neuauflagen zu informieren, sondern darüber, dass er sich langsam frage, was ich denn als Nächstes zu schreiben gedenke, ob ich schon an etwas Neuem arbeite?

Meine vorerst letzte Lesung, meine sechzigste, mein Diamantenes Jubiläum, sollte in der Bischofsstadt Fulda im Oratorium des früheren Jesuitenkollegs stattfinden. Ich trug dem Veranstalter – dem ehemaligen Oberbürgermeister – auf, zur Feier des Tages einen mit Bier gefüllten Kühlschrank auf die Bühne zu stellen. Ich wolle mich betrinken, erklärte ich ihm am Telefon, die Erinnerung ans vergangene Jahr an einem Abend, in einer Stunde auslöschen. Bitte in Maßen, sagte er, es würden auch Gymnasiasten anwesend sein, Jungs und Mädchen aus dem Deutsch-Leistungskurs, die sich durch besonders gute Noten hervorgetan hätten, denen müsse ich als Dichter doch ein Vorbild sein.

»Das bin ich doch«, sagte ich. »In jedem Fall.«

Er versprach, mir jeden Wunsch zu erfüllen, bestand aber darauf, mich vom Bahnhof abholen zu dürfen. Erstens gehöre sich das so. Und zweitens müsse jeder Gast zuerst die Pracht und die Herrlichkeit in Ewigkeit sehen. Und so fuhren wir in seinem Ford Mondeo an einem der ersten lauen Sommerabende durch die Altstadt von Fulda, durchs Paulustor am Stadtschloss und am Alten Rathaus vorbei ins Barockviertel. Auf der Fahrt erzählte er mir, wen er in den vergangenen zwanzig Jahren alles eingeladen habe, Hanns-Josef Ortheil, Martin Walser und Walter Kempowski, Marion Gräfin Dönhoff und Judith Hermann, Herta Müller und Judith Schalansky, Wolf Biermann, Günter Grass und Ulla Hahn, Uwe Tellkamp und Eugen Ruge. »Die ganz Großen«, sagte er. »Und jetzt Sie.«

Er zeigte mir die Pfarrkirche und den Dom, die Benediktinerinnenabtei zur Heiligen Maria und das Vonderau Museum im einstigen Päpstlichen Seminar, in dessen Kapelle meine Lesung stattfinden sollte. Im Innenhof parkte er den Wagen und führte mich ins Gebäude hinein durch eine Galerie der Finsternis: einen Gang, in dem Goyas Grafikzyklus *Los Caprichos* zu sehen war, achtzig Radierungen, allesamt Ausdruck einer zutiefst antiklerikalen Gesinnung. Ich war verwundert, diese albtraumhaften Bilder von Armut und Folter, Prostitution und Inquisition, Monstern und Mischwesen, Leichenfledderei und Standesdünkel gerade hier vorzufinden, wollte stehen bleiben und die Drucke im Einzelnen studieren. Aber der ehemalige Oberbürgermeister verwies auf die Zeit und zog mich fort; gemeinsam stiegen wir die Treppe in den hohen, hellen Saal hinauf. Von der weißen, stuckverzierten Decke hingen goldene Kronleuchter herab, an den Wänden prangten goldgerahmte Fotos – Reproduktionen barocker Gemälde mit heilsgeschichtlichen Motiven, Erlösungsfantasien. Auf einem Parkettpodest vor dem von Säulen eingefassten und mit rotem Samt verhangenen Kanzelaltar standen Blumengestecke, ein Tisch und ein Stuhl, ein schwarzer Bechstein und ein weißer Bosch voller Bier.

Alle Stühle waren besetzt. Hundertfünfzig Zuhörer, großes Finale. Zum Schluss, dachte ich, wird mir noch einmal der rote Teppich ausgerollt. Vor mir in der ersten Reihe die Honoratioren der Stadt: der Direktor der Sparkasse, die beiden Inhaber eines katholischen Kleinverlages, die Witwe von Alfred Dregger[7] – und der ehemalige Ordnungsamtsleiter; ein Notizbuch in Händen haltend machte er mich darauf aufmerksam, dass er alles, was ich sage, mitschreiben werde. In der zweiten Reihe saßen die Schüler, erst dann kam das Bildungsbürgertum. Im mir gegenüberliegenden Winkel hing ein in Stein gemeißelter Sankt Bonifatius, an der Wand daneben ein lebensgroßer Jesus am Kreuz.

Ich setzte mich und sagte: »Moin.«

Niemand erwiderte meinen Gruß.

Mit einem *Plopp* ließ ich den Kronkorken durch die Luft tanzen, nahm, ehe er auf dem Boden aufkam, einen kräftigen Schluck und fing an zu lesen. Ich las die irren Briefe, die Sexstellen, das Heavy-Metal-Kapitel und erzählte zwischendurch von meiner protestantischen Sozialisation, meiner Entführung durch Außerirdische, meinem erfolgreichen Kampf gegen die Drogeriekette Schlecker, deren Zerschlagung gerade verkündet worden war.[8] Plötzlich war die Stunde rum, ich hatte nicht einmal eine Flasche geschafft.

---

7 Alfred Dregger (1920–2002) war Mitglied der NSDAP, Hauptmann der Wehrmacht, Oberbürgermeister von Fulda, Nachfolger von Helmut Kohl als Vorsitzender der CDU/CSU-Bundestagsfraktion, einer der prominentesten Vertreter des nationalkonservativen Flügels der CDU.

8 Da wusste ich noch nicht, dass die katholische Kirche in Fulda einer Schlecker-Filiale verboten hatte, Kondome zu verkaufen: Die Kirchengemeinde Sankt Blasius hatte als Eigentümerin des Gebäudes in einer Sittenklausel des Mietvertrages den Handel mit Produkten untersagt, die der Zeitung *Die Welt* zufolge dem »Ansehen der Kirche schaden könnten«.

Hinterher saßen wir noch im Kulinarium zusammen, der ehemalige Oberbürgermeister, der ehemalige Rektor der Musikschule, der ehemalige Leiter des Ordnungsamtes – drei alte Männer, alle weit über siebzig – und ich. Die Herren bestellten Wein, ich Bier, Hochstift Pils.

»Darf ich auch noch um eine Unterschrift bitten?« Der ehemalige Ordnungsamtsleiter schob mir ein Exemplar meines Buches hin und reichte mir seinen Füllfederhalter.

Während ich meinen und seinen Namen hineinschrieb, sagte ich zu ihm: »Sie haben bei meiner Lesung ja tatsächlich jedes Wort mitgeschrieben.«

»Wissen Sie, es ist so, ich mache mir kleine Notizen nur für mich, um das irgendwann einmal zu repetieren.«

»Ich auch.«

Alle nickten, als wären sie mit dem, was ich sagte, einverstanden.

»Jeder Schriftsteller sollte ein anständiges Notizbuch besitzen«, sagte der ehemalige Leiter des Ordnungsamtes.

»Und ein gutes Gehör«, fügte der ehemalige Rektor der Musikschule hinzu.

Alle nickten, und ich nickte auch.

»Kennen Sie Hanns-Josef Ortheil?«, fragte der ehemalige Oberbürgermeister.

Ich schüttelte den Kopf.

»Der war unser erster Gast, unser erster Vorleser. Der schreibt auch alles mit. Der hat auch über uns geschrieben.«

»Das würde ich nie machen«, sagte ich. »Ich bin Schriftsteller. Ich schreibe nur über mich selbst.«

»Manche schreiben auch über andere.«

»Die kenne ich aber nicht.«

»Gräfin Dönhoff ist Ihnen doch ein Begriff.«

Ich nickte vage.

»Ich habe sie eingeladen mit dem Buch *Zivilisiert den Kapitalismus*. Da war sie neunundachtzig. Als ich sie vom Bahnhof abholte, fragte ich: ›Gräfin, sind Sie sehr geschafft? Wollen Sie gleich ins Hotel?‹ Und sie sagte: ›Haben Sie etwa keine Zeit? Ich will mir jetzt Fulda ansehen!‹ Und abends – das war der Abend, an dem wir den Fürstensaal des Stadtschlosses wegen Überfüllung schließen mussten, es waren über sechshundert Leute gekommen – bat ich sie, doch auch etwas aus einem ihrer Ostpreußenbücher zu lesen. Und dann, wohl weil sie mir diesen Sieg nicht gönnen wollte, hat sie gesagt: ›Dann les ich aber auch noch ein Feature über Willy Brandt.‹ Sie wusste, dass ich in einem anderen politischen Lager bin. ›Gut‹, sagte ich, ›wenn Sie danach – gewissermaßen als Ergänzung – noch über Henry Kissinger sprechen, bin ich einverstanden.‹ Und das hat sie dann auch getan. Sie hat länger gelesen als Sie heute Abend, Herr Brandt. Und das mit fast neunzig! Eineinhalb Stunden! Und sie hat auch länger signiert. Über eine Stunde! Das nahm überhaupt kein Ende.«

»Ich habe während Ihrer Lesung neben zwei jungen Damen gesessen«, sagte der ehemalige Ordnungsamtsleiter und legte mir für eine Sekunde seine Hand auf den Unterarm, »Schülerinnen an der Freiherr-vom-Stein-Schule. Ich habe sie gefragt, was ihnen denn am besten gefallen habe. Da kam das Stichwort ›Heavy Metal‹. Das habe ich schon während der Lesung gemerkt, an der gefühlsmäßigen Äußerung der Damen: Die haben an der Stelle viel gelacht. Ich muss gestehen, ich kam da ja nicht mit.«

»Ich auch nicht«, sagte der ehemalige Rektor der Musikschule. »Ich bin ja eher ein Freund der Klassik. Mozart vor allem. Hören Sie Mozart?«

»Selten«, sagte ich. »Sehr selten.«

»Mit seinem Buch *Mozart im Innern seiner Sprachen* passte der Hanns-Josef Ortheil damals perfekt ins Programm. Und mit seiner eigenen Geschichte. Die Eltern hatten im Krieg und nach dem Krieg vier Söhne verloren, und die Mutter hatte aufgehört zu sprechen, und da hat's auch dem jüngsten Kind die Sprache verschlagen. Aber die Mutter brachte ihm, gleichsam als Ausgleich, das Klavierspielen bei. Und durch die Musik hat der junge Ortheil seinen Mutismus überwunden und zu sprechen und zu schreiben gelernt. Die Wiedergeburt der Sprache aus dem Geist der Musik! Was für ein Auftakt für eine Lesereihe!«

»Mein lieber Freund, ich korrigiere Sie ja äußerst ungern, aber hier muss es doch sein«, sagte der ehemalige Oberbürgermeister. »Ortheil kam nicht mit seinem Mozartbuch zu uns, sondern mit *Abschied von den Kriegsteilnehmern*, seiner Abrechnung mit der Vatergeneration.«

»Die Geschichte einer Flucht vor der Vergangenheit«, sagte der ehemalige Ordnungsamtsleiter und legte mir wieder seine Hand auf den Unterarm.

»Ich«, sagte ich, »würde eher vor der Gegenwart fliehen wollen.«

»Mit mir«, sagte der ehemalige Rektor der Musikschule, »hat er nur über Mozart gesprochen.«

»Jeder spricht mit Ihnen über Mozart«, sagte der ehemalige Ordnungsamtsleiter.

»Nicht jeder«, sagte der ehemalige Rektor der Musikschule, »leider nicht jeder«, und dabei schaute er zur mir herüber. »Spielen Sie denn wenigstens ein Instrument?«

Ich schüttelte den Kopf, und die drei Männer schüttelten, meine Antwort missbilligend, ebenfalls die Köpfe.

»Der Ortheil hat ja auch über uns geschrieben«, wiederholte der ehemalige Oberbürgermeister.

»Im *Blauen Weg*«, sagte der ehemalige Leiter des Ordnungsamtes.

»Da berichtet er über Erfahrungen bei Lesungen«, sagte der

ehemalige Oberbürgermeister. »Wie es ihm da ergeht oder, Klammer auf, was ihm da zugemutet wird, Klammer zu. ›In Fulda aber‹, schreibt er, ›da ist alles ganz anders, denn in Fulda ist die Lesung ein Fest …‹ So fängt der Absatz an.«

»›… und die Dichter werden noch so geehrt, wie sie es verdient haben‹!«, vervollständigte der ehemalige Rektor der Musikschule.

Alle nickten, und ich nickte auch.

»Ich fühle mich wie die Queen[9]«, sagte ich. Keine Ahnung, wie die sich fühlt. »Das war heute wirklich ein fürstliches Finale meiner Lesereise.«

»Hier werden Schriftsteller eben respektvoll behandelt«, sagte der ehemalige Rektor der Musikschule.

»Hier schon«, sagte der ehemalige Oberbürgermeister. »Aber das ist ja nicht überall der Fall. Haben Sie das verfolgt, die beiden Gedichte von Günter Grass, das eine über Israel, *Was gesagt werden muss*, und das andere, das jüngste, das über Europa, *Europas Schande*?«

»Verfolgt nicht gerade«, sagte ich.

»Man mag ja von den Gedichten halten, was man will. In keinem bin ich völlig einer Meinung mit ihm, ganz unabhängig davon, dass beide in ihrer politischen Dimension recht unterschiedlich sind. Was mich aber an der öffentlichen Auseinandersetzung gestört hat: Wie die Hyänen sind die über ihn hergefallen. Mit einer Häme und Unerbittlichkeit und überhaupt nicht bereit, mal zu reflektieren, was er denn eigentlich wollte. Ihn zum Antisemiten zu machen, das ist doch Wahnsinn. Was der Hochhuth da geschrieben hat: ›Du bist geblieben, was Du freiwillig geworden bist: der SS-Mann‹ – das ist infam.«

9 Queen Elizabeth II. hatte drei Tage zuvor ihr Diamantenes Thronjubiläum gefeiert.

»Was mich viel mehr verblüfft«, sagte ich, »ist, wie es diese Generation von Autoren immer wieder schafft, die Medien zu instrumentalisieren. Die suchen die Provokation, den Tumult, den Krawall. Und alle machen mit.«

»Da möchte ich anknüpfen«, sagte der ehemalige Ordnungsamtsleiter. »Als ich dieses Gedicht in der *Fuldaer Zeitung* las, hatte ich auch den Eindruck, es hat den Geruch, hier möchte sich jemand wieder mal in der Öffentlichkeit anmelden.«

»Mein Lieber, meinen Sie denn wirklich, dass ein Weltschriftsteller – ich verwende den Begriff sonst ja nicht, aber hier scheint er mir angebracht –, dass also ein Weltschriftsteller wie Günter Grass es noch nötig hätte, sich mit so einem flapsigen Gedicht ins Gespräch zu bringen?«

»Haben Sie mir nicht mal erzählt: Er hat einen Hamburger Freund, auch ein Literat, mit dem er eine schöne Jause gemacht hat, und dann kommt die Presse, erkennt ihn auf einem Bürgersteig, und dann sagt er zu seinem Freund: ›Geh mal bitte hinter mich, ich werde jetzt gefragt.‹«

»Das stammt nicht von mir.«

»Da habe ich gedacht: ›So einer ist das also. Der liebt es, sich zu präsentieren!‹«

»Das hab ich noch nie gehört.«

»Irgendjemand hat mir das mal erzählt.«

»Juristen sind doch verpflichtet, den Sachverhalt zu klären.«

»Jawoll.«

»Ich bitte Sie, Ihre Quelle zu finden und Ihre These zu belegen.«

»Ich schicke Ihnen morgen ein Fax zu«, sagte der ehemalige Ordnungsamtsleiter scherzhaft. »Aber jetzt möchte ich in diesem Zusammenhang noch eine Anmerkung machen.«

»Bitte.«

»Sie«, dabei sah er den ehemaligen Oberbürgermeister an,

»haben neulich von Ihrem Doktorvater Professor Dolf Sternberger erzählt, von seinem Seminar, als ein paar junge Revoluzzer hereinkamen und die Veranstaltung mit den Worten störten: ›Jetzt bestimmen wir die Themen.‹«

»Ganz so war es nicht«, sagte der ehemalige Oberbürgermeister und lehnte sich zurück.

»Wie war es denn?«, fragte ich.

»Das war während der Emeritierung von Dolf Sternberger am Lehrstuhl für Politik an der Universität Heidelberg. Er hatte alle seine Doktoranden angeschrieben und eingeladen zu einem letzten Seminar, *lectio ultima*. Da gehörten Helmut Kohl und Franz Alt dazu und noch einige andere – eine illustre Runde. Sternberger hat das Seminar geleitet, als wäre die Zeit stehen geblieben, als wären wir nicht längst in Amt und Würden. Der kam rein, hat die Korona begrüßt und gesagt: ›Wer führt heute das Protokoll? Wer führt in das Thema ein?‹ Das war 1972. Der Kohl war da schon Ministerpräsident von Rheinland-Pfalz, Franz Alt war beim Südwestfunk und ich Oberbürgermeister von Fulda. Und während wir da saßen und über Politik sprachen, gingen die Türen auf, und eine Gruppe Studenten trat herein. Die wollten zuhören. Und da hat Dolf Sternberger gesagt: ›Dies ist eine geschlossene Veranstaltung.‹ – ›Wir haben ein Recht zu erfahren, was hier besprochen wird.‹ – ›Nein, das haben Sie nicht. Bitte verlassen Sie den Raum.‹ Haben die nicht gemacht. Und dann …«

»Jetzt kommt's«, sagte der ehemalige Leiter des Ordnungsamtes und legte wieder seine Hand auf meinen Unterarm.

»… einer von uns – ich weiß nicht mehr, wer – stand auf, zog sein Jackett aus, krempelte die Ärmel seines Hemdes hoch und alle anderen folgten seinem Beispiel. Wir leisteten den Widerständlern Widerstand. Und daraufhin zogen sich die Studenten stillschweigend zurück. Man muss nur Courage zeigen.«

»So ist es«, sagte der ehemalige Rektor der Musikschule.

»Und so ist es auch mit Günter Grass. Ich respektiere seinen Mut, wichtige Themen anzusprechen, auch wenn, wie gesagt, nicht alles richtig ist, was er sagt. Aber überhaupt etwas zu sagen, das zeichnet unsere Generation aus. So unterschiedlich wir in unseren Ansichten auch sein mögen, was uns eint, ist unser Kindheits- und Jugenderlebnis. Da können Sie nichts zu«, sagte er, mir zugewandt, »das liegt an unseren Erfahrungen, am Krieg und am Nachkrieg. Die haben wir Ihnen voraus.«

»Ja«, sagte der ehemalige Ordnungsamtsleiter.

Und der ehemalige Rektor der Musikschule sagte auch: »Ja.«

»Und das zweite Gedicht, das eine andere, höhere Qualität hat als das erste, da geht es doch darum, Europa nicht auf eine reine Fiskalpolitik zu reduzieren. Die Wiege Europas – das ist neben dem Judentum und dem Christentum die Antike, das ist Rom, das ist Athen. Das ist unbestreitbar.«

»Ich will das auch gar nicht bestreiten«, sagte der ehemalige Ordnungsamtsleiter. »Ich möchte nur, wenn Sie erlauben, einen Gedanken anfügen: Vielleicht hängen Sie da einem gewissen Romantizismus an, der im moralistischen Ideal begründet liegt, dem, das muss ich zugeben, auch ich mich verpflichtet fühle, dem Wahren, Guten, Schönen. Die Gegenwart aber sieht anders aus.«

So ging es während des Essens noch etwa eine Stunde lang weiter. Die Alten beherrschten den Diskurs, und ich sehnte mich nach Arkadien.

Nachts im Romantik-Hotel Goldener Karpfen, umgeben von Büsten und Gemälden, die den Deutschen Kaiser zeigen, benebelt von Hochstift Pils und vom Fuldaer Klosterlikör, Tiefseegarnelen und Ostseedorsch im Bauch, lag ich lange wach, dachte wehmütig an den verheißungsvollen Anfang meiner langen Lesereise zurück und blätterte, um mich zu trösten, im

Buch Mormon, das ich neben der Bibel in der Schublade meines Nachttisches fand: »Wer daraus regelmäßig liest«, hieß es auf einem eingeklebten Vorsatzpapier, »wird erleben, wie sein Leben immer besser, erfüllter und glücklicher wird.« Aber es spendete weder Trost noch Schlaf. Und mein Leben wurde auch nicht besser, erfüllter und glücklicher. Im Gegenteil: Je länger ich las, desto trauriger wurde ich. Das, dachte ich bis zum Morgengrauen, ist also die Welt, die ich lesend erkunden wollte; hier, in Hessen, mitten in Deutschland, endet meine Reise.

Doch so kam es nicht.

3

Auf Einladung des Deutschen Akademischen Austauschdienstes verbrachte ich vier Wochen in England, gab Sprach- und Schreibkurse an Universitäten in Oxford, Cambridge und London und las aus *Against the Weird* einige Szenen, die fürs Buchpreismarketing übersetzt worden waren. Ich wohnte in einer Wohngemeinschaft in Dalston im Baltic Place, ein verschlungener, aus einzelnen, architektonisch komplett unterschiedlichen Häusern bestehender Gebäudekomplex direkt am Regent's Canal – aus dem am Tag meines Einzugs der Torso einer Schauspielerin gefischt worden war.

Tom Smith, mein Mitbewohner, ein ungemein feingliedriger und talentierter Zeichner aus Twickenham, sagte: »Es ist Gemma McCluskie aus der Fernsehserie *EastEnders*«, und versprach, mich über den Stand der Ermittlungen auf dem Laufenden zu halten. Tagelang suchten Taucher den Grund nach ihrem Kopf, ihren Armen und Beinen ab. Polizisten patrouillierten paarweise auf der Promenade. Männer in Schutzanzügen befreiten die Brücken von Graffiti und das Wasser vom Müll. Wenige Wochen später sollten in der Gegend die Olympischen Spiele beginnen.

Es tat gut, nicht in Deutschland zu sein. Ich hoffte, fern der Heimat endlich mit meinem nächsten Roman, einem Auswandererroman, beginnen zu können. Die Wohnung – drei Zimmer, Küche, Bad – war komplett möbliert, wir waren Zwischenmieter, Lückenfüller, keiner von uns beiden würde länger als einen Monat bleiben. Ich hatte den kleinsten Raum, es passte nur ein Bett hinein. Nach der Uni saß ich meist im Wohnzimmer am Esstisch, neben mir eine dampfende Tasse Tee und vor mir nichts, eine große Zukunft. Voller Energie und Zuversicht klappte ich meinen Laptop auf. Ich hatte mir alles seit Langem überlegt. Ich wusste genau, was ich schreiben wollte. Ich meinte, nur etwas Zeit und Ruhe zu brauchen, dann, da war ich mir sicher, würde es gelingen. Ich legte meine Finger auf die Tastatur, ein sanfter Druck – schon, dachte ich, könnten neue, nie geschriebene, nie gelesene Wörter auf dem Bildschirm erscheinen. Aber ehe es so weit war, zerriss ein Schrei die Stille, dumpfes Dröhnen erfüllte den Raum, Sirenen hallten von den Wänden wider: Der Muezzin von Shoreditch rief zum Gebet, Bootsbesitzer warfen ihre Motoren an, Polizeiwagen rasten heulend ins alltägliche Kriegsgebiet im Osten der Stadt.

Straßenschlachten wie im Sommer zuvor, als arbeitslose, konsumgeile, wohlstandsbenachteiligte Jugendliche – Opfer der neoliberalen Politik des Landes – im Wahn Geschäfte geplündert, Häuserzeilen in Brand gesteckt und Zugezogene abgezogen hatten, seien, wie unser Vermieter, Mr. Smith, versicherte, nicht mehr zu befürchten: Die allumfassende Kameraüberwachung des öffentlichen Raumes werde dafür sorgen, dass Verbrecher identifiziert werden können, ehe sie eine Straftat begehen. Meinen Einwand, dass sie den Mord an der Schauspielerin nicht verhindert hatten, ließ er nicht gelten.

██████████████, ein ehemaliger Studienkollege, den ich ewig nicht gesehen hatte, schickte mir eine SMS: »lass uns mal 1 bierchen zischen!« Wir hatten uns fünfzehn Jahre zuvor, während meiner Erasmus-Zeit in London, kennengelernt, am University College zusammen Geschichte studiert und im gleichen Wohnheim – Hawkridge House in Kentish Town – gewohnt. Ich war nach Deutschland zurückgegangen, er war in England geblieben. Einen Sommer lang hatten wir uns noch Postkarten geschickt, auf seine letzte, ein Glückwunsch zu meinem vierundzwanzigsten Geburtstag, hatte ich nicht mehr geantwortet.

Kurz vor meiner Abreise hatte mir eine gemeinsame Bekannte seine Nummer gegeben. Sie musste ihm, das wurde mir jetzt klar, meine auch gegeben haben.

Ich schrieb ihm: »Auf jeden Fall. Melde mich, sobald ich Zeit habe.«

Und er schrieb sofort zurück: »kein stress, alta!«

Eines Abends, als ich einen neuen Versuch unternahm, mich nicht ablenken zu lassen, setzte sich Tom zu mir und sagte: »Wir denken, es war ihr Bruder.«[10]

»Wir?«

»Mr. Smith und ich.«

»Seid ihr eigentlich verwandt?«

»Nein. Wieso?«

»Nur so.«

»Ist dir schon mal aufgefallen, dass verdammt viele Leute Tom Smith heißen?«

»Ist dir schon mal aufgefallen, dass verdammt wenige Leute, die Tom Smith heißen, in einer Geschäftsbeziehung zu einem anderen Tom Smith stehen?«

»Ich kenne ein halbes Dutzend Tom Smiths. In meinem Stammbaum gibt es zig Tom Smiths. Einer davon, ein Großonkel von mir, wurde sogar von einem anderen Tom Smith überfahren. Die kannten sich auch nicht, bis sie zusammenstießen.«

»War das Absicht?«

»Was?«

»Der Unfall.«

»Glaubst du an Verschwörungstheorien?«

---

10 Aufnahmen der Überwachungskameras zeigen, wie jemand zehn Mal einen Koffer zum Kanal zieht. Die Polizei glaubt, dass Tony McCluskie so oft hin- und herfahren musste, um all die Einzelteile zu entsorgen, in die er Gemma gesägt hatte.

»Das ist keine Frage des Glaubens.«

»Sondern?«

»Verschwörungstheorien sind eine Tatsache.«

»Ich glaube, du spinnst.«

»Ich glaube nicht an Zufall. Das ist alles.«

»Unsere Begegnung ist also Schicksal?«

»Absolut.«

»Eine Schicksalsgemeinschaft.«

»Wie jede Beziehung.«

»Wir gegen die anderen.«

»Nein«, sagte ich. »Wir gegen uns.«

Und dann sprachen wir stundenlang über unsere Freunde und Familien, darüber, wie es wäre, von jemandem, der uns nahesteht, umgebracht zu werden – »Womöglich sogar«, sagte ich schließlich und sah ihn dabei herausfordernd an, »vom eigenen Mitbewohner.«[11]

Kaum war er daraufhin in seinem Zimmer verschwunden – nicht aus Angst vor mir, sondern aus Wut darüber, dass ich ein

---

11 Ich dachte dabei an einen Fall, der sich ein paar Jahre zuvor in der italienischen Stadt Perugia, in der Region Umbrien, zugetragen hatte. Die britische Studentin Meredith Kercher war in ihrem Zimmer ermordet worden. Ihre Mitbewohnerin, eine US-Amerikanerin namens Amanda Knox, geriet in Verdacht, die Tat zusammen mit ihrem Freund und einem Nachbarn begangen zu haben, wurde von der Boulevardpresse ihrer blauen Augen wegen »Engel mit den Eisaugen« getauft und als »kalte Menschenfresserin« bezeichnet, obwohl das Opfer gar nicht verspeist worden war. Knox wurde in einem ersten Verfahren zu sechsundzwanzig Jahren Haft verurteilt; ein Berufungsgericht hob das Urteil auf, ein anderes befand sie erneut für schuldig. Der Staatsanwalt Giuliano Mignini sprach in der ersten Anklageerhebung von einem »satanischen Ritus« und von »dämonischen Motiven«. Schon einmal, Jahre zuvor, in einem anderen Fall, hatte er Anklage gegen einige hochrangige Beamte, angebliche Mitglieder eines »satanischen Kultes«, erhoben. Alle Angeklagten waren damals freigesprochen worden, nur Mignini selbst wurde verurteilt: Er hatte unrechtmäßig Telefone von Journalisten und Polizisten abhören lassen. Ich fragte mich, wie mich *The Sun* oder *The Daily Mirror* genannt hätten, wenn ich Tom in Einzelteilen in den Kanal geworfen hätte: »*The Beast from Berlin*«?, »*Jan the Ripper*«?

ernsthaftes Gespräch ins Lächerliche gezogen hatte –, kaum hatte ich das leere Dokument auf meinem Laptop wieder aufgerufen, klingelten draußen vor dem Fenster Fahrradfahrer Fußgänger aus dem Weg; Jogger schnauften sich die Lunge aus dem Leib – selbst nachts hörte ich ihr Keuchen –, dann ging die Sonne auf, und die Gänse fingen an zu schnattern.

Am Morgen beschloss ich, einen Spaziergang zu machen, um auf andere Gedanken zu kommen. Ich zog meinen Parka an, steckte mein Notizbuch ein, für den Fall, dass ich doch einmal etwas hineinschreiben sollte, nahm in Ermangelung eines Smartphones meinen Stadtplan mit – ein altes, abgegriffenes Exemplar von *A-Z London*, in dem Straßen und Stationen fehlen und einige Flächen, auf denen jetzt Häuser stehen, weiß sind – und ging in östlicher Richtung am Regent's Canal entlang, vorbei am Broadway Market, um dessen Stände sich samstags die Kriegsgewinnler scharten: selbstständige, konsumgeile, elternfinanzierte Mittdreißiger. An einem Zaun hing ein Schild mit der Bitte, hier, am Fundort ihrer Leiche, keine Blumen mehr für Gemma abzulegen, sondern vor ihrem Haus in Hackney.

Ich ging weiter, passierte zwei Gasometer, durchschritt den Victoria Park und gelangte schließlich nach Mile End zur Queen Mary University, wo zu der Zeit, wie ich auf Facebook gelesen hatte, ein anderer Berliner Schriftsteller residierte: David Wagner. Er ist bekannt für seine genauen Beobachtungen, seine außergewöhnlich präzisen Metaphern. Wer seine Bücher über Berlin liest, sieht die Stadt hinterher mit anderen Augen. Und seit ich seinen Roman *Vier Äpfel* gelesen habe, erscheinen mir Supermärkte in einem poetischen Neonlicht, handelt er doch von »Schrumpfkopfbrötchen« und »Salamiblumen« im »Marmeladengang« vor der »Kassenbrandung«. Für alles, dachte ich, was ich auf meinem Weg durch London bislang gesehen habe, hätte er, der urbane Sprachschamane, die passenderen Worte gewählt.

Ich klingelte an seiner Tür, aber er war nicht zu Hause. Ich schrieb ihm eine SMS, und als ich sie abschicken wollte, merkte ich, dass ich seine Handynummer nicht hatte. Ich machte mich auf den Rückweg, enttäuscht, das heimliche Ziel meiner Wanderung verfehlt zu haben, und dann, auf halber Strecke, begegnete ich ihm. Er sei müde von einem Tagesmarsch nach Hampstead Heath, sagte er, machte aber einen vollkommen frischen Eindruck. Das letzte Mal, dass ich ihn gesehen hatte, lag Jahre zurück, inzwischen hatte er eine neue Leber und einen Bart, und beides stand ihm gut. Wir kehrten im Palm Tree Pub ein, ein halbes Haus im Niemandsland – die Umgebung war im Zweiten Weltkrieg von deutschen Bomben in Schutt und Asche gesprengt worden.

Als wir da saßen, zwei deutsche Dichter auf roten Plüschbänken, die Cider und Guinness tranken, zwischen goldenen Tapeten und Schwarz-Weiß-Fotos längst verstorbener Jazzlegenden, unterhielten wir uns über das Leben und den Tod, über Bekannte und Verwandte, übers Reisen und Spazierengehen.

Ich erzählte ihm von meinem Auswandererroman, und er erzählte mir von *Leben*, seinem Krankenhausroman, seinem Überlebensbuch, der wahren Geschichte seiner Lebertransplantation.

Unsere Töchter waren, wie wir feststellten, im gleichen Alter.

»Meine«, sagte David, »findet mich peinlich.«

»Meine«, sagte ich, »findet mich oberpeinlich.«

Wir versicherten einander, das sei in der Pubertät völlig normal, das müsse so sein und habe nichts mit uns zu tun.

Dann holte er ein Buch hervor, das er sich in Camden gekauft hatte, Geoff Nicholsons *The Lost Art of Walking*, und erzählte von Albert Speers imaginierten Wanderungen im Kriegsverbrechergefängnis Spandau. Im Hof der Backsteinfestung habe Hitlers einstiger Chefarchitekt und Rüstungsminister einen Rundkurs ausgemessen und sich auf den Weg nach Heidelberg, München, Istanbul gemacht. Er sei immer im Kreis herumgelaufen und habe dennoch genau sagen können, wann er, wenn er geradeaus gelaufen wäre und es die ihn umgebenden Mauern nicht gegeben hätte, angekommen wäre. Für Heidelberg habe er ein halbes Jahr gebraucht, sagte David, zweitausendzweihundertsechsundneunzig Runden.

Ich fragte ihn, ob er das Spiel kenne, das Speer und Hitler gespielt hätten, sobald sie sich ungestört gegenübersaßen.

»Welches Spiel?«

»Wer dem Blick des anderen am längsten standhält.«

Wir probierten es aus, schauten uns in die Augen, bis David mit seltsam hoher und doch vollkommen monotoner Stimme in meinen Blick hinein sagte: »Ihren Kopf haben sie immer noch nicht gefunden.«[12] Und daraufhin schlug ich die Augen nieder und holte meinen Stift und mein Notizbuch hervor. Noch ehe ich das erste Wort hineinschrieb, wusste ich, dass ich mich am Anfang einer Erzählung befand, einer kurzen Erzählung über eine außergewöhnliche Freundschaft.

Von da an sahen wir uns fast jeden Tag. Er kam zu meinen Lesungen und ich zu seinen. Auf meinen imaginierten Wanderungen spazierten wir nach Stratford, Romford, Chigwell, nach Peckham und Dulwich hinaus und fuhren mit der Bahn zurück. Wir

---

12 Die Polizei fand Gemma McCluskies Kopf erst ein halbes Jahr später im gleichen Kanalabschnitt. Im Januar 2013 wurde ihr Bruder Tony wegen Mordes zu zwanzig Jahren Gefängnis verurteilt. Es heißt, Tony McCluskie, ein Fensterputzer, sei ständig bekifft und betrunken gewesen und habe das Zusammenleben mit seiner »ungeheuer beliebten« Schwester nicht mehr ertragen. Am Tag ihres Todes habe sie *seine* Anwesenheit nicht mehr ertragen und ihn gebeten, aus der gemeinsamen Wohnung auszuziehen.

streiften über Flohmärkte, nahmen uns von den einen Ständen Sachen, die wir nicht brauchten, und fügten den anderen heimlich Dinge hinzu, von denen wir dachten, dass sie dort besser ins Sortiment passten. Wir verabredeten uns in Restaurants, ohne etwas zu bestellen, und stoppten die Zeit, bis wir gebeten wurden, den Tisch freizugeben. Wir picknickten in Parks, lockten mit dem, was wir hatten, Eichhörnchen an und aßen das, was wir ihnen hinhielten, selbst. Wir bewunderten die blühenden Forsythien in Richmond und wunderten uns über die Preise, die Kunden eines Antiquitätenladens hier im Westen Londons für wacklige Tische und Stühle zu zahlen bereit waren, die in Berlin an jeder Straßenecke standen. Wir filmten das Lichtspiel des Wassers unter den Brücken und fotografierten bei Ebbe die im Schlick steckenden Einkaufswagen. Wir gingen gemeinsam durch Stepney und Shadwell bis zur Themse hinunter, besuchten die erste umfassende Einzelausstellung von David Shrigley und die große Retrospektive von Jeremy Deller – beide in der Hayward Gallery – und konnten hinterher nicht sagen, was uns besser gefallen hatte: Shrigleys pubertärer Humor, Dellers radikaler Jugendwahn oder die Galerie selbst – ein grauer, verwitterter Betonklotz aus der Zeit des Brutalismus. Noch lange standen wir draußen zusammen, tranken Bier aus Dosen, blickten, mit dem Rücken an die Brüstung gelehnt, abwechselnd auf den Fluss und das rote, unterhalb des Daches angebrachte Banner mit dem Spruch *Life is to blame for everything* und lachten laut und lallend.

SMS von ▮▮▮▮▮▮: »*what's up, bro?!*«
   »Viel zu tun.«
   »*no pro!*«

Tom, den ich, weil ich ständig mit David beschäftigt war, nur noch selten in unserer Wohnung antraf – wir hatten einen vollkommen versetzten Tagesrhythmus –, machte mir Vorwürfe, kaum noch zu Hause zu sein.

Ich sagte: »Ich dachte, es wäre dir lieber, wenn ich weg bin. Dann hast du das Wohnzimmer für dich allein und kannst machen, was du willst.«

»Ja«, sagte er, »das dachte ich anfangs auch. Aber jetzt denke ich das nicht mehr.«

»Warum?«

»Weil es Neuigkeiten gibt.«

»Was für Neuigkeiten?«

»Den Fall Gemma McCluskie betreffend. Die Polizei war gestern hier und stellte Fragen. Sie zeigten mir ein unscharfes Foto, ein Typ im Parka, offenbar aus einer Überwachungskamera, und wollten wissen, ob ich den Kerl schon mal hier im Haus gesehen hätte.«

»Und? Hast du?«

»Möglich«, sagte er.

»War das ihr Bruder?«

Er zuckte mit den Schultern. »Sie haben übrigens auch nach dir gefragt.«

»Und was hast du ihnen gesagt?«

»Dass du nie da bist.«

»Und?«

»Und das fanden sie sehr merkwürdig.«

»Wenn sie was von mir wollen, sollen sie mich anrufen.«

»Das hab ich ihnen auch gesagt und ihnen deine Nummer gegeben.«

An dem Abend blieb ich zu Haus. Tom präsentierte mir die neuesten Zeichnungen auf seinem Blog *Smithopolis*:

ein Blick aus seinem Fenster auf den leeren Kanal;

ein Mensch – ob Mann oder Frau war nicht zu erkennen –, der einen Bürgersteig entlangläuft;

THE MINOTAUR

ein melancholischer Minotaurus in einer Kammer seines Labyrinths, am Schreibtisch vor einem weißen Blatt Papier sitzend, neben sich ein Umschlag, als wolle er seinen Abschiedsbrief verfassen, finde nur die richtigen Worte nicht.

»Toll«, sagte ich. Und jedes Einzelne fand ich tatsächlich toll, aber zusammengenommen fügten sie sich nicht zu einer Geschichte. Ich verstand nicht, was er mir damit sagen wollte. Dass er Gemma auf der Straße gesehen hatte, bevor sie starb? Dass ihm nichts einfiel? Dass er einsam war und sich verstoßen fühlte?

»Du hast was vergessen«, sagte ich.

»Was?«

»Die Gänse. Auf dem Kanal sind keine Gänse.«

Auf die Idee, dass *ich* Minotaurus bin, dass *ich* da über den Bürgersteig laufe, dass es der Blick aus *meinem* Fenster ist, kam ich erst Tage später.

SMS von ▉▉▉▉▉: »*london calling: let's go crazy!*«

»Keine Zeit.«

»*u r boring.*«

»*u 2.*«

An einem Mittwochabend – wir waren meiner Vorstellung nach durch Canonbury und Holloway zur British Library gewandert – gingen David und ich ins King Charles I, ein Pub in der Nähe von King's Cross. Wir bestellten Lager und Ale und setzten uns an den Kamin unter Antilopen- und Widderköpfe, Clowns- und Totenkopfmasken. Der Raum war voll, jeder Platz besetzt, vor der Theke drängten sich die Gäste. Hinter uns spielten Touristen, die die Regeln nicht beherrschten, Bar Billards. Aus einer Jukebox kam *I Will Always Love You*. Ein Paar tanzte eng umschlungen und selbstvergessen mitten im Getümmel.

Wir sprachen über den Tod von Whitney Houston, den Rücktritt von Christian Wulff und das Ende der gedruckten Encyclopædia Britannica. Irgendwann schrien wir uns an, weil wir uns sonst über den Tisch hinweg nicht mehr verstanden hätten, und daraufhin löste sich neben uns ein Typ im Anzug aus einer Gruppe, beugte sich zu uns herunter und fragte: »Wo kommt ihr denn her?«

»Berlin. Und du?«

»███████.«

»Heimat.«

Er nickte. »Und was macht ihr hier?«

Wir erzählten es ihm.

»Echte Edelfedern. Ihr glaubt gar nicht, wie sehr ich euch beneide. Ich wünschte, ich könnte so gut schreiben wie ihr.« Er schreibe ja auch gelegentlich, sagte er, für den *Guardian*, die *New York Times* und *Die Zeit*, für *Le Monde*, *El País*, *Foreign Affairs* und *Global Policy*, Sachtexte, Essays über Wirtschaft und Politik, die Lügen der Eurokrise, die Sozialdemokratie im Zeitalter des Superkapitalismus, den Fundamentalismus des Marktes usw. Die Barkeeperin läutete die letzte Runde ein. Mit der einen Hand stürzte er das Restbier in sich hinein, mit der anderen winkte er ab und sagte, nachdem er das Glas abgesetzt hatte: Literarisch nicht der Rede wert, aber wirkungsvoll, immer wieder werde er zu Vorträgen eingeladen, zuletzt vor dem Unterhaus, ob wir noch was trinken wollen, er lade uns ein. Mit drei Pints kam er zurück, setzte sich zu uns, stellte sich, nachdem wir angestoßen hatten, als ████████████ vor und fragte, was wir denn schreiben würden und ob wir davon leben könnten.

»Wir leben«, sagte ich.

Und David sagte: »Mehr denn je.«

Nein, nein, sagte er, er meine, wie viel wir denn verdienten mit unseren Büchern, mit unseren Lesungen; er für seinen Teil fange ja gar nicht erst an zu denken, wenn er für einen Vortrag nicht mindestens sechstausend Euro bekomme, dabei habe er das Geld im Grunde genommen nicht nötig, die Stelle an der ██████████████████████████ sichere sein Auskommen, es gehe ihm da mehr ums Prinzip, um die Anerkennung, den eigenen Marktwert, wofür habe er sonst den MBA, den Doktor gemacht, die geistige und zeitliche Investition müsse sich ja irgendwie amortisieren; und außerdem: Je mehr die Leute zahlen, desto mehr bedeute ihnen seine Anwesenheit, desto wichtiger sei das, was er sage, ganz gleich, was er sage; aber das, was er sage, sei natürlich keine Kunst; was wir machten, habe ja ein ganz anderes Gewicht, das könne man mit Geld womöglich gar nicht aufwiegen. Nicht, dass wir auf falsche Gedanken kämen, sagte er, im Herzen sei er Sozialist geblieben, Mitglied der SPD, er denke langfristig, strategisch, nachhaltig, arbeite an einer guten Gesellschaft und suche immer talentierte Leute für zukünftige Projekte. Er ziehe da gerade einen Blog auf, ██████ ██.co.uk – das stehe für *social economics* –, der habe jetzt schon eine unglaubliche Reichweite, das werde von den *Leadern* in aller Welt gelesen, von den *Movern* und *Shakern*, da könne er sich auch mal was Literarisches vorstellen, ein buntes Stück über unser gesellschaftliches Engagement oder unsere Einkommensverhältnisse, ohne Honorar versteht sich, das Ding sei schließlich nicht werbefinanziert. Dann reichte er uns seine Karte, sagte: »Wir bleiben in Kontakt«, und wandte sich wieder seinen Freunden zu.

In den Tagen darauf versuchte ich mich abermals auf meinen Roman zu konzentrieren. Ich musste an David denken; ständig dachte ich an ihn. Und je mehr ich an ihn dachte, desto weniger fiel mir ein. Während er an *Leben* schrieb, schrieb ich an nichts. Stundenlang saß ich am Wohnzimmertisch vor meinem aufgeklappten Laptop, tippte etwas hinein und löschte es gleich wieder. Statt zu schreiben, loggte ich mich alle halbe Stunde bei

Facebook ein und las, was andere erlebt hatten. Ich kontrollierte meinen Posteingang, rief die Seiten vom *Guardian*, vom *Mirror*, von der *Daily Mail* auf, recherchierte Geschichten hinterher, die mich nicht betrafen. Einmal – ich las gerade, dass Gemma McCluskies Bruder ihr nach dem Mord noch einige SMS geschickt hatte, damit es so aussah, als wüsste er von nichts[13] – klingelte mein Handy, es wurde keine Nummer angezeigt, und als ich den Anruf entgegennahm, war niemand dran. Draußen lärmte die Anti-Graffiti-Brigade, der Muezzin von Shoreditch rief zum Gebet; Boote knatterten übers Wasser; Polizeiwagen heulten über die Kingsland Road; Fahrradfahrer und Jogger stritten lautstark ums Wegerecht; als dann auch noch die Gänse anfingen zu schnattern, hielt ich es nicht mehr aus.

Ich stand auf, riss das Fenster auf und brüllte: »Seid endlich still!« Für einen Moment herrschte tatsächlich Ruhe. In meinem Kopf war kein Laut. Der Muezzin gegenüber verstummte. Die Bootsbesitzer stellten ihre Motoren ab. Die Reinigungskräfte machten ihre Geräte aus. Die Fahrradfahrer und Jogger hielten inne. Selbst die Gänse hörten auf zu schnattern. Alle sahen mich an.

Tom kam ins Zimmer und fragte: »Was ist los? Was ist passiert?«

»Ach, nichts«, sagte ich. »Die Gänse waren einfach zu viel.« Kaum hatte ich das gesagt, brach draußen wieder die Hölle los.

»Vielleicht bist du einfach zu viel. Vielleicht solltest du mal wieder rausgehen.«

»Ja«, sagte ich, »vielleicht.«

»Übrigens: Sie haben ihren Bruder gefunden.«

---

13 Die SMS, die Tony ihr schickte, endeten mit »*love ya xxx*«. Das, sagt die Polizei, seien in all den Jahren die einzigen Botschaften gewesen, in denen er positive Gefühle zum Ausdruck gebracht habe. Seine Sympathiebekundungen wurden ihm zum Verhängnis.

»Na, dann können wir ja beruhigt sein.«

»Ist das dein Ziel: beruhigt sein?«

Ich nickte und sagte: »Nein.«

Ich rief David an und fragte, was er mache, ob er Zeit habe.

»Ja«, sagte er. »Ich bin im Palm Tree. Komm vorbei.«

Aber als ich dort ankam, war er nicht allein. Eine Frau saß bei ihm, Martina, kurze, blonde Haare, auffallend weiße Zähne, langes schwarzes Kleid, sie kannten sich von der Uni her. Ihre Doktorarbeit mit dem Titel *(Des-)Orientierung und Identitätskonstruktion im zeitgenössischen Londonroman* habe sie eben erst fertiggestellt; jetzt forsche sie zum Thema »Ästhetik der Sicherheit«. Ein andermal, als ich ihn traf, diesmal zufällig, im Restaurant The Greedy Cow, war er mit einer anderen Frau zusammen, mit Margit, lange, dunkle Haare, weißes Hemd, roter Cardigan, schwarzer Rock, die ihre Dissertation über die Großstadt im Werk von Heinrich Heine schrieb und sich parallel dazu mit Schriftstellern im Exil und der Bedeutung von Bahnhöfen in der Literatur des 20. Jahrhunderts beschäftigte.

In der Tate hatte er Julia dabei, im Hyde Park Lisa, im Buchladen der *London Review* Natalie. Immerzu war er von den schönsten, elegantesten und interessantesten Frauen umgeben, von Studentinnen, Lektorinnen, Professorinnen. Marcela, eine in der Schweiz geborene österreichisch-tschechische Komparatistin, die jedermanns Nähe als Konkurrenz empfand, bezeichnete mich, nachdem ich ihr auf einer von Davids Partys auf den Fuß getreten war, als »Sie Arschloch!« – woraufhin ich ihr sofort das Du anbot. Nein, sagte sie, das nehme sie nicht an, sie brauche Distanz, um mich weiterhin beschimpfen zu können.

Und das tat sie dann auch.

SMS von ████████: »*let's rock 2n8!*«

Jetzt war ich so weit.

»*Yes!*«, schrieb ich ihm. »Erst essen, dann Underworld?«

Wiedersehen mit einst engen Freunden hatten in den vergangenen Jahren meist ein katastrophales Ende genommen: mit sich wochenlang hinziehenden gegenseitigen Vorwürfen, die eigenen Ideale verraten zu haben, und einem erneuten, diesmal angekündigten Kontaktabbruch. Oder sie waren einmalig geblieben: ein Abend der Gleichgültigkeit, als unausgesprochene Bestätigung, dass man sich nichts mehr zu sagen hat – und womöglich nie hatte.

Er rief mich auf meine Nachricht hin sofort an, sagte, Underworld sei nicht mehr so sein Ding, er gehe jetzt eher ins Annabelle's, versprach aber, mich abzuholen, meinte, das passe ihm ganz gut, sein Wagen parke in der Nähe. Ich wusste nicht, was er in London machte, was ihn hier gehalten hatte. Früher war er Punk gewesen, immer mit gefärbten Haaren und in abgerissenen Klamotten unterwegs. Damals hatte er einen Käfer, jetzt fuhr er einen weißen Porsche 911 Speedster, trug einen dunkelblauen Anzug von Hugo Boss, hatte Parfüm aufgelegt, die vollen, nur an den Schläfen ergrauten Haare zurückgekämmt und begrüßte mich überschwänglich.

»Spring rein«, sagte er.

Als ich aber, seiner Aufforderung folgend, ein Bein über die geschlossene Beifahrertür streckte, schüttelte er den Kopf und sagte, so habe er das nicht gemeint. Mit einer irren Geschwindigkeit fuhren wir über die New Road, die Canonbury Road, die Holloway Road an einer endlosen Doppelreihe ockergelber, zweistöckiger Backsteinbauten vorbei.

»Das«, brüllte er mir gegen den Wind zu, »hält mich am Leben.«

»Was?«, brüllte ich zurück. »Der Todeskick?«

»Das Autofahren.«

Dann bremste er ohne ersichtlichen Grund ab, drosselte das Tempo, hielt sich ans Limit, als hätte er mir bloß demonstrieren wollen, zu was er imstande sei. Oft lasse er den Wagen irgendwo stehen, erklärte er, und hole ihn irgendwann wieder ab. In seiner Gegend sei kein Parkplatz zu bekommen. Zwar habe er als Anwohner Anspruch auf einen Parkschein, aber den erhalte er nicht mit deutschem Nummernschild, und fürs Ummelden müsse er erst umrüsten, Austausch der Scheinwerfer, Nebelschlussleuchte von links nach rechts, Tachoblatt mit Meilenangabe etc., zu teuer, zu aufwändig, für solche Späße sei seine Zeit zu kostbar.

»Wo wohnst du denn?«

»In Belsize Park, gleich neben Kate Moss. Wenn wir Glück haben, sehen wir sie.« Aber wir hatten kein Glück. Stattdessen sahen wir Liam Gallagher, grimmig guckend im Parka vor einem Pub stehend, dem Rosslyn Arms, wo man, wie ▮▮▮▮▮ meinte, gut Pizza essen könne. Drinnen war alles voll, also gingen wir weiter, die Hampstead Heath Street rauf, ins Gaucho, ein argentinisches Steakhouse, schwarze Wände, weiße Kronleuchter, die Stühle mit Kuhfell überzogen.

»Du isst doch Steak, oder?«

»Nein. Nie.«

»Bist du etwa Vegetarier?«

»Immer schon gewesen.«

»Warum das denn?«

»Nur so.«

»Dir ist hoffentlich klar, was das heißt.«

»Nö. Was denn?«

»Mein Essen scheißt auf dein Essen.«

Angesichts des fleischlastigen Menüs entschied ich mich für Endiviensalat. Er wiederholte seine Aussage, dass sein Essen auf mein Essen scheiße, diesmal auf English, damit der Kellner es auch verstand, lachte lauthals, bestellte Chorizo Sausage als Vorspeise, ein achthundert Gramm Rib-Eye mit Chimichurri als Hauptgericht und für uns beide einen Finca Flichman Dedicado für zweiundneunzig Pfund die Flasche, obwohl der, wie er sagte, nur achtundachtzig Parker Points habe. Normalerweise mache er es nicht unter hundert, aber in diesem Laden – und dabei sah er den Kellner an – sei ja nichts Besseres zu kriegen.

»Und?«, fragte er, nachdem wir wieder allein waren. »Verheiratet?«

»Ja«, sagte ich.

»Mann oder Frau?«

»Frau.«

»Kinder?«

»Tochter.«

»*Side bitch*?«

»Natürlich«, sagte ich. »Ich bin Schriftsteller.«

»Drei Frauen. Und da kommst du noch zum Schreiben?«

»Frauen sind meine Inspirationsquelle. Ein Leben ohne Frauen kann ich mir nicht vorstellen.«

Er zeigte mir Fotos seiner Frauen auf dem Smartphone, ich zeigte ihm nichts.

»Und was machst du in London?«, fragte er, ehe ich ihn fragen konnte.

Ich erzählte ihm von den Seminaren, die ich gab, von Tom, von David, von ███████████████. »Ich weiß ja nicht, was du jetzt machst«, sagte ich, »aber die Begegnung mit diesem Wirtschaftspolitiktypen war echt krass, vor allem, als er meinte, er sei im Herzen Sozialist geblieben.«

»Bin ich auch«, sagte er, schob wie zum Beweis seinen Hemdsärmel hoch und zeigte mir ein Tattoo mit vier leicht versetzt stehenden schwarzen Balken – das Logo von Black Flag. »Hör ich immer noch.« Er erzählte von Konzerten, auf denen er im vergangenen Jahr gewesen war, The Damned, UK Subs, Bad Religion. »Wie früher«, sagte er, fragte, was ich höre, ich erzählte es ihm, und er sagte: »Du hast dich auch überhaupt nicht verändert.«

»Wir haben uns alle verändert. Wär schlimm, wenn nicht. Sieh dich doch an: So wärst du früher nicht rumgelaufen.«

»Stimmt«, sagte er, »inzwischen weiß ich Gegensätze zu schätzen.«

Nach dem ersten Glas Wein fragte ich ihn, was er denn jetzt mache. Ich erinnerte mich noch, dass er neben Geschichte auch Jura studiert hatte, Wirtschaftsrecht, dass er Anwalt werden wollte.

»War ich auch. Erst hier. Dann in New York. Kleine Kanzlei. Aber die wollten mich nicht zum Partner machen. Also hab ich die Seiten gewechselt. So bin ich zum Investmentbanking gekommen. Ich hätte auch bei Daimler in Stuttgart arbeiten können, hatte da ein Vorstellungsgespräch, kam der Generaldirektor rein, ›Herr ██████████, herzlichen Glückwunsch, Sie können hier als Referent anfangen. Hundertachtzigtausend Mark und unverfallbare Ansprüche auf eine Betriebsrente.‹ Alter, die haben gedacht, mit so einem Scheiß können sie mich locken. ›Wie komm ich dann denn weiter?‹, hab ich gefragt. Ich war ja ehrgeizig, wollte die Welt verändern. ›Ja, wie, Sie wollen gleich weiter? Sie müssen das erst mal ein paar Jahre machen, und wenn's gut läuft, können Sie in fünf Jahren Hauptreferent werden.‹ Und da bin ich zu *Gold* gegangen. Anfangs hab ich da in New York, gewissermaßen zur Ausbildung, an amerikanischen *M&A*-Projekten gearbeitet. Königsklasse. Die *Goldguys* waren sehr konservativ, alte Schule. *The client always comes first*, und so Zeug. Oberstes *business principle*. Aber die Wahrheit ist: *The client* weiß nicht, was er will. *The client* trifft falsche Entscheidungen. *The client* wäre ohne uns ziemlich aufgeschmissen. Wir haben da praktisch alles für die gemacht, Gelder *geraist*, Börsengänge, *New Economy, Private Equity*, Jahrtausendwende, die große Zeit.«

»Und was war da deine Aufgabe?«

»Hauptsächlich *Trades*, Transaktionen, Privatisierungen, Verkäufe, hier mal einen Pharmaladen, da mal eine Mineralölkette. Oder wir haben einem Automobilzulieferer geholfen, eine Tochter loszuwerden. Meist in Auktionsmechanismen: Wir haben versucht, ein Verfahren zu entwickeln, das dem Problem adäquat ist. Man zieht das in so einem Prozess durch, wo man den erstbesten und den zweitbesten Käufer identifiziert und mit denen dann darüber spricht, was man da für einen Wert ableiten kann. *Value discovery*. Man muss die Leute dazu bringen, aus der Industrielogik heraus den besten Preis zu zahlen.«

»Also habt ihr euren Kunden geholfen herauszufinden, was sie wollen.«

»Wir haben ihnen geholfen, sich selbst richtig einzuschätzen.«

Dann kam der Kellner mit meinem Endiviensalat und ████ ████s Rib-Eye, und ich fürchtete schon, er würde seinen Spruch wiederholen, aber alles, was er sagte, war: »Guten Appetit.«

Und ich nickte, sagte: »Dir auch«, und fragte: »Und wie viel hast du da verdient?«

»Im ersten Jahr so viel, wie ich bei Daimler bekommen hätte. Nach drei Jahren hatte ich das verdoppelt. Und nicht nur ich, alle, mit denen ich angefangen habe, die *class of two thousand*, die *Associates*. Und nach fünf Jahren, da war ich schon *Executive Director*, hatte ich fünfhunderttausend Dollar auf der Uhr stehen. Das war eine tolle *compensation*. Und dann, da war ich gerade hierher, nach London, zum Kapitalmarkt gewechselt, da kam der Einbruch.«

»Findest du das nicht ein bisschen viel?«

»Alter! Du musst das im Verhältnis sehen. Wir erwirtschaften da ja Milliarden im Jahr. Du kriegst das, was deine Firma, dein Bereich, deine Abteilung verdient hat. Und außerdem: Hast du eine Ahnung, was ich da abreiße? Ich mach mich wund. Alle Firmen haben ja ausgeklügelte Systeme, wie sie dich dazu bringen, Tag und Nacht zu arbeiten. Achtzig, hundert Stunden die Woche sind da nichts. Wenn da ein *call* kommt, kannst du nicht sagen: ›*Sorry*, du, ich bin gerade im Urlaub.‹ Da musst du halt immer aufpassen, dass du deine Kunden nicht an Morgan Stanley oder die Citibank oder was weiß ich wen verlierst, da musst du im Prinzip rund um die Uhr wach sein, um gute *deals* zu liefern. Da gibt's kein Wochenende, keine Freizeit. Und jede Menge *in-house competition*. Wenn du ins Büro kommst, an einem Samstag oder Sonntag, jetzt nicht im Kapitalmarkt, sondern im *advisory*, da sind die Teams komplett da. Und die Firma sorgt auch dafür, dass du da bist, dass du Topleistung bringen kannst. Die zahlt dir die Taxifahrten, Essen für fünfzig Euro, Privatflüge nach Deutschland und zurück, zum achtzigsten Geburtstag deiner Oma, solche Sachen, alles für dein Wohlbefinden. Da sind die echt großzügig. Und dann haben wir, wenn's mal richtig stressig wird, natürlich noch die *gyms*, da kannst du dich ordentlich abreagieren. Aber das hab ich mental nicht nötig, ich hab genug positive *Kicks* durch die Kollegen, die Vorgesetzten, die *reviews*, die Boni.«

»*Reviews*? Du meinst, Kritiken?«

»Ja, klar. Alle sechs Monate gibt's *reviews*. Wir haben den besten *Review*-Prozess der Welt. Dreihundertsechzig Grad. Das heißt, ich schreib über meinen Vorgesetzten und mein Vorgesetzter über mich; ich schreib über meine Kollegen, und meine

Kollegen schreiben über mich usw. Alles vollkommen anonym. Absolut objektiv. Du weißt immer genau, wo du stehst, wie du wahrgenommen wirst, wer du bist.«

»Und was schreibt ihr da so übereinander?«

»Gibt sieben oder acht Kategorien: *professionalism, he's good with the client, great communicator, yes/no, he came too late to the meeting*, so was. Das wird durchgängig in der ganzen Firma gemacht. Und dann geht alles in die große Maschine, die *big black box*. Und dann gibt's Bewertungen. Du stehst ständig auf dem Prüfstand. Und das ist gut so. Damit du nicht abschlaffst.«

»Und wie sieht deine Bewertung aus?«

»Was glaubst du denn?«, fragte er, lehnte sich zurück und wies mit beiden Händen, mit Gabel und Messer, von denen der Fleischsaft tropfte, auf seinen Oberkörper. »Sehen so *loser* aus?«

»Und was machst du da jetzt am Kapitalmarkt?«

»Erst war ich zuständig für alle Unternehmen in Deutschland, Österreich, der Schweiz, die Kapital aufnehmen wollten«, er stieß die Gabel wieder ins Fleisch, »in Form von Bonds, Rentenanleihen oder *convertibles*, Wandelschuldverschreibungen, da haben wir große Transaktionen gemacht, die ganze *Corporate*-Seite, Siemens, VW, Mercedes, BMW, Bayer, Henkel, die topdeutsche Industrie, alle, die ihre Bilanzen mit Fremdkapital finanzieren. Und dann hab ich auch sehr erfolgreich mit Derivaten gehandelt, mit Zinsderivaten.«

»Was ist das denn?«

»Also zum Beispiel, dass du deine Schulden nicht in Euro hältst, wo du doch jede Menge *cashflows* aus Amerika, Großbritannien oder Australien bekommst, so Währungs*baskets*. Die Derivate sind dann ja explosionsartig gewachsen.«

»Und explosionsartig geschrumpft. Damit hat doch alles angefangen, das ganze Elend mit den Banken.«

»Derivate erfüllen ganz normale ökonomische Funktionen. Die musst du haben in einer Volkswirtschaft, sonst könntest du bestimmte Geschäfte nicht machen. Denk einfach dran, wenn du nach Russland exportierst – willst du dich da in Rubel bezahlen lassen, wo das jeden Tag rauf und runter geht, oder in Euro? Das Problem sind nicht die Derivate selbst, sondern das Management, die Handhabung, vor allem die der Kreditderivate, *credit default swaps*, wo Kreditrisiken verschoben worden sind – Kreditrisiken, die man dann neu verpackt und in Form von *subprimes* überallhin verkauft hat, vor allem nach Deutschland. Kannst du dich noch ans Platzen der Internetblase erinnern? Danach haben die Amerikaner versucht, durch niedrige Zinsen die Wirtschaft anzukurbeln. Greenspan war da ganz weit vorne. Und Bill Clinton mit seinem *Community Reinvestment Act*. Der hat gesagt: ›Das kann ja nicht sein, dass der durchschnittliche *Hispanic* kein Geld bekommt – der mag zwar ein unsicherer Kreditnehmer sein, aber auch für den muss es doch eine faire Chance geben, den *American Dream* leben zu können.‹ Das hat den Hausbauboom losgetreten. Jeder bekam plötzlich einen Kredit.«

»Was ja nicht falsch gedacht ist.«

»Ja, nur Eigentum für alle ist eine Illusion. Irgendeiner muss immer dafür bezahlen. Und wenn du deine Hypotheken nicht bedienen kannst, aber immer weiter Schulden machen darfst, bricht irgendwann das System zusammen. Und diese Wackelkandidaten, diese zweit- und drittklassigen Kreditnehmer und die daraus resultierenden Risiken wurden über die Derivate im Markt abgelegt. Und so kam das zu uns. Irgendwo mussten wir mit unseren Exportüberschüssen ja hin. Die Sparkassen hatten die Kapitalüberschüsse bei den Landesbanken geparkt. Und die Landesbanken wussten nicht, wohin damit. Also, was haben sie gekauft? Das war einer der Hauptauslöser der Finanzkrise: Die nannten das auch passenderweise ›Kreditersatzgeschäft‹, dass man diese Kreditderivate in Wertpapiere umgepackt, also verbrieft hat und dass die dann von externen Ratingagenturen mit *Triple A* bewertet wurden, obwohl die im Extremfall vielleicht nur ein *D* verdient gehabt hätten. Das konnte nicht gut gehen. Die Agenturen wurden ja von den Leuten bezahlt, die die Verbriefungen vorgenommen haben. Das heißt, die Ergebnisse fielen meist zugunsten des Verkäufers aus. Wenn nicht, wurde einfach ein wenig nachjustiert, anders gemischt. Und niemand hat das mehr kontrolliert. Das war auch nicht mehr zu kontrollieren. Weil die Kreditrisiken irgendwann einfach nicht mehr messbar waren. Die Risiken verschwinden ja nicht, bloß weil du ums Paket ’ne hübsche Schleife bindest. Mit all dem hatte ich aber nichts zu tun. Und wir bei *Gold* haben da auch insgesamt wenig Fehler gemacht. Wir sind nicht Lehman, Fannie Mae oder Freddy Mac, Merrill Lynch oder die verdammte Royal Bank of Scotland. Alter, du kennst mich doch. Ich bin einer der *good guys*.«

Wir waren beide fertig mit essen. Und kaum hatten wir das Besteck auf die Teller gelegt, kam der Kellner, fragte, ob es uns geschmeckt habe, und räumte ab, ohne unsere Antwort abzuwarten.

»Aber wer«, sagte ich, nahm, um mich zu stärken, einen Schluck Wein und beugte mich zu ihm rüber, »wenn nicht die Banken, hat uns die Krise eingebrockt? Und wer, wenn nicht wir, hat die Banken gerettet? Gezwungenermaßen?«

»Du redest immer von Banken, Alter. Es gibt solche und solche. Und jede ist anders. Du hast doch überhaupt keine Ahnung.«

»Ich hab Ahnung genug, um zu erkennen, dass hier etwas fundamental falsch läuft.« Ich musste an Tom denken, an sein Bild vom Minotaurus. So fühlte ich mich in dem Moment: ein ohnmächtiges Monster, gefangen in seinem Labyrinth, des Tötens fiktiver Figuren überdrüssig. ███████ hatte recht: Ich hatte keine Ahnung. Ich verstand nichts von Wirtschaft, nichts von Politik, wusste nicht, wie die Systeme funktionieren, was hinter den Kulissen abläuft, was die Welt im Innersten zusammenhält, wie die Weltenlenker ticken. Als Schriftsteller bewohnte ich eine innere Provinz, aus der es, weil ich zu alt war, beruflich noch einmal etwas ganz anderes zu machen, kein Entkommen gab. Mir bleiben, dachte ich, nur zwei Möglichkeiten: Entweder füge ich mich in mein Schicksal, verteidige meinen Posten, den Augen der Menschen entrückt, und warte auf Theseus, meinen Bezwinger. Oder ich begebe mich auf eine Reise ohne Wiederkehr und befreie mich selbst. Wenn ich doch nur vergessen könnte, wer ich bin, dachte ich, und noch einmal ganz von vorn anfangen, gleichsam als ein anderer.

»Bei welcher Bank bist du eigentlich?«, fragte ich.

»Sag ich doch schon die ganze Zeit.«

»Hab ich irgendwie nicht mitgekriegt.«

»Bei Goldman Sachs.«

Am nächsten Tag erschien in der *New York Times* ein Artikel von Greg Smith – wieder ein Smith –, Manager bei Goldman Sachs, in dem er seinen Rücktritt verkündete, weil die Firma seiner Ansicht nach jedes Maß verloren habe. Ausdruck dessen sei, schrieb er, dass seine Kollegen Kunden intern seit Jahren als »*muppets*« – »Idioten/Trottel/Deppen« – bezeichneten.

Mein letztes Seminar gab ich am University College London vor fünf Studenten. Ich hatte *Gegen den Wald* dabei, mein Notizbuch mit den ersten Sätzen einer noch unbetitelten Erzählung und meinen alten, abgegriffenen Stadtplan. Ich legte alles, was ich hatte, auf den Tisch und schaltete mein Handy aus. Der Dozent des Deutschen Akademischen Austauschdienstes stellte mich vor und verteilte Kopien, Absätze, die die Studenten gemeinsam übersetzen sollten. Wir besprachen das Ergebnis und diskutierten über deutsche Gegenwartsliteratur. Sie sagten wenig von sich aus und antworteten kurz und knapp.

Der Dozent erklärte hinterher, viele belegten Deutsch, weil das Fach nicht so überlaufen sei wie die anderen. Seit zehn Jahren seien Fremdsprachen nach der achten Klasse kein Pflichtfach mehr; der Anteil derjenigen, die einen Abschluss in Deutsch machen, habe sich halbiert. Die Studenten müssten zwar ihr drittes Jahr in Deutschland verbringen, würden dort aber oft nur Englisch sprechen – vor allem in Berlin.

Ich nahm den Ausgang am Gordon Square, schaltete mein Handy wieder ein, ging am Royal Institute of Philosophy vorbei, an der kreuzförmigen, neogotischen Church of Christ the King und dachte an meinen ersten Aufenthalt hier, wie seltsam vertraut mir alles war, die Mauern, die Bäume, die schwarzen Taxis und die roten Doppeldeckerbusse – die Dinge, die ihre Gestalt kaum verändert hatten und mir für Sekunden das Gefühl gaben, mich selbst kaum verändert zu haben. Die Sonne schien, die Straßen waren voller Menschen. Ich trat bei Waterstone's ein, eine Buchhandlung am Torrington Place. Ich suchte nichts Bestimmtes, ging die Gänge auf und ab, blieb vor den Regalen stehen, zog einige Bücher heraus, blätterte lustlos darin herum und schob sie zurück. Ich konnte mich für nichts entscheiden, seit der Begegnung mit ▆▆▆▆ kamen mir Lesen und Schreiben so sinnlos vor.

Draußen stand ich noch eine Weile unschlüssig vor den Schaufenstern, betrachtete die Auslage. In der Spiegelung der Scheibe sah ich hinter mir zwei Männer im Anzug. Ich ging Richtung Gower Street und sah, dass sie mir folgten. Ich ging zurück, um mich davon zu überzeugen, dass ich es mir nur einbildete. Doch es bestand kein Zweifel: Sie folgten mir.

Ich dachte: Ladendetektive. Bücherdieb. Anzeige. Obwohl ich nichts gestohlen hatte, war ich – allein um der Geschichte willen – bereit, mich abführen und verhören zu lassen.

Als ich mich zu ihnen umdrehte, bemerkte ich die Kabel, durchsichtige Plastikspiralen, die, als wären sie Androiden, aus ihren Ohren kamen und in ihren Nacken verschwanden. Die Männer zeigten mir irgendwelche Ausweise, so schnell, dass ich die Namen darauf nicht lesen konnte.

Der eine fragte: »Entschuldigung, Sir, was haben Sie da in Ihrer Tasche?«

»Bücher«, sagte ich, ließ die Schnallen aufschnappen und zog die Lasche zurück. Sie warfen einen flüchtigen Blick hinein. »Oh«, sagte der andere, »tatsächlich: nur Bücher.«

»Subjekt geklärt«, sagte der Erste und ging zur Straße.

Der Zweite richtete einen Zeigefinger auf mich und sagte: »Passen Sie auf sich auf.«

»Passen Sie selber auf sich auf«, sagte ich.

»Machen wir.«

Sie gingen weiter, stiegen in einen schwarzen Range Rover mit getönten Scheiben und fuhren davon.

Tom, der, da nach vier Wochen die Hauptmieter zurückkehrten, in eine andere Wohnung zog, eine günstigere, ruhigere, wieder zur Zwischenmiete, wieder bei einem Smith – seinem Vater –, schenkte mir zum Abschied eine Zeichnung: ich auf der Promenade am Regent's Canal, umringt von schwarzhalsigen und schwarzköpfigen Gänsen – eine Todesschwadron. Es sah aus wie das Cover meines neuen Buches, eine noch zu vollendende Geschichte:

Ich gab mich wieder meinen Träumen hin: An einem unserer letzten Tage pilgerten David und ich über die Isle of Dogs und unter der Themse hindurch zum Royal Greenwich Observatory. Wir streiften durch den Park, betrachteten vom Hügel aus die Docklands, Canary Wharf, den Millennium Dome, erzählten uns Geschichten von der Jahrtausendwende, von früheren Besuchen in London, von feudalen Abendessen in Cambridge und Oxford – unserem Hogwarts-Gefühl –, erinnerten uns an das, was wir gemeinsam erlebt hatten, und versicherten einander, dass wir uns in Berlin ebenso häufig treffen würden wie hier – obwohl er in Prenzlauer Berg wohnte und ich in Kreuzberg und uns kein Kanal verband.

Während wir da standen, musste ich daran denken, dass wir, wenn wir zurückkehrten, ganz selbstverständlich wieder in unsere Freundeskreise, unsere Familienzusammenhänge eintauchen würden, in unsere getrennt voneinander existierenden Welten. Und weil er mich lange ansah, hatte ich das Gefühl, er dachte in dem Moment auch daran: wie fremd wir uns in Deutschland gewesen waren und wie nahe wir uns jetzt standen und wie schwer es war, Nähe aufrechtzuerhalten, sobald sich die Umstände änderten. Wir waren am Nullpunkt angekommen, wagten aber nicht, darüber zu sprechen, weil wir die Stimmung, den Augenblick nicht zerstören wollten.

Nach Davids Abreise traf ich mich mit Lektoren von englischen Verlagen. Ich hoffte, dass sie die Lizenz meines Romans *Gegen den Wurm* erwerben würden. Ich tanzte mit ihnen auf Partys, stand mit ihnen auf den Dächern von Pubs herum, zog mit ihnen durch die Clubs der Stadt. Als wir wieder nüchtern waren, saßen wir Kaffee trinkend an der Themse, eine Möwe schiss mir auf die Hose, sie sagten mir, das sei ein gutes Omen – allerdings nicht für sie, nicht für mich, mein Roman passe nicht in ihr Programm. Der Möwenschiss erwies sich nach meiner Rückkehr dann aber doch noch als gutes Omen, denn der indische Verlag Seagull Books erwarb die englischsprachigen Übersetzungsrechte.

Etwa zur gleichen Zeit nahm ich Kontakt zu meiner italienischen Übersetzerin Francesca Gabelli auf und sagte ihr meine Unterstützung bei der Decodierung des Textes zu. Sie hatte schon Uwe Tellkamps Roman *Der Turm* übertragen, war also mit großen Gesellschaftsromanen vertraut. Als sie mich in Berlin besuchte, im Sommer 2012, saßen wir lange im Adlon zusammen und sprachen darüber, wie manche Worte gemeint seien und wie man den Italienern ihnen unbekannte Themen und Begriffe – Ostfriesland, reformierte Kirche, Schlecker – verständlich machen könne, ohne Fußnoten setzen zu müssen.

Nach einem halben Jahr – sie hatte, seines anhaltenden Erfolges wegen, Timur Vermes' *Er ist wieder da* zwischenschieben müssen – trafen wir uns noch ein paarmal im Abstand mehrerer Monate in Frankfurt am Main, im Più Allegro an der Alten Oper und im Caffeppuccino am Hauptbahnhof; die letzten Korrekturen gab sie in meinem Beisein per Handy an die Setzerin weiter.

Und dann war es endlich so weit. Der Roman *Contro il caffè* erschien im April 2014, und zwei Wochen später lud mich Elisabetta Sgarbi, die Verlegerin von Bompiani, zur Buchmesse nach Turin ein. Für Flug, Unterkunft und Verpflegung sei gesorgt, schrieb sie, ich müsse nur kommen.

Zweiter Teil

Alle deutschsprachigen Schriftsteller von Weltrang haben über ihre italienische Reise geschrieben.

Ich bin der höflichste Mensch von der Welt.

Heinrich Heine, *Reise von München nach Genua*

Und doch wußte er nur zu wohl, aus welchem Grunde die An-
fechtung so unversehens hervorgegangen war. Fluchtdrang war
sie, daß er es sich eingestand, diese Sehnsucht ins Ferne und
Neue, diese Begierde nach Befreiung, Entbürdung und Vergessen, – der Drang hinweg vom Werke, von der Alltagsstätte eines starren, kalten und leidenschaftlichen Dienstes.

Thomas Mann, *Der Tod in Venedig*

Ihm fehlt nichts, außer der übrigen Welt. Nichts, außer einem
Ziel, Italien.

Friedrich Christian Delius,
Der Spaziergang von Rostock nach Syrakus

Das DORT ist nun HIER geworden, mein Lieber!

Karl Philipp Moritz,
Reisen eines Deutschen in Italien in den Jahren 1786 bis 1788

Ich! Bin! Jetzt! Hier!

Friedrich Christian Delius,
Der Spaziergang von Rostock nach Syrakus

»Ich bin gern in Italien.« Er seufzte tief und legte, vielleicht mit seinem Redebeginn nicht sehr zufrieden, eine dunkle Pause ein. Die graustruppigen Augenbrauen bebten leicht in Schmerz. Der trockene, etwas zu bleiche Mund stand – sinnend? abwartend? – leichthin offen und nahm nach kurzem Zögern, hinter dem freilich ein Kosmos Lebenserfahrung lungern mochte, halbgeschlossenen Auges einen Schluck Espresso auf.

Eckhard Henscheid, *Dolce Madonna Bionda*

Sobald ich frei war, schon mit zwanzig Jahren, zog ich mich in die Einsamkeit des Reiselebens zurück. (…) Ich fand nach Italien; – und da war mir's, als hätte ich nach Haus gefunden. (…) Ich erkannte mich selbst in den Bildern, die alle auf Größe und Lust aus sind, in den Landschaften der Helden, wo keine Träne lange hängenbleibt, in dem ewig jünglinghaften Volk. Hier war eine heftigere Welt wie aus meinem Herzen ans Licht getreten.

Heinrich Mann, *Zwischen den Rassen*

Man sage, erzähle, male, was man will, hier ist mehr als alles.

Johann Wolfgang von Goethe, *Italienische Reise*

Wir kommen ohne diesen Zufluchtsort nicht aus. Er ist unsere Lieblingsprojektion, unser Freilichtkino, unser Allerwelts-Arkadien. Hier können wir, heute wie vor zweihundert Jahren, unsere Defekte kompensieren, hier tanken wir Illusionen, hier stochern wir in den Trümmern einer alten, halbvergessenen Utopie herum.

Hans Magnus Enzensberger, *Italienische Ausschweifungen*

Hier komme ich nun schon in das Land, wo kein Stein ohne Namen ist.

Johann Gottfried Seume,
Spaziergang nach Syrakus im Jahre 1802

In Rom sah ich, daß alles einen Namen hat und man die Namen kennen muß. Selbst Dinge wollen gerufen werden.

Ingeborg Bachmann, *Was ich in Rom sah und hörte*

Flaniert in der Stadt. Dies und das gesehn. Alte Brücken, Kirchen, Plätze, römische Überreste.

Emilie Fontane, *Aus den Tagebüchern der Italienreise*

Also der Große Schrott der Abendländischen Geschichte erwartet Dich hier (…).

Rolf Dieter Brinkmann, *Rom, Blicke*

Auch ich in Arkadien!

Johann Wolfgang von Goethe, *Italienische Reise*

»Auch ich in Arkadien!«, Göthe. Dieses Arkadien ist die reinste Lumpenschau. Seien es die modischen Lumpen oder die antiken Lumpen, ein Mischmasch, das so weit von Vitalität entfernt ist.

Rolf Dieter Brinkmann, *Rom, Blicke*

Pottsaudummes Überich: Wagner, Svevo, D'Annunzio, der ganze Schamott konnte sehr gut warten, der hatte ewig Zeit. Jetzt wurde erst einmal gelebt!

Eckhard Henscheid, *Dolce Madonna Bionda*

Man geht so leichtfertig mit dem Begriff Leben um. Als hätte jeder Tausend Leben. – Ich glaube nicht, daß diese Illusion notwendig für den Einzelnen ist, um Leben überhaupt ertragen zu können – ich meine die Illusion, man hätte unbegrenzt Leben zur Verfügung, ganz im Gegenteil, das zeitlich-begrenzte meines Daseins verläßt mich nie, und mir dient dieser Aspekt gerade auch zur Steigerung und Intensivierung – nun kann jeder sagen, ihm sei schon bewußt, daß er mal aufhört, hat der aber das sich richtig klargemacht? Die reale tagtägliche Haltung zeigt meistens das Gegenteil. – Sie zeigt auch das Gegenteil von Intensität, nämlich ein Verbrauchen von vorhandenen Lebenssteigerungsmöglichkeiten, eine Erwartung, die nach außen gerichtet ist anstatt an sich selber, unabhängig von der Umgebung. Man will überwältigt werden, anstatt durch sich selbst sich zu überwältigen (…).

Rolf Dieter Brinkmann, *Rom, Blicke*

In der Gegend der Lunge legte ein Brett sich quer. Links nach dem Herzen zu balgte die Rachelust sich mit etwas anderem; das andere, in vierzehn Jahren eingenäht, machte sich frei, kreiste rund, triumphierte nach wenigen Augenblicken ewigschön schweratmender Verschlungenheit. Ein Stau brach auf, ein Wehr hielt nicht mehr stand, Gefühl schoß los, das zugleich Katarakt und wohlig breiter Sanftstrom war.

Eckhard Henscheid, *Dolce Madonna Bionda*

Es sprengte die Augen. Der Glanz des Lichts wurde schärfer, die Luft trockener. (…) Das Rot der halbierten Wassermelonen und die gestreiften Stoffvordächer über den Cafés – die Fahrkünste der Italiener im Gedränge – das alles und die schönen Frauen. Hier konnte kaum eine traurige Geschichte spielen.

Helmut Krausser, *Könige über dem Ozean*

Das ist das Angenehme auf Reisen, daß auch das Gewöhnliche durch Neuheit und Überraschung das Ansehen eines Abenteuers gewinnt.

Johann Wolfgang von Goethe, *Italienische Reise*

Der Zauber des Neuen, Unbekannten ist hier dermaßen gesteigert, daß ich mir vorkomme wie die arabischen Seefahrer in 1001 Nacht, die in eine geheimnißvolle ausgestorbene Stadt eintreten und deren Sinne durch das Unerhörte so angespannt sein müssen, daß sie an jeder Straßenecke den Schritt verlangsamen, um sich auf das vorzubereiten, was etwa dahinter sein könnte.

Heinrich Mann, *Tagebuch*

(…) jedermann lebt in einer Art von trunkner Selbstvergessenheit. Mir geht es ebenso, ich erkenne mich kaum, ich scheine mir ein ganz anderer Mensch. Gestern dacht' ich: »Entweder du warst sonst toll, oder du bist es jetzt.«

Johann Wolfgang von Goethe, *Italienische Reise*

Das Spiel der spekulativen Vernunft, Schattenbilder eines Traums, still und dumm und lauschig kitzelnd. Meingott, war das Leben heiter. Fast zu kribbelstark am Herzen.

Eckhard Henscheid, *Dolce Madonna Bionda*

Aber nun ist es eitel Vergnügen, leicht, leicht, und die Augen erklettern vogelhurtig alles bis in die höchsten Fenster unter dem Dach. Ach, wie sie im dicksüchtigen Blau in kühn geschnittenen Straßen herumhüpfen, ohne schwerer zu werden, ohne Stockung. Denn hinter jedem Schritt bleiben feste Gräber spielzeugnichtig in Reih und Glied, und der Augenschmaus entschwebt in Gasen des sofortigen Vergessens und kringelt und kräuselt in die Himmelsluft.

Paul Nizon, *Canto*

Von hier gehe ich nicht mehr fort, habe ich mir in diesem ersten Augenblick gedacht. Ich stand am offenen Fenster und sagte mir, hier bin ich, hier bleibe ich, von hier bringt mich nichts mehr weg. Und meine Rechnung ist aufgegangen, ich bin in Rom geblieben (…).

Thomas Bernhard, *Auslöschung*

Mit der Zeit interessierte mich wahrhaftig nichts anderes mehr als »Rom«, ich verlor den Kontakt mit meiner Heimat (…).

Hanns-Josef Ortheil, *Rom – Eine Ekstase*

Deutschland wird mich fürs erste nicht mehr sehen. (…) In den letzten Tagen habe ich noch ziemlich fleißig gearbeitet, und in Italien wird viel schattige Ruhe in schweigsamen Hainen mein Schaffen begünstigen. Wenn ich dort nicht mindestens ein Dutzend Novellen concipiere, so will ich kein Künstler sein!

Thomas Mann, *Brief an Otto Grautoff vom 10. Juli 1895*

Ich mache diese wunderbare Reise nicht, um mich selbst zu betriegen, sondern um mich an den Gegenständen kennen zu lernen; da sage ich mir denn ganz aufrichtig, daß ich von der Kunst, von dem Handwerk des Malers wenig verstehe. Meine Aufmerksamkeit, meine Betrachtung kann nur auf den praktischen Teil, auf den Gegenstand und auf die Behandlung desselben im allgemeinen gerichtet sein.

Johann Wolfgang von Goethe, *Italienische Reise*

Man müßte es wie Göthe machen, der Idiot: alles und jedes gut finden/was der für eine permanente Selbststeigerung gemacht hat, ist unglaublich, sobald man das italienische Tagebuch liest: jeden kleinen Katzenschiß bewundert der und bringt sich damit ins Gerede.

Rolf Dieter Brinkmann, *Rom, Blicke*

Als mein Name zum erstenmal in den Zeitungen genannt wurde, war ich glücklicher als je zuvor in meinem Leben, und ich beschloß zu bleiben. Ich hätte jetzt jederzeit ans Meer fahren können, doch dazu kam es nicht mehr, denn ich hatte immer neue Versprechen einzulösen, die ich gegeben hatte, immer neue Aufgaben zu erfüllen, die ich übernommen hatte, mich immer neu zu bestätigen, da man nun einmal mich bestätigt hatte.

Ingeborg Bachmann, *Auch ich habe in Arkadien gelebt*

In diesem Augenblick dachte er an seinen Ruhm und daran, daß viele ihn auf den Straßen kannten und ehrerbietig betrachteten, um seines sicher treffenden und mit Anmut gekrönten Wortes willen, – rief alle äußeren Erfolge seines Talentes auf, die ihm irgend einfallen wollten, und gedachte sogar seiner Nobilitierung.

Thomas Mann, *Der Tod in Venedig*

»Was haben Sie zu sagen?« lautete die Frage. Nichts, meines Wissens. Keine Meinung, kein Programm, kein Engagement, keine Geschichte, keine Fabel, keinen Faden. Nur diese Schreibpassion in den Fingern. Schreiben, Worte formen, reihen, zeilen, diese Art von Schreibfanatismus ist mein Krückstock, ohne den ich glatt vertaumeln würde. Weder Lebens- noch Schreibthema, bloß matière, die ich schreibend befestigen muß, damit etwas stehe, auf dem ich stehen kann.

Paul Nizon, *Canto*

Wenn ich recht viel hätte schreiben wollen, hätte ich eben so gut zu Hause in meinem Polstersessel bleiben können. Nimm also mit Fragmenten vorlieb, aus denen am Ende doch unser ganzes Leben besteht.

Johann Gottfried Seume,
Spaziergang nach Syrakus im Jahre 1802

Ich hatte keine Zeit, das Buch zu schreiben, es beschäftigte mich, im Süden zu sein.

Wolfgang Koeppen, *Eine schöne Zeit der Not*

»Warum lachen Sie dauernd?« fragt eine alte Dame vom Eingang her. »Ich lache immer, lachen würd' ich noch beim Untergang der Welt.«

Paul Nizon, *Canto*

Dann aber mußt ich wieder über mich selbst lächeln, und es wollte mich bedünken, als sei die ganze Stadt nichts anderes als eine hübsche Novelle, die ich einst einmal gelesen, ja, die ich selbst gedichtet, und ich sei jetzt in mein eigenes Gedicht hineingezaubert worden und erschräke vor den Gebilden meiner eigenen Schöpfung. Vielleicht auch, dacht ich, ist das Ganze wirklich nur ein Traum, und ich hätte herzlich gern einen Taler für eine einzige Ohrfeige gegeben, bloß um dadurch zu erfahren, ob ich wachte oder schlief.

Heinrich Heine, *Reise von München nach Genua*

Überhaupt ist mit dem neuen Leben, das einem nachdenken-
den Menschen die Betrachtung eines neuen Landes gewährt,
nichts zu vergleichen. Ob ich gleich noch immer derselbe bin,
so mein' ich, bis aufs innerste Knochenmark verändert zu sein.

Johann Wolfgang von Goethe, *Italienische Reise*

(…) wenn meine Reise nach Italien auch weiterhin so schön
wird wie der Besuch in dieser Stadt, dann hat sich der Aufwand
gelohnt und ich komme als glücklicher, ausgeglichener Mensch
zu Dir zurück.

Friedrich Christian Delius,
Der Spaziergang von Rostock nach Syrakus

Die Wiedergeburt, die mich von innen heraus umarbeitet,
wirkt immer fort. Ich dachte wohl, hier was Rechts zu lernen;
daß ich aber so weit in die Schule zurückgehen, daß ich so viel
verlernen, ja durchaus umlernen müßte, dachte ich nicht. Nun
bin ich aber einmal überzeugt und habe mich ganz hingegeben,
und je mehr ich mich selbst verleugnen muß, desto mehr freut
es mich. (…) Gebe der Himmel, daß bei meiner Rückkehr auch
die moralischen Folgen an mir zu fühlen sein möchten, die mir
das Leben in einer weitern Welt gebracht hat.

Johann Wolfgang von Goethe, *Italienische Reise*

Ich bin enttäuscht. Angenehm enttäuscht ... Meine Suche nach dem Imaginären hat zu einem paradoxen Resultat geführt. Es kommt mir vor, als wären die Sterndeuter in diesem Land die letzte Zuflucht des *common sense,* als hätte sich die praktische Vernunft, reduziert auf den altmodischen und leicht philiströsen Kern der »Lebensweisheit«, im Hauptquartier des »Aberglaubens« verbarrikadiert – während draußen, in der Welt der Banken und Parteien, der Krankenkassen und Fernsehsender, die Wirklichkeit immer wahnhafter, der Wahn immer wirklicher wird. Nicht der Zauberer in seinem Salon ist dämonisch, sondern die Stadt vor seiner Tür mit ihren Finanzskandalen, ihren Luxusräuschen, ihren Gangsterkriegen, Schiebergeschäften und Gefängnissen.

Hans Magnus Enzensberger, *Italienische Ausschweifungen*

Das ist der dunkle Saal, der durchgeht. Statt Türen Schatten. Und leise dampft das Orchestrion. Die eingewickelten Bässe, wo? unerreichbar, federn, stampfen; oh, weit das Lokal, ampio, nicht zu sagen, Labyrinth.

Paul Nizon, *Canto*

Nach Tische eilte ich, mir erst einen Eindruck des Ganzen zu versichern, und warf mich ohne Begleiter, nur die Himmelsgegenden merkend, ins Labyrinth der Stadt (...).

Johann Wolfgang von Goethe, *Italienische Reise*

Man braucht Tage und Wochen, um sich in dem Sammelplatze so vieler Schönheiten nicht mehr wie in einem Labyrinthe zu verlieren, sondern nur erst einigermaßen die Szenen, die man vor Augen hat, auch in seiner Einbildungskraft zu ordnen.

Karl Philipp Moritz,
Reisen eines Deutschen in Italien in den Jahren 1786 bis 1788

Du gehst schmierige Straßen entlang, an verklebten Grundmauern vorbei, an blöden Gesichtern, und entlang an Parolen, die schon seit gestern verrottet sind, Du gehst an diesen Fetzenhaften Ausdrücken vorbei. Du läßt das alles hinter Dir: jede Parole will glauben lassen, in ihr enthalte sich die Weltformel für Leben, was für ein Quatsch.

Rolf Dieter Brinkmann, *Rom, Blicke*

Offenbar sei es mir, wie den meisten Ausländern, entgangen, daß die italienische Kultur seit Jahren von einer Horde profaner Medizinmänner und Schamanen beherrscht wird: von jenen Spezialisten der Debatte, des Kommentars, der Interpretation, des »Diskurses«, die sich überall eingenistet hätten, im Fernsehen, in den Stiftungen, in der Presse, in den Parteien, in der Literatur, im Parlament, und deren unaufhörlicher Suada niemand entrinnen könne. Politologen, Romanciers, Psychoanalytiker, Professoren, Leitartikler, Soziologen … ein ununterscheidbarer Teig, aus dem sich eine weltliche Priesterkaste gebildet habe, unter deren Händen die gesamte kulturelle Produktion des Landes zu ein und derselben Sache geworden sei: zum Journalismus.

Hans Magnus Enzensberger, *Italienische Ausschweifungen*

Auf einmal war ich von einer Gruppe umgeben, die allerhand lächerliche Bocksprünge um mich herum machte. Die ernsthaften Leute ohne Maske lachten, und ich lachte mit; einen genialischen Aufzug dieser Art kann man freilich nicht auf der Leipziger Messe haben.

Johann Gottfried Seume,
Spaziergang nach Syrakus im Jahre 1802

Lassen Sie sich nie von Ihrem Weg bringen. Versuchen Sie nie, Wünsche zu erfüllen. Enttäuschen Sie den Abonnenten. Aber enttäuschen Sie aus Demut, nicht aus Hochmut! Ich rate Ihnen nicht, in den berühmten Elfenbeinturm zu steigen. Um Gottes willen – kein Leben für die Kunst! Gehen Sie auf die Straße. Lauschen Sie dem Tag! Aber bleiben Sie einsam!

Wolfgang Koeppen, *Der Tod in Rom*

Ich habe manchmal in früherer Zeit die wunderliche Grille gehabt, daß ich mir sehnlichst wünschte, von einem wohlunterrichteten Manne, von einem kunst- und geschichtskundigen Engländer nach Italien geführt zu werden; und nun hat sich das alles indessen schöner gebildet, als ich hätte ahnen können. Tischbein lebte so lange hier als mein herzlicher Freund, er lebte hier mit dem Wunsche, mir Rom zu zeigen; unser Verhältnis ist alt durch Briefe, neu durch Gegenwart (…).

Johann Wolfgang von Goethe, *Italienische Reise*

Je mehr der Reisende weiß, je besser er die römische und italienische Geschichte kennt, desto entzückter und bewegter wird er auf eine Landschaft blicken, die von 100 Schritt zu 100 Schritt ihm wenigstens einen berühmten Toten herausgibt.

Emilie Fontane, *Aus den Tagebüchern der Italienreise*

La sua memoria è sacra e immortale – steht neben dem Ausgang, in einer Gedenkschrift zum dreißigsten Todestag. / Warum es damals in kurzer Zeit so viele, heute so wenige Giganten gibt? Hängt vielleicht damit zusammen, daß große Talente damals von den Menschen mehr ermuntert, verehrt, zu Giganten *hinaufgeliebt* wurden.

Helmut Krausser, *Tagebuch, September 1996*

Ich bemerkte wohl, daß Tischbein mich öfters aufmerksam betrachtete, und nun zeigt sich's, daß er mein Porträt zu malen gedenkt. Sein Entwurf ist fertig, er hat die Leinwand schon aufgespannt.

Johann Wolfgang von Goethe, *Italienische Reise*

Es ist überall wohltätig, wenn sich verwandte Menschen treffen; aber wenn sie sich auf so klassischem Boden finden, gewinnt das Gefühl eine eigene Magie schöner Humanität.

Johann Gottfried Seume,
Spaziergang nach Syrakus im Jahre 1802

Und wie M. zum ersten mal das südliche Meer vor sich hat, at-
met er weit auf, er fühlt wie er über A. hinauswächst indem er
zu sich selbst fand.

Robert Musil, *Tagebücher*

Ich bin gewiß schwach im Denken. »Ich, ich, ich, ich, ich«.

Rolf Dieter Brinkmann, *Rom, Blicke*

Es ist eine sehr alte Bemerkung, daß fast jeder Schriftsteller in
seinen Büchern nur sein Ich schreibt.

Johann Gottfried Seume,
Spaziergang nach Syrakus im Jahre 1802

Der Jammer der ganzen leidenden Menschheit drängt sich hier
zusammen – es ist das höchste körperliche Leiden, vereinbart
mit dem höchsten Leiden der Seele.

Karl Philipp Moritz,
Reisen eines Deutschen in Italien in den Jahren 1786 bis 1788

Gewiß, es wäre besser, ich käme gar nicht wieder, wenn ich nicht wiedergeboren zurückkommen kann.

Johann Wolfgang von Goethe, *Italienische Reise*

GERHARD: (…) Was schreibt der denn überhaupt?
Die Schreibmaschine setzt aus. Beide lauschen.
KARIN: Er schreibt doch überhaupt nicht.
GERHARD: Hat sich vielleicht ausgeschrieben. Manchmal schreiben sie sich ja aus, diese Schriftsteller. Da fällt ihnen das passende Adjektiv nicht mehr ein, und dann greifen sie zum Gewehr und Bumsti!

Robert Gernhardt, *Die Toscana-Therapie*

Alsdann schien mir auch der Gegenstand des Selbstmordes ganz außer dem Kreise italienischer Begriffe zu liegen. Daß man andere totschlage, davon hätte ich fast Tag für Tag zu hören, daß man sich aber selbst das liebe Leben raube, oder es nur für möglich hielte, davon sei mir noch nichts vorgekommen.

Johann Wolfgang von Goethe, *Italienische Reise*

Und noch desselben Tages empfing eine respektvoll erschütterte Welt die Nachricht von seinem Tode.

Thomas Mann, *Der Tod in Venedig*

»Sind Sie tot?«

»Ja«, sagte der Jäger, »wie Sie sehen. (…)«

»Aber Sie leben doch auch«, sagte der Bürgermeister.

»Gewissermaßen«, sagte der Jäger, »gewissermaßen lebe ich auch. Mein Todeskahn verfehlte die Fahrt, eine falsche Drehung des Steuers, ein Augenblick der Unaufmerksamkeit des Führers, eine Ablenkung durch meine wunderschöne Heimat, ich weiß nicht, was es war, nur das weiß ich, daß ich auf der Erde blieb und daß mein Kahn seither die irdischen Gewässer befährt. So reise ich, der nur in seinen Bergen leben wollte, nach meinem Tode durch alle Länder der Erde.«

Franz Kafka, *Der Jäger Gracchus*

Wir müssen uns als Tote betrachten. Wir brauchen den Totenpaß, den Tod. Tod, der die Plätze ordnet. Der die Punkte setzt. Der herausschleudert aus der Stipendiatenlage. Tod, o Hort, o Sarg zu leben.

Paul Nizon, *Canto*

Tod, tanz mit mir!

Paul Nizon, *Canto*

Und jetzt ich.

Dritter Teil

1

Ich nehme einen frühen Flug[14] von Tegel[15] über Frankfurt am Main[16] nach Turin, in die Autostadt Italiens, ganz im Nordwesten des Landes gelegen. Am Flughafen steht ein Mann im blauen Anzug, schlank, grau melierte Haare, Zehntagebart, ein Schild in der Hand mit meinem Namen drauf. Er stellt sich als Michelangelo vor und sagt in akzentfreiem Englisch: »Ich bin Ihr Chauffeur.«

Der Wagen, ein dunkelblauer Lancia Thema, parkt direkt vor dem Eingang. Als wir einsteigen, streift er sich braune Handschuhe aus Pekarileder über, gibt Gas und sagt – da sind wir schon auf der Autostrada –, dass er früher einmal Rennen gefahren sei, in Le Mans und Monaco, privat fahre er einen Audi A8, und wenn die Strecke es zulasse, gehe er auch schon mal bis an die Grenze, bis Mailand brauche er weniger als eine Stunde.

»Sind Sie«, frage ich, »schon einmal auf einer deutschen Autobahn gefahren?«

»Selbstverständlich«, sagt er. »Ich liebe eure Autobahn.« Seine Frau stamme aus Kiel, und wenn er seine Schwiegereltern besuche, bereite es ihm ein besonderes Vergnügen, von Süden nach Norden und zurück zu rasen. Ein ganzes, großes Land – das wichtigste Land Europas – innerhalb so kurzer Zeit zu durchmessen, gebe ihm ein Gefühl von Macht und Freiheit, als ob er Deutschland beherrsche, als ob er, Michelangelo, der König von Deutschland sei.

Über uns wehen die Fahnen des Europa-League-Finales, das

---

14 Beim Einchecken steht eine Frau im Strickpullover vor mir mit dem Aufdruck *Habemus Fashion*.

15 Lufthansa LH 179, Reihe 24, Sitz C.

16 Lufthansa LH 298, Reihe 18, Sitz C.

hier am Mittwoch stattfinden wird.[17] Aus Fußball mache er sich nichts, sagt er, das sei nicht sein Sport, zu langsam, zu unberechenbar. In der Stadt hält er sich ans Tempolimit; er reiht sich in den Verkehr ein, wartet, bis die Fußgänger über den Zebrastreifen gegangen sind.

Ich frage ihn, ob er auf dem Weg zum Hotel einen Umweg fahren und mir Lingotto zeigen könne, die ehemalige Fiat-Fabrik.

»Da fahren wir hin«, sagt er. »Auf dem alten Fiat-Werksgelände ist das Hotel. Und die Buchmesse. Ein Shoppingcenter. Ein Kino. Ein Museum. Eine Kunsthalle. Eine Eislaufbahn. Fiat ist alles in Turin.«[18]

Dass das nicht stimmt, sehe ich auf unserer Route. Als wir vom Corso Giulio Cesare kommend die Flüsse Stura di Lanzo und Dora Riparia passieren, fahren wir mitten über den Platz Porta Palazzo, mitten durch den Wochenmarkt hindurch in die Altstadt hinein. Rechts und links Blumenstände wie zu meiner Begrüßung. Wir folgen der Schienentrasse der Tram bis zum nächsten Platz, bis zur Piazza Palazzo di Città. Und hier erhalte ich im Eiltempo einen Vorgeschmack auf das, was mich in den kommenden Tagen in der Stadt erwarten wird: prachtvolle Paläste, Arkaden und Ritterstatuen – Relikte der einstigen Bedeutung Turins, Hauptstadt des Herzogtums Savoyen und nach der Vereinigung Italiens kurzzeitig sogar Hauptstadt des ganzen Landes.

Im Schritttempo überqueren wir die Via Giuseppe Garibaldi, eine der längsten Fußgängerzonen Europas, nehmen an der Kirche des Heiligen Franz von Assisi wieder Fahrt auf, gleiten über Kopfsteinpflaster auf der Taxispur an einem Brunnen, ei-

17 Zwischen dem FC Sevilla und Benfica Lissabon.
18 Von 1972 bis 1990 gehörte auch der Bompiani-Verlag zu Fiat.

nem Park vorbei, gelangen so auf den von mächtigen Platanen grün umwölbten Corso Vittorio Emanuele II. Hinterm Bahnhof Porta Nuova biegen wir auf die Via Nizza ein. Links gehe es zum Parco del Valentino, sagt Michelangelo, aus dem Fenster weisend, da gebe es ein mittelalterliches Schloss aus dem 19. Jahrhundert, alles *fake,* eine originalgetreue Nachbildung, eine großartige Fälschung, das solle ich mir unbedingt ansehen, und rechts, jetzt zeigt er in die andere Richtung, habe die Zeitung *La Stampa* ihren Sitz, das müsse mich als Schriftsteller doch interessieren; und das hier, wir stehen vor einem herrschaftlichen, stuckverzierten Haus, sei Eataly, da könne man sehr gut essen und bekomme auch gleich ein Gefühl für die italienische Kultur, viel besser als in der *Otto Galleria,* dem Centro Commerciale, das sei furchtbar, und dann, hinter der Ampel, öffnet sich ein weiterer Platz, und ich sehe die Fiat-Fabrik, ein gewaltiger, fünfhundertsieben Meter langer, beigefarbener Art-déco-Gebäuderiegel[19], errichtet zwischen 1916 und 1926. In den Scheiben spiegelt sich das Sonnenlicht, Menschen sitzen unter Magnolienbäumen, stehen unter Kolonnaden zusammen, gehen über den Bürgersteig – es sieht aus wie in Detroit, einem erträumten Detroit, in dem es den Verfall nie gegeben hat.

»So sah es früher, als ich noch jung war, hier nicht aus«, sagt Michelangelo, »da war alles kaputt. Erst sollte das Ding abgerissen werden, dann gab es Demonstrationen, und dann hat Renzo Piano alles umgebaut und neu gestaltet.[20] Aber oben auf dem Dach«, wir schauen beide durch die Windschutzscheibe und sehen nichts als Fenster, »ist noch immer die Teststrecke für Neuwagen.«

»Sind Sie dort auch gefahren?«

---

19 Der Stadtteil Lingotto hat daher seinen Namen. »*Lingotto*« heißt »Barren«.
20 Das geschah von 1985 bis 2003.

»Nein, nein«, sagt er, »nur herumspaziert.«

Eine Schranke öffnet sich, und dann sind wir da, vor dem NH Lingotto, meinem Hotel.[21] Michelangelo zieht seine Handschuhe aus, legt sie aufs Armaturenbrett, steigt aus, beeilt sich, meine Tür zu öffnen, bevor ich es selbst tue, und hebt, als ich neben ihm stehe, mein Gepäck aus dem Kofferraum.

»Werden wir uns noch einmal wiedersehen?«, frage ich.

»Nein«, sagt er, »ein Kollege von mir wird Sie am Sonntag zum Flughafen zurückbringen.« Er verabschiedet sich mit einer Verbeugung, steigt wieder ein und fährt davon, dem nächsten Auftrag entgegen.

---

21 Die Initialen »NH« stehen für »Navarra Hoteles«, benannt nach der Provinz Spaniens, in der die Hotelkette 1978 gegründet wurde. NH betreibt inzwischen etwa vierhundertdreißig Hotels in aller Welt. Das NH Lingotto ist ein Vier-Sterne-Hotel. Es verfügt über zweihundertvierzig Zimmer und zwanzig Suiten. Das Hotel gehörte von 1995 bis 2011 zur französischen Hotelkette Le Méridien.

2

Gleich hinter der Drehtür steht ein Schild mit der Aufschrift ← *Amazon*. Es weist ins Nirgendwo, als wären die Mitarbeiter des Internet-Versandhändlers in einem eigenen, versteckten Trakt des Gebäudes untergebracht, womöglich im Keller, um ja nicht mit der klassischen Buchbranche in Berührung zu kommen und beiderseitige Gewaltakte, fürs Hotel peinliche Szenen, zu vermeiden. Wer auch immer das Schild dort aufgestellt haben mag, es ist ein starkes Signal: Keiner, der das Hotel betritt, kommt an Amazon vorbei.

Eine Weile stehe ich in der Lobby, zwischen gigantischen Korbsesseln, Farnen, die bis zur Decke reichen, und zwei Meter hohen braunen Vasen, aus denen vertrocknete Palmherzen ragen; wenn der von Kordeln umspannte Lancia Lambda Torpedo aus dem Jahr 1925 nicht wäre, würde ich den Raum für die Heimstatt von Riesen halten. Womöglich erfüllt die Lobby die gleiche Funktion wie das Vestibül in Herrscherhäusern: Der Besucher soll sich angesichts der Größe der Macht um ihn herum seiner eigenen Ohnmacht bewusst werden.

Vor der Rezeption begrüßt mich eine dunkelhaarige Frau. Sie stellt sich mir namentlich nicht vor, sagt nur, sie sei die Chefin meines Verlages Bompiani, Elisabetta Sgarbi habe ihr schon viel von mir erzählt. Ich bin verwirrt, weil ich dachte, Elisabetta Sgarbi sei die Chefin von Bompiani, aber ehe ich nachfragen kann, bin ich an der Reihe. Als ich das Hotelformular ausgefüllt habe und wieder hochschaue, ist die Frau verschwunden.

Nach dem Einchecken gehe ich von der Lobby durch einen Glasflur wie durch eine Schleuse[22] – um mich herum der Pal-

---

22 Hinter einer Palme am Ende des Flures entdecke ich ein rosafarbenes Bild mit dem Titel *History of the Working Class*: wehende Fahnen, drei gigantische Fäuste, die übers Dach hinausragen und jeweils einen Hammer in die

men- und Bambushain im Innenhof, der sogenannte *Giardino delle Meraviglie (Wundergarten)* – und nehme den rechten Fahrstuhl hinauf in mein Hotelzimmer. Nummer dreihunderteinundsechzig, ein Standardzimmer: achtundzwanzig schalldichte und bis zu einer Höhe von einem Meter fünfzig rundum mit Kirschholz vertäfelte Quadratmeter im, wie es auf der Website heißt, »Loft-Stil« – worunter wohl die beiden bis zur Decke reichenden Fenster mit Blick in den tropischen Innenhof zu verstehen sind. Zwei Doppelbetten, zwei Sessel, zwei Telefone, zwei Tische, zwei Stehlampen, eine verspiegelte Schrankwand, ein achteckiger Chrommülleimer, ein lehnenloser Freischwinger, ein Flachbildschirm von LG, ein Hosenbügler[23], eine Mi-

Höhe halten. Ein Entwurf des österreichischen Architekten Hans Hollein zur Neugestaltung der Fiat-Fabrik aus dem Jahr 1983. Die Umrisse sind fast ganz und gar verblasst, verschwommen, verwischt – so wie die Umrisse der Arbeiterklasse.

23 Ein automatischer Hemdenbügler wäre mir lieber, er müsste wie ein Mikrowellengerät aussehen: Ich lege mein zerknittertes Hemd hinein, stelle eine Zeit ein und schließe die Tür; der Teller mit dem Hemd beginnt sich zu drehen, Haken fahren aus den Innenwänden und ziehen die Säume in die Länge, und mir wird ganz warm ums Herz, wenn ich meinem Hemd bei der Glättung zuschaue. Nach einer Minute macht es *Bing,* und das Hemd ist schrankfertig. Ein Wunschtraum. Die Realität sieht so aus: An der Rezeption frage ich nach einem Bügeleisen und einem Bügelbrett, und man verspricht mir, beides sofort auf mein Zimmer zu bringen. Die Mitarbeiterin – *Stephanie,* wie ich dem Namensschild entnehme – greift auch gleich zum Telefon, um, wie ich vermute, jemanden mit der Lieferung zu beauftragen. Für den Weg von der Lobby bis in den vierten Stock brauche ich, wenn ich langsam gehe, etwa fünf Minuten. (Ich habe die Zeit mehrmals gestoppt, bin unterwegs aber immer irgendwelchen Verlagsmitarbeitern oder Fotografen begegnet und in ein kurzes Gespräch verwickelt worden; manchmal habe ich auf den Fahrstuhl warten müssen, manchmal nicht.) Jetzt aber, da ich testen will, wie lange NH für einen solchen Service benötigt, renne ich durch die Lobby, durch die Glasschleuse, nehme, anstatt auf den Fahrstuhl zu warten, die Treppen, lasse mich von der Kennzeichnung der Stockwerke verwirren und keine drei Minuten und fünfzehn Sekunden später stehe ich schwitzend und völlig außer Atem im leeren Flur vor meinem Zimmer – im festen Glauben, dem Hotel zuvorgekommen zu sein. Als ich aber die Tür öffne, steht das Bügelbrett schon aufgeklappt vor dem

nibar[24], ein Safe, ein Haartrockner, ein Marmorbad[25] mit Bidet und Badewanne und Notfallband, das bis zum Boden reicht, damit ich mir, falls ich mir die Pulsadern aufschneide und es mir im letzten Moment anders überlege, das Leben retten kann.

An den Wänden des Zimmers hängen drei Bilder: die undeutliche Kopie eines Entwurfes zur Neugestaltung der Fiat-Fabrik aus dem Jahr 1983 von Renzo Piano[26], das goldumkränzte Emblem der Karosseriewerkstatt von Eusebio Garavini[27] und die Reproduktion eines Gemäldes von Arshile Gorky – ein

Fernseher, das Bügeleisen steckt in der Ablagefläche, der Stecker liegt vor der Steckdose. Nur bügeln muss ich selbst. Ich nehme an, wenn ich darum gebeten hätte, wäre diesem Wunsch ebenso schnell und unsichtbar Folge geleistet worden.

24 Gesalzene Erdnüsse, Weingummi – Full Fun von Fruittella –, KitKat, Alfredo's Chips, Orangensaft (Arancia von Yoga), Ananassaft (Santal), Coca-Cola light und Coca-Cola Classic, vier Flaschen Mineralwasser von Nestlé (zwei *frizzante*, zwei *naturale*), eine Flasche Heineken (City Edition London), eine Flasche Birra Moretti (Baffo d'Oro).

25 Im Bad höre ich ein beständiges, gleichmäßiges Tropfen. Es ist nicht zu sehen, nicht zu spüren, nur zu hören, irgendwo in der Wand. Eine der Deckenlampen beginnt zu flackern und erlischt. Nach ein paar Minuten, ohne dass ich irgendetwas gemacht hätte, geht sie wieder an. Nebenan streitet ein Paar, so laut, als sei es in meinem Bad und nicht in seinem.

26 Nicht ganz so verblasst, verschwommen, verwischt wie der Entwurf von Hollein unten im Flur. Überall sind Menschen zu sehen, Männer, Frauen und Kinder; ein Querschnitt wie durch ein Puppenhaus, jedes Zimmer mit einer eigenen Geschichte. Über dem Gebäude ein fliegendes Flugzeug, das ein Spruchband hinter sich herzieht: *Il Lingotto – un pezzo di città (Lingotto – ein Stück Stadt),* und ein über dem Parkhaus schwebender Elefant mit der Aufschrift *Torino anni 2000 (zweitausend Jahre Turin).*

27 Eusebio Garavinis Unternehmen wurde 1911 gegründet, erlebte einen ersten Aufschwung im Ersten Weltkrieg durch die Produktion von Krankenwagen und Militärfahrzeugen. In der Zwischenkriegszeit ließ Fiat Karosserien für die Modelle 509, 510 und 514 bei Garavini herstellen. 1928 hatte die Firma Showrooms in allen Großstädten Italiens. Während der Wirtschaftskrise geriet die Werkstatt in finanzielle Schwierigkeiten, 1933 folgten Bankrott und Neugründung unter externer Verwaltung. Im Zweiten Weltkrieg wieder Krankenwagen und Militärfahrzeuge, endgültiges Aus 1955. Aufschwung und Fall, Erfolg und Versagen, Leben und Tod hängen vereint in diesem Goldkranz über meinem Bett.

aus Armenien in die USA geflohener Künstler. Sein Name: ein Pseudonym – eigentlich heißt er Vosdanig Manoug Adoian –, das Dorf, aus dem er stammt: zerstört – von den Osmanen –, seine Biografie: gefälscht – er behauptete, ein Verwandter von Maxim Gorki zu sein, ungeachtet der Tatsache, dass der selbst ein Pseudonym gewählt hatte. Nur so viel ist sicher: Gorky, der letzte Surrealist, erhängte sich im Alter von vierundvierzig Jahren. Kurz zuvor war sein Atelier abgebrannt; bei ihm war Krebs diagnostiziert und ein Teil des Darms entfernt worden; er hatte von der Affäre seiner Frau mit dem chilenischen Maler Roberto Matta[28] erfahren und sie im Suff die Treppe heruntergestoßen[29] – weshalb sie ihn mit den Kindern verlassen hatte; und bei einem Autounfall hatte er sich die Schlüsselbeine und zwei Nackenwirbel gebrochen, sodass er nicht mehr malen konnte.

Ein Großteil des unbetitelten Ölbildes ist weiß; es gibt ein paar grüne, gelbe und rote Farbtupfer und dünne, mitunter von den Farben losgelöste schwarze Linien, die sich zu Formen verdichten: Finger, Beine, gepunktete Kreise – und mehr als ein halbes Dutzend Ellipsen, die wie Vulven anmuten. Es wirkt wie eine Studie zu dem kurz darauf fertiggestellten *They Will Take My Island,* auf dem weniger Ellipsen zu sehen sind, dafür mehr Figuren, die ihre Hände zum Himmel zu recken scheinen – was manche Kunsthistoriker dazu verleitet, es mit Pablo Picassos berühmtem Antikriegsgemälde *Guernica* zu vergleichen.

---

28 Mattas Ehefrau Patricia hatte zur selben Zeit eine Affäre mit dem Kunsthändler Pierre Matisse.

29 Seinen Kindern erklärte er: »*My little darlings, you must realize I'm an artist and artists sometimes have to act a bit crazy. That's why I'm like this now. Do you understand?*« Woraufhin eine seiner beiden Töchter sagte: »*No, I don't.*« Womöglich, denke ich, als ich das lese, hängt ein Werk von Gorky aus diesem Grund hier: um die Gäste zu mahnen, asoziales Verhalten nicht mit ihrem Beruf zu legitimieren.

Gorkys unbetiteltem Werk aus dem Jahr 1944, vier Jahre vor seinem Tod entstanden, während seiner produktivsten Schaffensphase, ist der Horror seines kurzen Lebens eingeschrieben. Welche zu Kunst geronnenen Gräuel, frage ich mich, hängen in den anderen Zimmern? Henri Matisses *Blauer Akt?* Piet Mondrians *Komposition mit Rot, Schwarz, Blau und Gelb?* Emil Noldes *Abendfriede?*

Auf dem Schreibtisch ein Gutschein für die auf dem Haus befindliche Pinacoteca Giovanni e Marella Agnelli, das zweisprachige Investoren-Lifestyle-Magazin *Investo*[30] und das Programmheft der internationalen Buchmesse: *Bene in vista – XXVII Salone Internazionale del Libro,* einhundertachtzig Seiten, eintausenddreihundertsechsundsiebzig Veranstaltungen.[31] Das

---

30 Die Texte sind auf Italienisch und Englisch. Es gibt Artikel über Autos: »*We can only hope that sooner or later, sport cars in Italy will be consider a 'demon' to fight but oxygen, whose sale would help the pockets of our country.*« Über Mode: »*Needless to deny it: with the first cold, the women, of all ages, become real cats in boots.*« Über Humor: »*Being face-to-face with humor is always challenging and, needless to say, more than fanny.*« Und ein Interview mit einem Street-Art-Künstler: »*Artists are like sponges: they absorb emotions from the outside word and they transforms these emotions into an artistic sign, whatever it is.*«
Needless to say: Investo *doesn't have a copy editor.* Aber ich bin ja nicht hier, um mich als Schlussredakteur und Korrekturleser zu empfehlen, sondern um als Schwamm die Gefühle der Außenworte aufzunehmen und in ein künstlerisches Zeichen zu verwandeln und um dem Humor mit mehr als meinem Hintern ins Gesicht zu schauen.

31 Auf dem Cover ist ein lachender Junge abgebildet, der durch zwei Klorollen wie durch ein Fernglas schaut. Was, frage ich mich, haben sich die Gestalter dabei gedacht? Was hat der Blick durch Klorollen dem freien Blick voraus? Sollen Kinder so zum Lesen animiert werden? Drückt sich darin etwas Spielerisches aus? Oder ist es einfach nur ein Foto aus einer Datenbank, das ein Grafiker kurz vor Redaktionsschluss ausgewählt hat, um die Vorschläge des Chefs nicht umsetzen zu müssen?
»*Bene in vista?* Hier, Kind mit Klorollen, wie wär's damit?«
»Haben wir denn kein Bild mit einem Papierflieger drauf? ›Gute Sicht‹, das sagen Piloten doch auch immer.«
»So etwas hatten wir letztes Jahr schon.«

Motto in diesem Jahr lautet: *Il Bene (Das Gute)*. Ich blättere ein wenig darin herum und sehe, wen und was ich verpasst habe und verpassen werde: die deutsche Literaturkritikerin und Italienkennerin Maike Albath; den Schriftsteller Eugen Ruge (meine Nemesis); ein Gespräch mit dem Investor George Soros; den norwegischen Hobbyphilosophen Jostein Gaarder, der zwanzig Jahre nach *Il mondo di Sofia (Sofies Welt)* sein neues Buch *Il mondo di Anna (Annas Welt)*[32] vorstellt; den Thriller-Autor Robert Harris; den Verhaltensforscher Frans de Waal; den Physiker Douglas R. Hofstadter; den österreichischen Pianisten Alfred Brendel; Hunderte italienische Autoren mit ihren italienischen Büchern, die mir nichts sagen; und Diskussionsrunden mit Titeln wie *Perché il touchscreen non soffre il solletico? (Warum ist der Touchscreen nicht kitzlig?); Ricca Germania, poveri tedeschi (Reiches Deutschland, arme Deutsche); Elogio del politeismo (Lob des Polytheismus); Elogio della mitezza (Lob der Sanftheit); L'anima di Torino (Die Seele Turins); L'editoria religiosa in Italia con Papa Francesco – Cosa cambia? (Das religiöse Verlagswesen in Italien mit Papst Franziskus – Was ändert sich?); Papa Francesco – Non guardate la vita dal balcone! (Papst Franziskus – Betrachtet das Leben nicht vom Balkon aus!);* und das Highlight der Messe:

»Dann etwas Buntes, etwas mit Blumen zum Beispiel, so im Sinne von ›Schöner Anblick‹?«

»Das war im Jahr davor. Jetzt sollten wir mal etwas Pfiffiges machen, etwas, was auch die jungen Leser anspricht.«

»Eine Frau im Bikini vielleicht, so im Sommer am Strand, lasziv mit einem Buch im Sand liegend, die Seiten gewellt, das Haar gekräuselt, die Haut noch feucht vom Baden?«

»Das Heft ist doch für die Buchmesse gedacht! Das ist Kultur, kein Fernsehen!«

»Ach ja, stimmt. Gut, dann eben das Kind mit den Klorollen.«

32 Der deutsche Titel lautet *2084 – Noras Welt,* ein Amalgam aus Erfolgstiteln, George Orwell, Haruki Murakami und Henrik Ibsen lassen grüßen.

La rivoluzione di Francesco nella comunicazione globale (Papst Franziskus' Revolution der globalen Kommunikation).

Während ich dusche[33], klingelt das Festnetztelefon im Bad. Isabella d'Amico, eine der Presse-Mitarbeiterinnen von Bompiani, begrüßt mich und macht mich gleich darauf aufmerksam, dass ich in zehn Minuten in der Lobby erwartet werde, der erste Journalist, Giuseppe Fantasia (*Il Foglio, Huffington Post*), sei schon da. Als ich mich abtrockne, denke ich, der Name ist ein Scherz, ein zynisches Pseudonym für einen Literaturkritiker. Aber als ich ihm dann, keine zehn Minuten später, gegenüberstehe – Mitte dreißig, schlank, abrasierte Haare, dunkle Augen –, erklärt er, dass er tatsächlich so heiße, und er macht nicht den Eindruck, unglaubwürdig zu sein. Wir gehen raus in den Palmenhain, in den *Wundergarten,* wo schon meine Simultandolmetscherin auf mich wartet. Erst finde ich das überflüssig, ich meine, mich auch auf Englisch verständigen zu können, aber im Laufe des Tages stellt es sich als alternativlos heraus, auf diese Weise miteinander zu kommunizieren. Die Kritiker und ich können viel freier sprechen, müssen nicht lange nach den richtigen Worten suchen und, wenn sie uns nicht gleich einfallen, nicht auf weniger richtige zurückgreifen.

Wir setzen uns auf Tropenholzstühle an einen Tropenholztisch, bestellen stilles Wasser und ein halbes Dutzend Gläser. Isabella sitzt rauchend am Nebentisch und belauscht, den Kopf der Sonne zugewandt, unser Gespräch. Giuseppe Fantasia fragt nach der Jugend, dem Heranwachsen, den Erstgeborenen,

---

33 Ich kann mich nicht zwischen dem giftgrünen *vitamin-rich moisturizing shower gel* und dem etwas weniger giftgrünen *nourishing vitamin-rich shampoo* entscheiden, die in kleinen durchsichtigen Flaschen auf der Ablage stehen. Ich nehme schließlich beide, vermische sie, trage sie gleichmäßig auf Haut und Haar auf und fühle, wie die Vitamine und Nährkräfte meinen Körper durchströmen und meinen Geist beleben. Durch das NH-Drachenblut gestärkt, bin ich bereit für den Kampf mit den Journalisten.

der psychologischen Entwicklung, nach dem Gerechtigkeitssinn des Helden, nach Freundschaft, der Typografie.

»Was hat es mit dieser gewalttätigen, beängstigenden und dann wieder überraschenden Außenseiterphantasmagorie auf sich, mit diesem Rhythmus, diesem Wechsel der Aggregatzustände?«

»Ich wollte einen Horrorroman schreiben und meine Leser in ein Labyrinth aus Sprache treiben. Sie sollen sich nie sicher sein, wo die Reise hingeht und ob es einen Ausweg gibt, weder in Bezug auf sie selbst noch in Bezug auf die Figuren.«

»Ist die Region, in der die Geschichte spielt, sehr düster?«

»Nein, überhaupt nicht. Ostfriesland ist eher hell und klar und weit. Aber die Gegend war lange Zeit sehr abgeschieden, nicht ans Autobahnnetz angebunden und so weiter, der italienische Name *Frisia orientale* passt daher sehr gut, wenn man mit *orientale* nicht nur die Himmelsrichtung verbindet, sondern auch das Exotische, Fremde, Unverstandene.«

Ich erzähle ihm, dass Ostfriesland gemeinhin als etwas zurückgeblieben gilt, weshalb alle in Deutschland Witze über Ostfriesland machen.[34]

»Das gibt es hier nicht. Hier machen alle nur Witze über die Carabinieri.«

»Ich kenne einen, der in diesem Zusammenhang sehr gut passt: Was, wenn der letzte Ostfriese stirbt?«

Giuseppe Fantasia zuckt, nachdem meine Dolmetscherin die Frage übersetzt hat, mit den Achseln.

»Dann sind die Polizisten wieder die Dümmsten.«

---

34 Die Sätze, die meine Dolmetscherin sagt, sind länger als meine eigenen. Ich weiß nicht, ob sie das, was ich sage, wortwörtlich übersetzt oder ob sie meine Gedanken erklärt, ausführt oder verändert. Ich wünschte, ich hätte sie bei allem, was ich sage, dabei. Dann wären es nicht meine Worte, sondern ihre, und doch würden ihre Worte als meine ausgegeben werden.

Meine Dolmetscherin lacht, aus Höflichkeit, wie ich annehme; Giuseppe Fantasia verzieht keine Miene.

»Warum stellt der Ostfriese sein Moped in den Bücherschrank?«

Wieder zuckt Giuseppe Fantasia mit den Achseln.

»Weil ›Puch‹ draufsteht.«

Meine Dolmetscherin lacht lauter als beim ersten Mal; Giuseppe Fantasia lächelt zumindest, nachdem meine Dolmetscherin ihm die Pointe erklärt hat.

»Warum lacht der Ostfriese so selten?«

»Weil er alle Ostfriesenwitze schon kennt«, sagt Giuseppe Fantasia.

Und daraufhin lachen alle, glücklich und erleichtert wie nach einer bestandenen Prüfung.

Noch während ich mit Giuseppe Fantasia spreche, kommt Stefania Vitulli von *Il Giornale*[35], einer der größten, nationalkonservativsten Tageszeitungen des Landes, hinzu, steht am Nebentisch, wartet, bis wir fertig sind. Als Giuseppe geht, setzt sie sich zu uns, klappt ihr Apple MacBook auf und stellt ihre Fragen, nach der psychologischen Entwicklung der Hauptfigur, ob es multiple Daniels[36] gebe und Daniel eine Metapher, ein Symbol sei, ob mich der Film *Dogville* beeinflusst habe, welche Bedeutung die Globalisierung aufs Landleben habe, ob die Nachwirkungen des Dritten Reiches zu einer Art kollektiver Klaustrophobie in der deutschen Provinz geführt haben, welche Botschaft ich vermitteln möchte.

---

35 Ende der Siebzigerjahre erwarb der Bau- und Medienunternehmer Silvio Berlusconi dreißig Prozent der Aktien und wurde damit zum Verleger der Zeitung. Nach Inkrafttreten des Mediengesetzes *La Legge Mammì*, benannt nach dem damaligen Postminister Oscar Mammì, verkaufte Silvio Berlusconi *Il Giornale* 1990 an seinen Bruder Paolo.

36 Daniel Kuper ist der Held meines ersten Romans *Gegen die Propheten*.

»Was wünschen Sie den Deutschen?«

»Mut zur Rebellion. Dass auch Alte demonstrieren, aber nicht aus Angst, das Bestehende zu verlieren, sondern aus dem Mut heraus, Neues zu erwirken. Rebellion stellt die herrschenden Verhältnisse infrage, und gerade in einer Demokratie gehört das doch zur Willensbildung dazu.«

»Sind Sie ein Rebell?«

»Ein Rebell des Wortes.«[37]

»Dann könnten Sie als Intellektueller angesichts der bevorstehenden Europawahl ja auch eine politische Empfehlung abgeben.«

»Ich fühle mich keiner Partei zugehörig, und die Alternative zur herrschenden Politik zeigt sich immer wieder neu. Eine Alternative zur sozialen Globalisierung gibt es nicht, weil das nicht mehr rückgängig zu machen ist, dafür sind wir inzwischen alle viel zu stark vernetzt. Aber was ich vermisse, ist, als Gemeinschaft auf regionaler Ebene Stärke zu zeigen und politisch und wirtschaftlich zusammenzuhalten, gegen die großen Unternehmen, gegen die Ideologien, gegen die Macht, gegen die Welt.«

»*L'unione fa la forza* – Einheit macht stark, lautet ein Sprichwort im Italienischen.«

»Das klingt nach einem faschistischen Schlachtruf oder einer nationalsozialistischen Freizeitorganisation wie ›Kraft durch Freude‹. So ist es aber nicht gemeint. Mir geht es um den Einzelnen, nicht ums Volk. Jeder kann der politischen und ökonomischen Globalisierung etwas entgegensetzen, auch wenn er sie im Ganzen nicht ändern wird.«

Der nächste Journalist, Francesco Mannoni, ein älterer Mann,

---

37 Da sie meinen Roman *Gegen die Avantgarde* gelesen hat, müsste sie mir eigentlich widersprechen.

der für die italienische Nachrichtenagentur *AGI* schreibt, fragt mich, aus welcher Zeit die Figuren stammen – »Sie stammen aus der europäischen Antike und behaupten sich gegenüber zeitlosen Konflikten« –, welche Welt ich habe darstellen wollen – »Die Gegenwart, die sich aus der Vergangenheit ergibt« –, was wir aus der Geschichte lernen können – »Fehler zu wiederholen« –, was die Geheimnisse der Welt seien – »Jeder Mensch ist ein Geheimnis, jeder Bürger, vom Arbeiter bis zum Regierungschef« –, wie weit die Schatten der Vergangenheit reichen – »Bis in unsere Gegenwart, wie man an den erfolgreichen fremdenfeindlichen Sachbüchern der letzten Zeit, Thilo Sarrazins *Deutschland schafft sich ab* und Akif Pirinçcis *Deutschland von Sinnen,* sieht«.

»Repräsentiert Daniel Deutschland?«

»Nein. Daniel ist das Anti-Deutschland. Deutschland – das ist das Dorf, und Deutschland geht es nach außen hin viel zu gut. Der Wohlstand negiert die existierenden Widersprüche. Hinter der Fassade tun sich Abgründe auf.«

»Ist das Dorf also ein Vulkan, der wieder ausbrechen könnte?«

»Dazu bedarf es einer Initialzündung. Sobald die Krise auch uns trifft, wird sich das wahre Gesicht Deutschlands zeigen.«

»Und das wird nicht das Antlitz Angela Merkels sein.«

»Warum nicht? Angela Merkel ist bekannt fürs Aussitzen von Problemen, fürs Aufschieben von Reformen und für ihre Wandlungsfähigkeit, wenn eine Änderung unvermeidbar geworden ist, um nicht die Gunst des Volkes zu verlieren. Und bei all dem kennt sie nur einen Gesichtsausdruck und eine Geste.«

»Und einen Kleidungsstil.«

Zwischendurch unterhalte ich mich mit meiner Dolmetscherin, über die Situation der Medien in Italien, die Politik.

»Viele hier schimpfen auf Deutschland, es heißt, Merkel verlange zu viel von uns, es wird gesagt, wir müssten aufhören, den Deutschen zu gehorchen und die Steuern zu erhöhen. Das ist auch der Grund, weshalb die Protestpartei Fünf Sterne des Komikers Beppe Grillo so einen Zulauf hat, das wird sich auch bei der Europawahl zeigen.«

»Und Berlusconi?«

»Jetzt, wo Herr B.[38] nicht mehr ganz so mächtig ist, verlassen viele seine Seite. Auch Leute, die zwanzig Jahre zu ihm gehalten und ihn angehimmelt haben, jetzt, wo sie merken, dass er nicht mehr so viel zu sagen hat, wechseln sie. Eine Schweinerei ist das.«

»Wie lange sind Sie schon in Italien?«

»Ich bin hier aufgewachsen.«

»Zweisprachig?«

»Meine Eltern sind Deutsche, und wir sind 1967 von Hamburg nach Genua ausgewandert, weil mein Vater dort ein Arbeitsangebot bekommen hat, gerade zu der Zeit, als die Italiener als Gastarbeiter nach Deutschland gingen. Und jetzt wohne ich in einer kleinen Stadt zwischen Turin und Nizza.«

Der nächste Journalist ist Giovanni Nardi von der Zeitschrift *QN – Quotidiano Nazionale,* ein kleiner, älterer Herr mit Nickelbrille, schiefen Zähnen und sehr langsamen Bewegungen, dünn, sanft, zurückhaltend. Er setzt sich, schlägt sein Notizbuch auf und erklärt, es sei ihm sehr peinlich und noch nie vorgekommen, aber er habe meinen Roman noch nicht ganz gelesen, er habe es einfach nicht geschafft. Also fragt er nach der Typografie, der äußeren Erscheinung, nach meiner Intention, nach der Länge, ich erwähne Italo Calvino, und seine Augen

---

38 Sie sagt tatsächlich »Herr B.« – als komme die Nennung des Namens der Anrufung des Teufels gleich.

beginnen zu leuchten. Ich hoffe, dass er nicht nachfragt, und das macht er nicht, stattdessen fragt er, ob noch Figuren hinzukommen, ob der Ort real sei, warum das Dorf »Jericho« heiße und wie das Buch ausgehe.

Ich verrate ihm nichts.

So geht es bis zum späten Nachmittag. Als ich das letzte Gespräch beendet habe, sehe ich die ersten Kritiker in der Lobby schon auf ihren Laptops Interviews abtippen und Artikel schreiben.

3

Als ich wieder durch den Palmenhain und den Glasflur auf die Fahrstühle zugehe, um in mein Zimmer hinaufzufahren und mich fürs Abendessen umzuziehen, bemerke ich, dass zwischen den beiden Kabinen, über dem Display mit der Ziffernanzeige, ein weißes Telefon angebracht ist. Heute, da fast alle Handys haben, wirkt es wie ein Relikt aus einer längst vergangenen Zeit. Ich kann mich nicht erinnern, wann ich das letzte Mal in der Öffentlichkeit ein Telefon mit Schnur benutzt habe. Und auch dies werde ich nicht benutzen – es sei denn, innerhalb der nächsten Sekunden schreit jemand im Schacht um Hilfe.

Ich drücke, weil ich keine andere Wahl habe, auf den Knopf mit dem nach unten zeigenden Pfeil, obwohl ich nach oben muss. Es gibt, vom Erdgeschoss aus, nur diesen einen Befehl: die Kabinen hinabzuholen, sie auf mein Level zu ziehen. Mit einem *Bling* öffnet sich die linke Fahrstuhltür, und ich steige ein, so wie ich immer in Fahrstühle einsteige: gedankenverloren, an das denkend, was mich dort, wo ich hinwill, erwartet. Bei meiner Ankunft bin ich mit dem rechten hoch- und runtergefahren. Und im ersten Moment fallen mir keine Unterschiede zwischen den beiden Kabinen auf: Innen gibt es keinen Spiegel, der den Raum optisch erweitern würde, sondern nur drei matte, geriffelte Wände, auf denen ein Bilderrahmen (Werbung fürs Hotelrestaurant Torpedo), ein Bildschirm (die sogenannte »Infostation«) und eine Konsole mit acht Knöpfen angebracht sind. Auf dem obersten Knopf steht *Allarme ricevuto (Alarm erhalten)* – was wie eine bestellbare Abmahnung für ein Fehlverhalten klingt –, darunter vier Zahlen, *3, 2, 1, 0,* eine gelbe Klingel, ein roter Stoppknopf und ein Piktogramm: ein Strich und zwei Pfeile, die nach links und rechts weisen. Ich wundere mich zum ersten Mal, dass neben dem Erdgeschoss – der Null – nur drei Stockwerke ausgewiesen sind; schließlich hat das Gebäude vier Etagen. Dann fällt mir ein, dass sich auf der ersten Etage das Einkaufszentrum 8 Gallery – Il Centro Commerciale befindet. Offenbar gibt es vom Hotel aus keinen direkten Zugang dazu, sodass der erste Stock auf dem Weg nach oben ohne Halt durchfahren wird. Ich finde es nicht richtig, die Zahl Eins anzugeben, aber im zweiten Stock anzuhalten, so als würde die Etage darunter nicht existieren. Jetzt, da ich mir dessen bewusst werde, komme ich mir hintergangen vor, im vierten Stock zu wohnen, aber ein Zimmer mit der Anfangszahl Drei zugewiesen bekommen zu haben.

Ähnlich unwohl fühle ich mich in Flugzeugen, wenn ich in Reihe vierzehn sitze und weiß, dass es, würde die Zählung stimmen, Reihe dreizehn ist. Signalisiert eine Fluggesellschaft durch ihre Akzeptanz des Aberglaubens nicht, dass sie der Technik und ihren eigenen Mitarbeitern misstraut? In Italien sei die Dreizehn übrigens eine Glückszahl, lese ich auf meinem Smartphone bei Wikipedia, die Vier dagegen symbolisiere einen Sarg. Welches Beförderungsmittel ist sargartiger als ein Aufzug? Insofern ist es womöglich ein Akt der Höflichkeit und Rücksichtnahme, die Vier hier in diesem Zusammenhang nicht zu nennen, um das Gefühl des Lebendigbegrabenseins nicht noch zu verstärken. Aber was heißt das, überlege ich, während sich die Tür vor mir schließt, im Hinblick auf die Sicherheit meines Fahrstuhls? Sollte ich wieder aussteigen und die Treppe nehmen? Doch als ich mich das frage, ist es für einen Ausstieg bereits zu spät; der Aufzug setzt sich schon in Bewegung. Ich starre, durch die imaginierte Gefahr sensibilisiert, auf die Schiebetür und den daneben angebrachten Aufkleber *Non usare in caso di incendio (Im Brandfall nicht benutzen)*. Und obwohl mich all diese Alarmsignale in eine leichte Panik versetzen, bin ich froh, allein zu sein. Nichts fürchte ich mehr, als aus Verlegenheit ein Gespräch beginnen zu müssen – außer vielleicht, aus Verlegenheit kein Gespräch beginnen zu können. Kaum bin ich nämlich mit jemand Fremdem auf engstem Raum vereint, verspüre ich einen unerträglichen Kommunikationsdruck, der in Aufzügen durch das absehbare Ende der gemeinsamen Reise noch verstärkt wird. Die vielen ungenutzten Möglichkeiten lassen mich hinterher jedes Mal taumeln. Jeder Fahrstuhlfahrt wohnt eine Trauer inne.

Wäre ich jetzt in dieser Kabine mit jemandem unterwegs nach oben, mit Fremden oder Bekannten, gäbe es weder betretenes Schweigen noch krampfhafte Blickkontaktvermeidung, weder einen Small Talk noch ein Businessgespräch zu überwinden. Unser aller Aufmerksamkeit würde nach dem Einstieg sofort in eine Richtung gelenkt werden: auf die Infostation neben der Tür. Aus dem Lautsprecher hebt eine Muzak an, der Bildschirm hellt sich auf und blaue Buchstaben erscheinen nacheinander auf einem weißen Hintergrund, bis sie den Satz »*Wake up to a better world*« ergeben und dann, mit einer winzigen Verzögerung: »*NH Hoteles*«.

Das unterscheidet die linke Kabine von der rechten. Dort – ich vergewissere mich dessen später – bleibt der Lautsprecher der Infostation stumm und der Bildschirm schwarz. Hier aber erlebe ich den wahren Horror des Fahrstuhlfahrens, die Unausweichlichkeit medialer Reizüberflutung in Verbindung mit krankhafter Neugier. Sobald sich vor mir eine Geschichte zu entwickeln beginnt, bin ich wie gefangen. Ein Zwang, der mich seit meiner Kindheit begleitet: Jedes Buch, das ich anfange, muss ich auch zu Ende lesen. Jeden Film, in den ich hineinzappe, schaue ich bis zum Abspann – und um das nachzuholen, was ich verpasst habe, streame ich anschließend das Video im Internet. Als hätten die Entwickler dieser Fahrstuhlfalle auf einen Gast wie mich gewartet, werden in der Infostation beide Medien miteinander verschmolzen: Auf dem Bildschirm erscheint ein schwarzes Buch mit weißer Schrift, das auf einem Kiefernholzbrett liegt. Es ist kein echtes Buch und kein echtes Brett, sondern eine computergenerierte Imitation. Ich muss an das iBooks-Bücherregal von Apple denken, an die Nachahmung des Analogen im Digitalen, diesen Skeuomorphismus, der mit dem jüngsten Update des Betriebssystems verschwunden ist. Das Abbild eines physischen, aus pflanzlichen Fasern hergestellten Buches und einer natürlichen, in ihrer Maserung unverwechselbaren Unterlage soll wohl Seriosität und Glaubwürdigkeit ausstrahlen, als wären die Botschaften, die in den folgenden Minuten vor mir aufgefächert werden, unantastbar, unumstößlich. Wie widersprüchlich das Darstellungsverfahren ist, zeigt sich darin, dass sich die Seiten von selbst umblättern und dass die Fotos, auf denen die Sätze stehen, wie schwerelose Platten über dem Papierimitat schweben. Fotos voller Glück und Seligkeit, Bilder einer heilen Welt: ein einsamer Wanderer in den Bergen; ein Paar im Sonnenuntergang; ein Mond überm Meer; ein fröhliches, ethnisch diverses Publikum; eine glühende Lampe; ein Mädchen mit riesigen Seifenblasen; ein Vater, der seiner Tochter beibringt, Fahrrad zu fahren; ein frisch gedeckter Hochzeitstisch; eine junge, lächelnde Frau; offene Augen; zum Himmel gereckte Hände, aufsteigende Ballons in verschiedenen Farben und Größen; junge Leute, die auf einer Wiese halb übereinander, halb ineinander verschlungen daliegen; Schokokuchen mit Schlagsahne; eine reich verzierte Kaffeetasse; Lichter in der Dunkelheit; und ein Kind, das einen Fußball vor sich her treibt. Vor diesen ostentativen Gute-Laune-Hintergründen, orchestriert vom nervtötenden Dauergedudel, entfaltet sich in Form von kurzen, programmatischen Gedichten auf den Fotos der Heilige Katechismus der NH-Hotelkette.

Auf dem virtuellen Buchumschlag steht auf Englisch: *Ein Manifest fürs Aufwachen in einer besseren Welt;* auf der ersten, noch weißen Seite: *Wir glauben, dass | eine bessere Welt | möglich ist. || Und dies sind | unsere Grundsätze.* Und dann blättern sich nacheinander siebzehn Fotos mit folgenden Sätzen auf:

Art. 1: Alle Menschen | werden die | Macht haben, | etwas zu bewegen … || allein | durch | Beharrlichkeit.

Art. 2: Positive Energie | existiert, und | jeder sollte | sie nutzen. || Lass uns | den Verbrauch | anderer Energien | reduzieren.

Art. 3: Fantasien | werden unendlich sein, | globale Ressourcen nicht. || Lass uns | den Wasserverbrauch | reduzieren und | das Ressourcenmanagement verbessern.

Art. 4: Lass uns | selbst Grenzlinien ziehen. || Es wird schön sein | zu sehen, | wie wir sie | Stück für Stück | erweitern.

Art. 5: Allen Menschen | wird Anspruch | auf ein Licht zuteil, | das sie | auf ihrem Weg hält. || Und dieses Licht | ist ein | energiesparendes.

Art. 6: Unterstützung, | Solidarität, | Lächeln | und guter Humor | werden nicht | gedeckelt werden – CO2-Emissionen | schon.

Art. 7: Es wird | zur Pflicht werden, | die »Ich kann's nicht«-Haltung | in eine | »Ich kann's«-Haltung | umzuwandeln.

Art. 8: Nachhaltigkeit | und Service | werden | auf drei Kontinenten | in einem Atemzug | genannt werden.

Art. 9: Alle Menschen | werden | lautlos »Guten Morgen« | sagen.

Art. 10: Wenn wir aufwachen, | wird es nicht nur | zur Pflicht werden, | unsere Augen zu öffnen. || Sondern auch | unseren Verstand.

Art. 11: Der Himmel | wird unsere einzige | Grenze sein für | unser Vermögen, | Innovationen voranzutreiben.

Art. 12: Sich zu treffen | wird ein Grundrecht | und eine Verpflichtung | in Bezug auf | unsere Umwelt sein.

Art. 13: Es gibt | viele Dinge, | die entbehrlich sind. || Die Sorgfalt, | mit der wir arbeiten, | gehört nicht dazu.

Art. 14: Alle Komplikationen | sind abgeschafft | worden. || Von jetzt an | wird das Leben | einfacher werden.

Art. 15: Optimismus | wird in mehr als | 400 Hotels | und 25 Ländern herrschen.

Wir meinen nicht, | dass wir die Welt zusammen | verändern wollen. || Wir meinen, | dass wir bereits | damit begonnen haben, | es zu tun.

Das letzte Foto zeigt den Bergwanderer des ersten Fotos aus einer anderen Perspektive. Entschlossen, offenbar gestärkt durch die Botschaften in seinem Rücken, schreitet er voran. Mich haben die Botschaften nicht gestärkt. Im Gegenteil. Der Aufzug – ein Kone Fiam Hydraulic aus dem Jahr 1994 – braucht zwar für die Fahrt vom Erdgeschoss in den vierten Stock (der laut Anzeige der dritte ist) achtundvierzig Sekunden, aber die Zeit reicht nicht aus, um alle Artikel auf einmal zu lesen. Den Stoppknopf zu drücken traue ich mich nicht, aus Angst, einen

Alarm zu erhalten oder für immer stecken zu bleiben. Sieben Mal muss ich, ich kann nicht anders, auf und ab fahren. Zwei Mal steigen andere Passagiere zu, in deren Gegenwart ich keine Notizen zu machen wage. Ich fürchte, dass ich sie mit meinem Interesse anstecken könnte und wir durch das gemeinsame Erlebnis zu einer Schicksalsgemeinschaft werden, die uns ein Leben lang aneinanderbindet. Also warte ich, bis sie ausgestiegen sind, rufe ihnen nach, obwohl sie mich nicht danach fragen, ich hätte oben/unten etwas vergessen, und drücke auf den Knopf mit der Nummer Drei oder Null.

Es ist nicht etwa so, dass die Artikel des Manifestes bei eins anfangen, sobald ich unten ankomme; sie laufen in einem fort durch, und bei den langen Sätzen brauche ich zwei Durchläufe, ehe ich alles notiert habe. Wieder und wieder sehe ich mir die Bilder an, während sich die Muzak Ton für Ton in meine Gehirnwindungen frisst. Jetzt, da ich den ganzen Text kenne und die mit seiner Rezeption verbundenen Strapazen hinter mir habe, sind mein Lächeln und mein guter Humor gedeckelt.

Immerhin hat sich dank meiner grundsätzlichen »Ich kann's«-Haltung und meiner Beharrlichkeit das erste Versprechen des Manifestes sofort erfüllt, auch wenn meine positive Energie dadurch völlig erschöpft ist. Was mir nicht aus dem Kopf will, ist der Widerspruch zwischen Artikel drei, vier und elf: Wenn wir selbst Grenzen ziehen können und die Fantasien unendlich sein werden, warum ist dann der Himmel *die einzige Grenze … für unser Vermögen, Innovationen voranzutreiben?*

Ich stelle mir vor, wie es anderen Reisenden ergeht, die unter dem gleichen Zwang leiden wie ich. Mit einem festen Vorsatz steigen sie ein. Ihre Gedanken kreisen um die Zukunft: die Ankunft in ihrem Zimmer/in der Lobby/im Restaurant. Sie freuen sich auf die Dusche/das Bett/den Fernseher/ein Treffen/ein

Glas Wein/ein Abendessen zu zweit. Die Schiebetür schließt sich, die Muzak ertönt, der Bildschirm in Kopfhöhe hellt sich auf – wenn sie Glück haben, lesen sie das Manifest von Anfang an –, die ersten bebilderten Grundsätze erscheinen, und dann, sie sind gerade erst bei Artikel vier angekommen, macht es *Bling,* und sie sind da. Sie wollen, aber können nicht aussteigen. Etwas hält sie zurück. Und so fahren sie neugierig auf das Ende wieder hinauf und hinunter – je nachdem, woher sie kommen und wohin sie wollen.

Stets landen sie, da ein inneres Bedürfnis sie weiterzulesen drängt, am Ausgangspunkt ihrer *Vertical Tour.* Sie drücken die Null oder die Drei, um so lang wie möglich in der Kabine verweilen zu können. Wieder schließt sich die Tür. Angespannt blicken sie abwechselnd auf den Bildschirm und die Stockwerkanzeige, in der Hoffnung, des letzten Artikels diesmal gewahr zu werden. Je höher oder tiefer sie kommen, desto nervöser und unkonzentrierter werden sie. Lautlos beten sie, dass auf keinem der Stockwerke über oder unter ihnen jemand auf den Knopf drückt, um den Fahrstuhl und damit ihren Lesefluss zum Halten zu bringen. Die Angst, durch einen plötzlichen Stopp die Kontrolle zu verlieren, schwächt ihre Aufnahmefähigkeit. Die Botschaften, die sie sich haben einprägen wollen, bleiben nicht haften. Kaum sind sie unten oder oben angelangt, wollen sie wieder hinauf oder hinunter, um die Artikel noch einmal zu lesen und zu erfahren, wie es weitergeht. Bald haben sie den Grund ihrer Fahrt vergessen. Zu dem Termin in der Lobby/ im Restaurant/in der Altstadt erscheinen sie zerstreut und mit großer Verspätung; die Frau/der Mann, mit der/dem sie aufs Zimmer wollten, ist verschwunden; im Bett können sie nicht einschlafen, die Sätze gehen ihnen noch im Kopf herum. Sie sind wie ich zu vertikalen Driftern, zu Heraufundheruntertreibern, zu Gefangenen des Fahrstuhls geworden.

Sind das die Nachhaltigkeit und der Service, die laut Artikel acht in der goldenen NH-Zukunft in einem Atemzug genannt werden? Wie viel Energie, wie viel Zeit könnte gespart werden, gäbe es diese Infostation nicht – und wie viel mehr, nähmen alle die Treppe.

Eines aber muss ich NH zugestehen. Ihr letzter Satz hat sich bewahrheitet. Mein Leben ist jetzt ein anderes, aber es ist kein einfacheres. Als ich im vierten Stock (der laut Anzeige der dritte ist) auf den Gang hinaustrete und zu meinem Zimmer gehe, sage ich lauthals: »Halleluja.«

4

Abends lerne ich meinen Gesprächspartner für den nächsten Tag, für die Vorstellung meines Romans kennen: den Schriftsteller und Journalisten Mario Fortunato. Wir stehen uns wie bei einem Empfang in der Lobby gegenüber. Um uns herum lauter Menschen in Abendgarderobe, angeregt plaudernd und doch auf etwas anderes, Größeres wartend. Es hat den Anschein, als wären alle italienischen Verlage, alle Verleger und Lektoren, alle Kritiker und Autoren im gleichen Hotel untergebracht. Jeder Neuankömmling wird stürmisch begrüßt oder abschätzig gemustert. Mario hat dichte, graue Haare, trägt eine Brille und ist lässig, aber nicht nachlässig gekleidet, und sein Humor ist schnell, feinsinnig, ironisch. Er spricht akzentfrei Englisch, jahrelang hat er in London gelebt und dort das italienische Konsulat geleitet. Berlusconi wollte ihn 2002 seiner Homosexualität wegen absetzen, aber aufgrund internationalen Protestes blieb er im Amt. Mehrere seiner Romane und Erzählbände sind ins Deutsche übersetzt worden, *Stadt im Halbschatten; Die Kunst leichter zu werden; Die Entdeckung der Liebe und der Bücher; Die Liebe bleibt; Unschuldige Tage im Krieg,*[39] und jetzt ist bei Bompiani ein literarischer Essay über Berlin und seine einstigen prominenten Bewohner erschienen, *Le voci di Berlino (Die Stimmen von Berlin).*

39 Seltsam, dass eines seiner gesellschaftlich wichtigsten Werke, *Immigrato (Einwanderer)* aus dem Jahr 1990, bisher nicht ins Deutsche übersetzt worden ist. Darin erzählt Mario Fortunato die wahre Geschichte von Salah Methnani, einem tunesischen Flüchtling, der, weil er keine Aufenthaltsgenehmigung erhält, in Italien untertaucht und exemplarisch erlebt, wie die Italiener auf Fremde reagieren: mit Ablehnung und Zurückweisung. Heute ist Methnani, anders als viele der zigtausend Flüchtlinge, die Jahr für Jahr an den Küsten Italiens stranden, – auch dank jenes Buches – in der italienischen Gesellschaft angekommen; er arbeitet als Journalist für den Fernsehsender *RAI News 24.*

Er wirkt enttäuscht, dass ich mir einen Bart stehen lasse. »Auf dem Foto sahst du noch ganz anders aus, jünger, lebendiger.« Dasselbe könnte ich von ihm sagen, die Fotos, die ich von ihm kenne, sind fast zwanzig Jahre alt.

Während der Wende lebte er fünf Monate lang in Berlin und berichtete für italienische Zeitungen über den Fall der Mauer; dann, von 2007 bis 2013, wohnte er immer mal wieder für eine gewisse Zeit in der deutschen Hauptstadt, meist in Prenzlauer Berg. Der Winter in Rom habe ihn deprimiert, sagt er, in Berlin habe ihm die Kälte dagegen nichts ausgemacht. Das Leben dort sei entspannt, sehr günstig und sehr gut organisiert – ganz im Gegensatz zum Leben in der italienischen Hauptstadt: »Schon ganz kleine Dinge können deinen Tagesablauf völlig durcheinanderbringen. Du willst nur ein Paket bei der Post abholen, stehst ewig in der Schlange, wartest, bis das Paket gefunden wurde, und wenn du wieder nach Hause kommst, stellst du fest, dass vier Stunden vergangen sind. Es ist besser, einen grauen Himmel über sich zu haben und Temperaturen unter null, als jeden Tag um Selbstverständlichkeiten kämpfen zu müssen.«

Dann stellt er mich unserer Verlegerin Elisabetta Sgarbi vor, eine sehr schlanke, zierliche Frau um die fünfzig, die viel jünger aussieht – schwarze, zum Zopf gebundene Haare, rote Lippen, grünes Kleid, gelbrote Sonnenbrille von Oakley. »Ah«, sage ich, »die echte Elisabetta Sgarbi.«

»Ja, ich hab schon gehört, dass Sie Laura Donnini getroffen haben und irritiert waren, als sie sich als Chefin von Bompiani vorstellte; sie ist die Geschäftsführerin von RCS[40].«

---

40 Laura Donnini ist gewissermaßen die Chefin von Elisabetta Sgarbi. »RCS« ist der Name der Verlagsgruppe, zu der Bompiani gehört. Die Abkürzung steht für »Rizzoli Corriere della Sera« – hervorgegangen aus dem 1927 gegründeten Buchverlag Rizzoli und der 1876 gegründeten Tageszeitung *Corriere della Sera.*

Mario Fortunato wendet sich jemand anderem zu. Elisabetta Sgarbi nimmt ihre Brille ab, und wir setzen uns in die beiden gigantischen Korbsessel. Mit einem Mal, da meine Füße den Boden nicht mehr erreichen, fühle ich mich klein wie ein Kind. Und sie sitzt auch da, als wäre sie ein Mädchen. Ich muss an die Installation *Das Zimmer* der Schweizerischen Künstlerin Pipilotti Rist denken, an diese überdimensional großen, roten Sofas und Sessel und die riesige, kaum handhabbare Fernbedienung. Derart verjüngt sitzen wir uns gegenüber.

»Wie waren Ihre Interviews?«, fragt Elisabetta Sgarbi.

Ich erzähle ihr, dass ich vor allem über Deutschland ausgefragt wurde.

»Deutschland ist für Italien sehr wichtig. Politisch und literarisch. Vor allem nächstes Jahr. Dann ist Deutschland nämlich Gastland auf der Buchmesse.«

Ich bedanke mich bei ihr für die Einladung, sage, wie sehr mir die italienische Ausgabe meines Romans gefällt, die dünnen Seiten, die mich an die Bibel erinnern, und wie die typografischen Besonderheiten umgesetzt wurden. »Das muss sehr hart für die Setzerin gewesen sein.«

»In der Tat. Wir hatten ein paar Schwierigkeiten. Ihr Roman ist anders als die, die wir sonst veröffentlichen.« Nur einmal hätten sie ein Buch mit Seiten gedruckt, auf denen es Abstufungen von Grau gegeben habe: Enrico Ghezzis große Kinogeschichte *Paura e desiderio (Angst und Lust)*[41]. Ghezzi, sagt sie, sei eine faszinierende, aber schwierige Persönlichkeit; er sei verantwortlich für das Nachtprogramm auf dem Kulturkanal *RAI 3*, zeige dort Filmklassiker aus aller Welt; für seine Kenntnis des zeitgenössischen Kinos werde er von vielen geschätzt, sogar Susan Sontag habe vor ihrem Tod bekannt, seine Sen-

---

41 Benannt nach Stanley Kubricks erstem Spielfilm *Fear and Desire*.

dungen regelmäßig zu sehen; und sie selbst schätze ihn auch sehr, einmal aber, bei einem Treffen in Rom, habe er sie stundenlang warten lassen.

Fünf Jahre hätten sie gemeinsam an seinem Buch gearbeitet, für den Schluss habe er sich ein langsames Verblassen der Schrift gewünscht, aber im Gegensatz zu meinem Buch werde nicht etwa die Schrift heller, vielmehr würden die Seiten immer dunkler, bis sie schließlich ganz schwarz seien. Das habe natürlich sofort Ärger gegeben, im Verlag, beim Vertrieb, aber auch aufseiten der Leser. »Es ist nicht leicht gewesen«, sagt Elisabetta, »den Leuten zu erklären, warum wir es genau so haben wollten, aber wir haben es gemacht, trotz aller Widerstände.«

Ich erzähle ihr, dass mein Buch bei Amazon vom ersten Tag an und danach immer mal wieder gesperrt war, weil Kunden das Buch bestellt, es aber, der geteilten Seiten und der verblassenden Schrift wegen, für einen Fehldruck gehalten und zurückgeschickt hatten. »Da stand dann *Artikel wird überprüft.* Als ich das zum ersten Mal las, dachte ich an Zensur. Jetzt weiß ich, wie das Amazon-System funktioniert. Bestellt man ein Produkt und schickt es zwei Mal hintereinander zurück, wird es gesperrt.«

»So könnte man als Schriftsteller seine Konkurrenz ausschalten«, sagt Elisabetta.

»Dann müsste man aber verdammt viel bestellen.«

»Wenn das alle machen würden: Bestellen und zurückschicken, bestellen und zurückschicken.«

»Das System würde zusammenbrechen.«

Mit dem Taxi fahren wir ins Restaurant Vittoria, Elisabetta Sgarbi, Eugenio Lio, der im Verlag für fremdsprachige Literatur und Sachbücher zuständig ist – brauner Anzug, blaue Krawatte, dunkle, halblange Haare –, Mario Fortunato und ich.

Ich frage Elisabetta, die hinten zwischen Mario und mir sitzt, wie sie zur Literatur gekommen sei, und sie sagt: »Mein Vater[42] war immer ein leidenschaftlicher Leser. Wir hatten viele Bücher zu Hause. Meine Eltern haben meinem Bruder und mir nicht vorgeschrieben, was wir aus unserem Leben machen sollten, sie haben uns nie gesagt, wann wir zu Hause sein sollten, sie legten nur Wert darauf, dass wir unsere Bildung nicht vernachlässigten, und hofften, wir würden uns ebenso für Chemie begeistern wie sie.«

»Chemie?«

»Ja, meine Eltern sind Apotheker. Mein Bruder Vittorio[43]

---

42 Anfang des Jahres veröffentlichte Giuseppe Sgarbi im Alter von dreiundneunzig Jahren seine Autobiografie *Lungo l'argine del tempo (Entlang am Ufer der Zeit)*. Ein Buch über den Krieg, die Liebe, die Poesie, die Jagd.

43 Von allen schwierigen Menschen scheint Vittorio Sgarbi der schwierigste zu sein. Seit 1979 veröffentlicht er Jahr für Jahr Bücher über Kunst, Politik und Kultur. Anfang der Neunzigerjahre, kurz bevor das Parteiensystem Italiens wegen Korruption und Vetternwirtschaft zusammenbrach, schloss er sich der Liberalen Partei an, wechselte 1994 zu Silvio Berlusconis Forza Italia, gründete dann seine eigene Partei – *I Liberal-Sgarbi* –, wandte sich 2007 den Christdemokraten zu und ist inzwischen parteiunabhängig politisch aktiv. Er war vier Legislaturperioden lang Mitglied des italienischen Parlaments, wurde in verschiedene kulturpolitische Ämter berufen, u. a. war er Unterstaatssekretär für Kultur und Kultursachverständiger in Mailand, 2011 kuratierte er den italienischen Pavillon auf der Biennale in Venedig.
In Talkshows fällt er durch seinen Jähzorn und seine Schimpftiraden auf. Auf YouTube finden sich viele Ausschnitte aus Fernsehsendungen, in denen er seine Gesprächspartner verbal und mitunter auch körperlich angreift: In der Sendung *Piazzapulita (Reinen Tisch machen)* auf La7, es geht um den Euro, sagt der Unternehmer Gian Luca Brambilla: »Wir Italiener haben beschlossen, in den Euro einzutreten, niemand hat uns dazu gezwungen. Es war eine Entscheidung Italiens.« Daraufhin unterbricht ihn Sgarbi: »Nein, es waren die italienischen Politiker, die das entschieden haben. Das war Ciampi, das war Prodi und leck mich am Arsch! ... Ich war im Parlament und hab nicht dafür gestimmt ... Ich wollte die Lira, ich bin für Lira ... Was erzählst du für eine Scheiße! ... Gab es etwa ein Referendum? Nein! Was redest du dann für eine Scheiße!«
Beim Musikfestival in Sanremo beschuldigt er den Komiker Roberto Benigni, bekannt aus dem Film *La vita è bella (Das Leben ist schön)*, ein »co-

studierte Philosophie und Kunstgeschichte in Bologna, unterrichtete an der Universität Udine und war, als ich meine *maturità* ablegte, ein aufstrebender Kunstkritiker. Ich fühlte mich verpflichtet, die Familientradition fortzusetzen, also studierte ich Pharmazie in Bologna, wo ich niemanden kannte; ich hätte auch in meiner Heimatstadt Ferrara studieren können, bei den gleichen Professoren wie meine Eltern, aber das wäre mir zu eng gewesen. Ich liebe meine Familie, aber ich hasse Chemie. Sechs Jahre lang war ich hin- und hergerissen, bis ich meinen Abschluss machte und entschied, es sei an der Zeit, mich mit dem zu beschäftigen, was mich wirklich interessiert: Literatur. Ein Freund meiner Eltern ist der Schriftsteller Gian Antonio Cibotto. Als er uns einmal besuchte, fragte er mich, warum ich so traurig sei. Ich sagte ihm: ›Ich habe das Gefühl, mit Naturwissenschaften mein Leben zu verschwenden.‹ Und da machte er mir das Angebot, für den Premio Campiello, einen Literaturpreis, bei dem er als Sekretär fungierte, Texte zu lesen. Er empfahl mich auch einem Kleinverlag in Pordenone, Studio Tesi. Und da arbeitete ich eine Weile, bis der damalige Direktor von Bompiani nach einer neuen Leiterin der Presseabteilung suchte – die bisherige Leiterin hatte sich umgebracht. Er suchte eine Frau, die mit Journalisten umgehen, Veranstaltungen organisieren und Verantwortung für Autoren übernehmen kann,

---

munista pagato«, ein »bezahlter Kommunist« zu sein; mehr als ein Dutzend Mal brüllt Vittorio Sgarbi »*pagato*« ins Mikrofon, »*pagato*«, »*pagato*«, »*pagato*«.
Und in der Sendung *Bulli e pupe (Typen & Tussis)* – auf *Canale 5* beleidigt er Alessandra Mussolini, Enkelin von Diktator Benito Mussolini und neofaschistische Parlamentsabgeordnete in den Reihen von Forza Italia mit den Worten:»Dumme Pute ... Ignorantin ... Fick dich ... Du gehst mir auf den Sack ... Idiotin.«
Die Liste seiner Feinde ist lang, und in den vergangenen Jahren musste er sich mehrfach wegen Beleidigung und Verleumdung vor Gericht verantworten.

auch« – und dabei wendet sie sich zu Mario Fortunato um – »für schwierige Autoren.«

»Offenbar hat er die richtige Frau dafür gefunden«, sage ich, und sie dreht sich wieder zu mir hin.

»Ich war mir zuerst sehr unsicher. Ich wollte nicht nach Mailand ziehen. Ich brauche viel Platz um mich herum, ich mag die Weite, den freien Blick. Außerdem bin ich sehr schüchtern, und ich hab mich gefragt, wie passt das zusammen: scheu zu sein und als PR-Managerin zu arbeiten? Als ich anfing, 1990, dachte ich, dass ich es nicht lange aushalten würde. Und in der Presseabteilung hielt ich es auch nicht lange aus, wechselte bald ins Lektorat, wurde leitende Lektorin, Programmchefin, und dann, 2004, Verlegerin.«

»Was war Bompiani für ein Verlag[44], als Sie damals anfingen?«

44 Die Gründung von Bompiani geht auf einen Akt der Rebellion zurück. Im Jahr 1929 weigerte sich Arnoldo Mondadori, I Promessi Sposi (Die Verlobten) von Guido da Verona zu drucken, eine Satire über den Faschismus. Daraufhin schied sein Generalsekretär Valentino Bompiani aus dem Unternehmen aus und gründete in Mailand seinen eigenen Verlag. Die ersten Werke waren Biografien oder Autobiografien von Seligen, Schriftstellern, Staatsmännern. Ein jüdischer Professor habe Bompiani angeboten, Hitlers Mein Kampf zu übersetzen, schreibt Valentino Bompiani in seinen Memoiren, weil die Welt erfahren müsse, wer Hitler sei. Aber Bompiani lehnte zunächst ab, druckte stattdessen Theodor Heuss' Schrift Hitlers Weg: Eine historisch-politische Studie über den Nationalsozialismus. 1934 musste Bompiani auf Anordnung von Mussolini La mia battaglia dennoch veröffentlichen, was er dann auch mit vollem Einsatz tat. Das Buch enthält den zweiten Teil des deutschen Originals, Hitlers Manifest. Bompiani war kein erklärter Antifaschist wie Giulio Einaudi oder ein Erfüllungsgehilfe wie Arnoldo Mondadori, er kollaborierte mit der Macht, traf sich persönlich mit Mussolini, ließ »Willkommen!«-Poster für Hitlers Aufenthalt in Italien drucken und brachte anlässlich dieses Staatsbesuches auch den ersten Teil von Mein Kampf unter dem Titel La mia vita auf den Markt. Ironie der Geschichte: Bompiani beauftragte den jüdischen Übersetzer Angelo Treves mit der Übertragung ins Italienische.
In der Folgezeit machte sich der Verlag vor allem durch wissenschaftliche Titel und Enzyklopädien einen Namen, aber ab den Vierzigerjahren auch

»Ende der Achtzigerjahre, beherrschten US-Bestsellerautoren das Programm, Gore Vidal, Erica Jong, Norman Mailer und ein paar italienische Klassiker wie Alberto Moravia oder Umberto Eco. Als ich damals anfing, war mir klar, dass wir Erfolge liefern mussten. Ich wollte den Verlag aber auch qualitativ verändern. Also dachte ich darüber nach, wie ich neue Schriftsteller erreichen kann. Kurz zuvor war bereits eine Reihe mit dem Titel *Le finestre – Die Fenster* gestartet, um Literatur aus anderen Ländern vorzustellen, Literatur aus Südamerika, Polen, Israel, Frankreich, England. Und mit Pier Vittorio Tondelli[45] und einigen anderen gründeten wir dann nach dem Vorbild

mit Werken des regimekritischen Schriftstellers Alberto Moravia. In der Nachkriegszeit erschienen bei Bompiani Bücher von Albert Camus und Jean-Paul Sartre, Joseph Conrad und Philip Roth. 1959 trat Umberto Eco als Sachbuchlektor in den Verlag ein und etablierte sich gleich mit seinem Debüt *Opera aperta (Das offene Kunstwerk)* als einer der wichtigsten Kunsttheoretiker seiner Generation. 1972 verkaufte Bompiani den Verlag an Fiat. Nach Umberto Ecos Weggang 1975 (kein kausaler Zusammenhang) dominierten internationale Bestsellerautoren wie Erica Jong, Anaïs Nin, Patricia Highsmith oder Stephen King das Programm, ehe Mitte der Achtzigerjahre die junge italienische Literatur mit Pier Vittorio Tondelli und Andrea De Carlo für Aufmerksamkeit sorgte. Seit 1986 gehört Bompiani zum Medienunternehmen RCS.

45 Pier Vittorio Tondelli galt in den Achtzigerjahren als einer der Jungen Wilden unter den damals zeitgenössischen italienischen Schriftstellern, ein später Beatnik und Pop-Autor, der die Erzählverfahren des Fernsehens – schnelle Schnitte, rasante Sprache – in sein Schreiben miteinbezog. Sein Debüt, der Erzählband *Altri libertini (Andere Freiheiten)*, handelt von Außenseitern, von Prostituierten, Strichern, Junkies, von Drogen, Sex und Musik, von einer neuen Generation, einer promiskuitiven, postrevolutionären, kosmopolitischen Kleinstadtjugend in Europa. Zwanzig Tage nach Erscheinen des Buches wurde es von den Behörden wegen der angeblich darin enthaltenen Obszönitäten verboten, im Jahr darauf wurde Tondelli vom Vorwurf der Pornografie freigesprochen. Tondelli reiste viel, auch nach Deutschland, auch nach West-Berlin, auch nach Kreuzberg. Innerhalb kurzer Zeit veröffentlichte er sechs Bücher. Er starb 1991 mit sechsunddreißig Jahren an Aids.

von *Granta*[46] das Magazin *Panta;* der Name stammt von Alberto Moravia. Anfangs, bei der Planung, den ersten Gesprächen, war auch Mario noch mit dabei.«

»Ich war blind«, sagt Mario. »Ich wusste damals mit diesem ganz und gar offenen Projekt nicht umzugehen.«

»Und seither veröffentlichen wir Hefte übers Kino, über Liebe, Musik, Politik, über Angst, Wahnsinn, Sex. Literaturzeitschriften sind ja immer abenteuerliche Misserfolge; man verkauft kaum mehr als tausendfünfhundert Exemplare, ökonomisch ein Desaster, aber wir haben dadurch neue, interessante Autoren kennengelernt und unseren eigenen Horizont erweitert.«

»*Panta* war die letzte bemerkenswerte kollektive Kulturunternehmung in Italien vor der Jahrtausendwende«, sagt Mario.

»Viele, die erstmals in *Panta* veröffentlicht haben, sind jetzt fester Bestandteil unseres Katalogs. Selbst Mario ist inzwischen mit dabei.«

»Zum achtzigsten Jubiläum des Verlags habe ich eine Sondernummer herausgegeben, mit dem Titel *Fedeli e infedeli – Gläubige und Ungläubige,* in der es um den Kampf zwischen Schriftstellern und Lektoren geht.«

»*Panta* aber ist mehr. Mit *Panta* ist es uns gelungen, eine kulturelle Öffentlichkeit zu etablieren, eine Gemeinschaft zu stiften, auch über die Verlagswelt hinaus. Ich wollte Bompiani öffnen für das Abseitige und Sperrige und für andere Künste. Ich hatte anfangs viele Feinde im Verlag, weil all diese Sachen selten hohe Gewinne versprechen.«

»Aber Sie haben sich durchgesetzt«, sage ich.

»Rebellion ist Teil meines Charakters. Vielleicht hat mich des-

46 *Granta* ist eine einflussreiche, englischsprachige Literaturzeitschrift, die seit 1889 erscheint. Alle zehn Jahre (seit 1983) veröffentlicht *Granta* eine Liste mit den zwanzig vielversprechendsten britischen Schriftstellern der Gegenwart.

halb auch der Titel Ihres Romans angesprochen. Jeder macht die gleichen Sachen, der Mainstream ist übermächtig. Ich wollte die Leute immer schon irritieren, und so habe ich um die Jahrtausendwende herum angefangen, Filme zu drehen.[47] Obwohl oder gerade weil ich viel mit Büchern zu tun habe, fällt es mir schwer, mich schreibend auszudrücken, und ich fand es viel spannender, Literatur über das Medium Film zu vermitteln; kein Kino der Wörter, sondern eine Art verfilmte Literatur. Ich glaube, dass Bilder den Wörtern eine andere Bedeutung verleihen können.«

»Ich habe gelesen«, sage ich, »dass Sie darüber hinaus auch das Kulturfestival *La Milanesiana*[48] in Mailand ins Leben gerufen haben.«

»Dann wissen Sie vielleicht auch, dass die Leute nichts so sehr hassen, wie wenn jemand mehr als eine Sache macht.«

»Ja«, sage ich, »das kenne ich nur zu gut. Mein Verleger, oder, um genau zu sein, mein Ex-Verleger, er hat jetzt den Verlag gewechselt, schreibt auch Bücher.[49] Er ist produktiver als seine

47 Elisabetta Sgarbi hat seit 1999 mehr als drei Dutzend Kurzfilme und Dokumentationen gedreht. Ihr jüngstes Werk, *Racconti d'amore (Geschichten der Liebe)*, ist ein Episodenfilm über Paare am Po; der Fluss ist das Bindeglied, der heimliche Held; er führt die Menschen zusammen und trennt sie voneinander. Vier melancholische Geschichten vom Ende der Gefühle und von der Macht des Erzählens. Mir würde noch eine fünfte Geschichte einfallen, aber um die am gleichen Ort zu verfilmen wie die anderen, müsste Elisabetta die Handlung von England nach Italien verlegen, von der Stadt aufs Land, von der Vergangenheit in die Gegenwart.

48 Das Festival findet 2014 zum fünfzehnten Mal statt. Für diesen Sommer hat sie mehr als hundertfünfzig Schriftsteller, Filmemacher, Musiker, Naturwissenschaftler, Künstler, Philosophen und Schauspieler zu Vorträgen und Dialogen eingeladen. Sie bringt so grundverschiedene Charaktere wie Wim Wenders und Erica Jong oder Michael Cunningham und Ute Lemper zusammen, in der Hoffnung, dass die Vertreter unterschiedlicher Disziplinen einander befeuern und sich an den achtzehn Abenden auf der Bühne eine Magie entfaltet, wie man sie nirgendwo sonst erleben kann.

49 Jo Lendle war von 2010 bis 2012 DuMont-Verleger, seit Anfang 2014 leitet er den Hanser Verlag in München. Neben seiner Tätigkeit als Lektor, Programmchef, Verleger, Gastprofessor an Schreibschulen, Familienvater,

Autoren, und wenn man ihn trifft, ist er immer witzig, charmant, gut gelaunt und sehr entspannt. Und das alles, obwohl er einen Fulltime-Job und eine Familie hat und andauernd auf Facebook ist. Alle fragen sich, wie er das macht. Viele Frauen lieben ihn. Viele Männer können ihn nicht leiden.«

»Wie ist das bei Ihnen?«

»Ich tendiere mal zum einen, mal zum anderen Geschlecht.«

»Sind Sie gekränkt, dass er Sie verlassen hat? Oder sind Sie neidisch auf seine Schnelligkeit, Leichtigkeit, Vielseitigkeit, auf seinen Humor, seine Gewandtheit, seine Attraktivität?«

»Ich bin Schriftsteller«, sage ich. »Ich bin empfindlich und missgünstig.«

»Einer meiner Autoren warf mir vor«, sagt Elisabetta, »zu wenig Zeit in sein Buch investiert zu haben.«

»Das hätte ich sein können«, sage ich.

»Das ist eine sehr dumme Denkweise. Im Gegenteil ist es so, dass die Dinge, die ich mache, sich gegenseitig befruchten, dass mir die Freiheiten, die ich mir nehme, helfen, eine bessere Verlegerin zu sein. Und Tatsache ist: Das wirkt sich auch positiv auf die Verkaufszahlen aus. Bompiani ist jetzt eines der wichtigsten Verlagshäuser in Italien, wir haben international einen sehr guten Ruf. Manche Schriftsteller wie Mario hier kommen

Facebooker, Blogger und Twitterer veröffentlichte er einen Band mit Kurzprosa, ein Kinderbuch und vier Romane. Wenn man »jo lendle« bei Google eingibt, bietet einem die Autovervollständigungsfunktion
jo lendle facebook
jo lendle hanser
jo lendle twitter
jo lendle blog
jo lendle frau
an.
Entweder haben viele nach einem Interview mit Jo Lendle in der *Frankfurter Allgemeinen Zeitung* gesucht, in dem er sich dafür ausgesprochen hat, zukünftig mehr Bücher von Frauen zu veröffentlichen. Oder aber seine weiblichen Fans haben sich gefragt, ob er noch zu haben ist.

extra zu uns, weil sie wissen, dass wir kein gewöhnlicher Verlag sind, sondern eine Gemeinschaft von Individualisten.«

Ich hole mein zweites Notizbuch hervor und blättere, während wir vor einer Ampel stehen und das Licht der Straßenlaternen zu uns hereinscheint, darin herum. »Einen Ihrer Filme habe ich als Vorbereitung für meine Reise nach Turin gesehen: *Se hai una montagna di neve tienila all'ombra*[50]«, stammele ich, »ein Dokumentarfilm, in dem es um die Frage geht, was Kultur den Leuten heute noch bedeutet, was sie darunter verstehen. Sie fragen darin Menschen, ob sie schon einmal einen Liebesbrief geschrieben haben; was sie von Nichtlesern halten; inwieweit Kultur einem hilft, das Leben zu meistern et cetera.«

»Das geht auf eine Idee von Pier Paolo Pasolini zurück, der Anfang der Sechzigerjahre durch Italien gereist ist und die Leute gefragt hat, was Liebe, Ehe und Sex für sie bedeuten, wie sie zu Jungfräulichkeit, Prostitution und Homosexualität stehen und was sie von der Unterdrückung der Frau durch den Mann, von Konformismus und Scheidung halten, die damals noch verboten war. Pasolini fragt in *Comizi d'amore*[51], so heißt der Film, nach Konventionen und Moralvorstellungen quer durch alle Schichten, Milieus, Generationen.«

»Ich kenne den Film.«

»Dann haben Sie sicher gemerkt, dass wir sein Modell für unseren Film über die Frage, was Kultur bedeutet, übernommen haben.«

---

50 Die deutsche Übersetzung lautet in etwa *Wenn du einen Schneeberg hast, sorge dafür, dass er im Schatten bleibt;* der Film stammt aus dem Jahr 2010.

51 Pier Paolo Pasolinis *Comizi d'amore,* gedreht im Stil des *Cinéma vérité,* wurde erstmals 1964 beim Filmfest in Locarno gezeigt; der deutsche Titel lautet *Gastmahl der Liebe* oder *Umfrage über Liebe,* deutsche Erstaufführung 1982 bei der Berlinale.

»Und?«, frage ich. »Was bedeutet Kultur für Sie?«[52]

»Alles. Kultur ist mein Leben. Kultur macht das Unmögliche möglich. Durch Kultur entdecke ich, was in mir steckt, Dinge, von denen ich nicht wusste, dass ich sie in mir trage. Durch Kultur gelingt es mir, aus mir herauszukommen und trotzdem in mir drin zu bleiben.«

»Beide Dokumentarfilme haben eine Art ethnologische Perspektive. Pasolini zeigt eine Gesellschaft vor Beginn des sexuellen Erwachens; Sie dagegen zeigen eine Gesellschaft, in der die Kultur verloren zu gehen droht.«

»Berlusconi hat, falls Sie darauf hinauswollen, unsere Kultur nicht zerstört.«

Eugenio Lio, der vorne sitzt, wendet sich zu uns um und sagt: »Es gibt ein starkes Bildungsbürgertum, ein Establishment, das kulturell interessiert ist und bleibt, ganz gleich, wer regiert und wie viel Geld auf politischer Ebene für Kultur ausgegeben wird. Was sich aber in den vergangenen zwanzig Jahren dramatisch verändert hat, ist das Leseverhalten. Und deshalb«, und dabei sieht er abwechselnd Mario und mich an, »müssen sich Schriftsteller fragen, ob sie heute noch gehört und gebraucht werden. Das ist eine neue Frage, die sich in der Nachkriegszeit niemand gestellt hat, weil die Intellektuellen unverzichtbar waren.«

---

52 Ich sollte diese Frage in meine Killerfragenliste aufnehmen, in die Top Ten der Killerjournalistenfragen:
   1. Fühlen Sie sich in Ihrem Alter noch als junger Autor?
   2. Können Sie mir den Inhalt Ihres Romans in zwei, drei Sätzen zusammenfassen?
   3. Wie autobiografisch ist die Geschichte?
   4. Haben Sie irgendwelche Hobbys?
   5. Wie viele Exemplare haben Sie verkauft?
   6. Haben Sie mit dem Erfolg gerechnet?
   7. Was wollen Sie damit eigentlich sagen?
   8. Arbeiten Sie schon an etwas Neuem?
   9. Wo werden Sie in zehn Büchern sein?
   10. Was bedeutet Kultur für Sie?

»Das sind sie immer noch«, sagt Mario. »Sogar mehr denn je.«

»Aber ihre Resonanz nimmt ab.«

»Günter Grass«, sage ich, »wird, wenn er etwas sagt, immer noch überall zitiert.«

»Grass«, sagt Eugenio, »hat einen ganz anderen ideologischen Hintergrund als jüngere Schriftsteller. Seine Grundlage, die Basis, auf der sein Weltbild beruht, war damals, als er jung war, ungleich größer. Heutzutage gibt es unzählige Meinungen, jeder hat seine eigene.«

»Das hat aber auch damit zu tun, dass Grass eine Berühmtheit ist«, sagt Elisabetta, »und die Medien auf seine Aussagen anspringen, weil die Redakteure und die Leser ihn schon kennen. Für junge, noch unbekannte Schriftsteller ist es sehr schwierig, diese Mauer der Unbekanntheit zu durchbrechen.«

»Wenn Sie so schüchtern sind«, sage ich, »wie können Sie dann als Verlegerin arbeiten, im Fernsehen auftreten, Festivals organisieren, zu Partys gehen?«

»Ich bin Teil eines Systems, das nach Öffentlichkeit verlangt. Wie ich Ihnen schon sagte, bin ich eine Rebellin; ich brauche Widerspruch, Wettbewerb, Herausforderungen. Aber ich nehme nicht jede Einladung an – nur wenn es der Sache dient, der Kultur, der Literatur, Bompiani, meinen Filmen. Vollkommen im Hintergrund zu bleiben ist für mich nicht möglich. Ich muss für das, was ich tue, einstehen; ich bin eine Person des öffentlichen Lebens, und doch bin ich, wenn ich in der Öffentlichkeit stehe, nicht ich selbst.«

Ehe ich fragen kann, wie sie das meint, sagt Eugenio: »Das ist kein Gegensatz. Viele Künstler sind schüchtern und fühlen sich auf der Bühne dennoch frei. Sie haben ein starkes Selbstbewusstsein und sind trotzdem sehr kritisch sich selbst gegenüber.«

»Wie ist es eigentlich«, frage ich, da wir uns, wie ich vorne auf dem Navi sehe, dem Ziel nähern, »um die italienische Gegenwartsliteratur bestellt?«

»Vor vierzig Jahren gab es wesentlich weniger Schriftsteller«, sagt Eugenio. »Ein Buch zu publizieren war früher viel schwieriger. Jeder kann heute ein Buch veröffentlichen, sei es mit einem traditionellen Verlag oder ohne, als *self-publisher* im Internet. Und darum ist es gegenwärtig noch wichtiger, ein Filter zu sein, die guten Texte von den schlechten zu scheiden, das Besondere auszuwählen und die Talente zu fördern.«

»Wir haben viele tolle Titel im Programm«, sagt Elisabetta. »Bücher von jungen Schriftstellern wie Angela Bubba, Vincenzo Latronico, Raffaella Silvestri oder Nikola P. Savic – die Generation der Fünfundzwanzig- bis Fünfunddreißigjährigen. Welche davon bleiben, werden wir erst in zwanzig Jahren wissen.«

Und Eugenio sagt: »Was es alles gibt, kann man als Einzelner nicht mehr erfassen, weil sich die Produktion vervielfacht hat. Darum verstehen wir uns bei Bompiani auch als Kollektiv. Ich mag diese Begriffe nicht: Lektor, Programmchef; wir entscheiden gemeinsam, welche Bücher wir machen.«

»Wir haben vor Kurzem einen philosophischen Essay, ein Manifest mit dem Titel *L'utilità dell'inutile – Die Nützlichkeit des Nutzlosen* von Nuccio Ordine veröffentlicht«, sagt Elisabetta. »Darin plädiert der Autor dafür, dem, was nicht gleich Profit abwirft, mehr Aufmerksamkeit zu widmen. Die Sucht nach dem Materiellen saugt uns den Geist aus und zerstört fundamentale Werte: die Würde, die Wahrheit, die Liebe. Diese Einstellung, das Nutzlose zu fördern, passt sehr gut zu unserem Selbstverständnis als Verlag.«

»Ohne Profit zu machen, würden Sie nicht überleben.«

»Sicher nicht, aber viele Verlage konzentrieren sich nur noch auf wenige Titel, auf die Bestseller, auf die ausgezeichneten Bücher. Eine fatale Entwicklung, die dazu führt, dass Literatur immer vorhersehbarer wird.«

»Wie sind Sie denn«, frage ich, »auf meinen Roman aufmerksam geworden?«

»Durch den Buchpreis«, sagt Eugenio. »Als ich von dem Buch zum ersten Mal hörte, war mir nicht klar, wie umfangreich es ist. Was mich daran fasziniert hat, war, dass die Sprache viel älter ist als das Setting der Story, dass das ganze Werk stark von der literarischen Moderne beeinflusst ist. Sie wirken so jung – und gleichzeitig so alt.«

»Wie unerfolgreich, denken Sie, wird mein Roman *Contro il successo* in Italien werden?«

»Ich bin zuversichtlich«, sagt Elisabetta, »dass er sein Publikum finden wird.«

»Ach ja?«, sage ich. »Und wie ist Timur Vermes' *Er ist wieder da* gelaufen?«

»Gut.«

»Uwe Tellkamps *Der Turm*?«

»Ganz okay.«

»Und Leonie Swanns *Glennkill*?«

»Schlecht.«

»Das liegt daran, dass es hier keine sprechenden Schafe gibt«, sage ich.

»Nein«, sagt Elisabetta, »es liegt daran, dass unsere Schafe keine Detektive sind, sondern Verbrecher.«

5

Im Vittoria sitzen wir an mehreren zu einem U zusammengeschobenen Tischen im Hinterzimmer. Der Raum ist in hellem Holz ausgekleidet und mit Dutzenden Energiesparlampen ausgeleuchtet, die uns alle in ein grelles Licht tauchen. Auf dem Boden: weiß-blaue Mosaikfliesen. An den Wänden: Drucke, Reproduktionen französischer Lithografien aus dem frühen 19. Jahrhundert[53] – Schnupftabak schniefende Frauen, austernschlürfende Männer, bildergierige Kunstbetrachter, die mich, obwohl sie nicht ganz so dämonisch sind, an Goyas *Caprichos* erinnern. Auf den Tischen: weiße Decken, Gläser und Besteck, Salz- und Pfefferstreuer – und Gläser voller Grissini, dünne Brotstangen aus Hefeteig, eine Turiner Spezialität, nach der alle, noch ehe sie sich hingesetzt haben, greifen, als hätten sie seit Wochen nichts gegessen. Kaum habe ich Mario Fortunato gegenüber Platz genommen, sagt er, ich müsse mich näher zu ihm hin beugen, über den Tisch, sonst verstehe er mich nicht.

Ich finde das übertrieben, aber der Raum füllt sich mit immer mehr Menschen, Mitarbeiter von Bompiani, Autoren des Hauses, wie die auch ins Deutsche übersetzten Andrea De Carlo, Boris Pahor, Antonio Scurati oder Antonio Pennacchi – und der Gewinner der italienischen Schriftsteller-Castingshow *Masterpiece,* Nikola P. Savic. Alle reden durcheinander, und bald kann man nicht einmal mehr sein eigenes Wort verstehen. Um nahe genug an Mario heranzukommen, liege ich halb auf

---

53 Sittenbilder von Louis-Léopold Boilly und Illustrationen aus Victor-Joseph Étienne de Jouys *L'hermite de la Chaussée d'Antin etc.* Womöglich feiert das Restaurant durch diese Zurschaustellung französischer Dekadenz und Maßlosigkeit noch immer die Befreiung vom Joch Napoleons. Ich frage mich, wer *unsere* Dekadenz und Maßlosigkeit zeichnen könnte, denke an Tom Smith, mache ein Foto von unserer Runde, schreibe *Gegen die Grissini* dazu und schicke es ihm.

dem Tisch, die Kante schneidet mir die Luft ab; er selbst sitzt zurückgelehnt da und sagt, dass er sich wundere, wie gut ich mich mit Elisabetta Sgarbi verstanden hätte, sie sei kein einfacher Charakter.

»Ich bin auch kein einfacher Charakter«, sage ich, als wäre es eine Auszeichnung, schwierig zu sein, ein Prädikat, um das ich betteln müsste.

»Das mag sein«, sagt er, »aber du entscheidest nicht darüber, was veröffentlicht wird und was nicht, wer Karriere macht und wer nicht. Du schlägst niemandem ein schlechtes Manuskript auf den Kopf.«

»Hat sie das getan?«

Anstatt darauf zu antworten, erzählt er von seiner Fernbeziehung – sein Freund wohnt in London –; von seinem Sommerhaus in Sabina, zwischen Rom und Orvieto gelegen, mit Blick auf den Monte Soratte und den Tiber, ein einsames Gehöft, in das er ziehen werde, sobald seine Wohnung in der Stadt vermietet sei; von dem Gefühl der Heimatlosigkeit; von den Begegnungen seines Lebens, die in dem 2008 erschienenen Band *Quelli che ami non muoiono (Die, die du liebst, sterben nicht)*[54] versammelt sind; und schwärmt von meinem Roman, vergleicht ihn mit den *Brüdern Karamasow* und meint, an vielen Stellen Dostojewskis Einfluss zu erkennen.

Als ich ihm sage, dass ich Dostojewski nicht gelesen habe, ist er schockiert und zählt, wie um mein Versagen zu kompensieren, seine Helden auf, Tschechow, Proust, Henry James, die, meint er, müsse man gelesen haben, sonst sei etwas Wichtiges im Leben an einem vorbeigegangen.

---

54 Deutscher Titel: *Spaziergang mit Ferlinghetti*, 2011.

Ich sage ihm, dass ich keinen der von ihm Genannten gelesen habe. Daraufhin lässt er die Schultern sinken, als falle die ganze Anspannung, die ganze Kraft, die unser Gespräch ihn kostet, von ihm ab.

»Borges?«, brüllt er mich an, als sei er Offizier in einer Literaturkaserne und ich sein Kadett.

Ich schüttele den Kopf.

»Capote?«

»Nichts«, schreie ich zurück.

»Ingeborg Bachmann?«

»Keine Zeile.«

»Und was ist mit Kafka?«

»In der Schule, glaube ich.«

»Glaubst du?«

»Ich weiß es nicht mehr genau. Ist schon so lange her.«

Die Kellner kommen herein und tischen Omelett und Bruschette als Vorspeise auf und Spargel-Risotto oder mit Fleisch gefüllte Ravioli als Hauptgang, dazu karaffenweise Rot- und Weißwein; ich halte mich an Wasser. Die Gespräche verstummen für einen Moment, alle stürzen sich auf die Speisen und Getränke, bevor die Stimmen, nach den ersten Bissen und Schlucken, wieder anheben, ohne aber die vormalige Lautstärke zu erreichen.

Ich muss an David Wagner denken, an das, was er bei seinem Besuch in Turin übers Vittoria schrieb: dass er hier im Gegensatz zu mir Fleisch gegessen habe, viel Fleisch, »*Bistecca alla fiorentina,* riesiges Stück Fleisch, herrlich, gut, dazu Spinat und Wein und eine große Flasche Wasser, Fleisch mit Rosmarin, duftet herrlich, satt«. Seit London haben wir uns, wie ich es bei unserem Abschied in Greenwich vermutet hatte, nur noch selten gesehen. Wir schicken uns regelmäßig kurze, unpersönliche Nachrichten wie »Schneeglöckchen gesehen«, »Erinnerst du dich noch an den Frühling in Richmond?«, »Wasser in Venedig«, »Sonne in Berlin«. Über Turin hat er mehr geschrieben als das, drei Seiten, ein kurzes Tagebuch seiner dreitägigen Reise.[55] Ich habe es, als er es mir schickte, ausgedruckt und trage die Seiten seither zusammengefaltet in der Brusttasche meines roten Hemdes. Dass wir beide diese Stadt fast gleichzeitig für uns entdeckt haben, werte ich als Zeichen einer unausgesprochenen Zusammengehörigkeit. Ich wünschte, er wäre jetzt hier, würde neben mir am Tisch sitzen, essen und trinken und einfach nur, wie er es oft tut, beobachten, was um ihn herum geschieht. Mein eigenes Erleben wäre dann, das spüre ich, ein anderes, größer, erhabener.

»Was«, fragt mich Mario, schon vollkommen resigniert, »hast du denn gelesen?«

»Nicht viel«, sage ich. »Science-Fiction hauptsächlich.« Aber um ihn aufzumuntern, füge ich hinzu, dass die Bücher, die ich von ihm gelesen habe, Totenbücher seien, Klagelieder, Requiems, Nekrologe auf Freunde und Weggefährten.

Und er sagt: Das Gleiche könne er von meinem Roman auch behaupten.

Aber bei ihm, sage ich, sei das von einer viel größeren Ernsthaftigkeit getragen, die Porträts handeln vom Schmerz des Abschiednehmens und die Romane vom Verstummen.

Womöglich hänge das mit dem Beginn seines literarischen Schreibens zusammen, erklärt er, sein Debüt habe er Ende der Achtzigerjahre geschrieben, kurz bevor sich sein damaliger Freund umgebracht habe; das Buch sei in der zu der Zeit vermutlich morbidesten Stadt Europas entstanden: Berlin.

»Jetzt ist Berlin voller Leben.«

---

55 Mir kommt es vor, als stünde seine Reise erst noch bevor, wie eine Botschaft aus der Zukunft, eine Warnung, nicht weiterzugehen, sich in Turin, so verlockend es auch sein mag, nicht zu verlieren.

»Aber die Stimmen der Toten sind immer noch zu hören.«

»Höchstens auf den Friedhöfen. Sonst wird ja überall gefeiert.«

»Bist du glücklich in Berlin?«

»Anfangs war ich das.«

»Wirst du zurückkehren?«

»Ich wüsste nicht, wo ich sonst hinsollte.«

»Man sollte nie an den Ort zurückkehren, an dém man glücklich war.«

»Warum?«

»Es wird nie wieder so sein, wie es einmal war.«

Später setzt sich noch Isabella d'Amico aus der Presseabteilung zu mir, sie trägt ein Abendkleid und wirkt, im Gegensatz zu den meisten Autoren, noch vollkommen nüchtern. Und was sie mir erzählt, klingt auch wie ein Requiem, ein Requiem auf die italienische Literatur: »Es gibt nicht viele Leser in Italien, doch die wenigen, die lesen, lesen viel.[56] Seit zwei Jahren gehen die Umsätze zurück[57], das liegt am Internet, vor allem an der Wirtschaftskrise, der Zeitungskrise, aber auch an der Kulturkrise in Italien. Zwanzig Jahre Berlusconi haben die Förderung

---

56 Dem Istituto nazionale di statistica zufolge haben 2013 siebenundfünfzig Prozent der Bevölkerung kein Buch gelesen; zehn Prozent der italienischen Haushalte besaßen kein einziges Buch; und laut einer Berechnung der Organisation für wirtschaftliche Zusammenarbeit und Entwicklung OECD waren siebzig Prozent der Italiener nicht in der Lage, »dichte oder lange Texte angemessen zu verstehen und darauf zu reagieren«. 13,9 Prozent lasen ein Buch pro Monat. Das Institut für Demoskopie Allensbach erforschte im gleichen Zeitraum das deutsche Leseverhalten. Demnach interessierten sich 2013 49,98 Millionen Deutsche für Bücher (zweiundsechzig Prozent). Täglich lasen 11,7 Millionen Deutsche Bücher (14,5 Prozent).

57 Von 2010 bis 2013 ist laut AIE – Associazione Italiana Editori, vergleichbar mit dem Börsenverein des Deutschen Buchhandels – der Umsatz des Buchhandels um 17,7 Prozent geschrumpft. Und dieser Trend setzt sich fort: Im ersten Quartal 2014 sank der Umsatz um 6,6 Prozent gegenüber dem Vorjahreszeitraum. In Deutschland stagnierten die Umsätze im gleichen Zeitraum, oder sie sind nur leicht gesunken.

und Vermittlung von Literatur zerstört[58], in den Medien findet Literatur kaum noch statt.«

Um Mitternacht brechen alle auf, morgen ist wieder ein Messetag.

Als ich auf die Straße trete und mit den anderen aufs Taxi warte, muss ich an Friedrich Nietzsche denken, an seinen berühmten Zusammenbruch. Das Vittoria, Via Carlo Alberto Nr. 34, liegt nur ein paar Hundert Meter von seiner einstigen Herberge, Via Carlo Alberto Nr. 6, entfernt. Im April 1888 bezog der pensionierte Philologe, der große, zu Lebzeiten unterschätzte Philosoph ein Balkonzimmer im vierten Stock eines Patrizierhauses – und war begeistert: »Aber *Turin!* Lieber Freund, seien Sie beglückwünscht! Sie rathen mir nach dem Herzen! (…) Gar nicht Großstadt, gar nicht modern, wie ich gefürchtet hatte: sondern eine Residenz des 17 Jhs. welche nur Einen commandierten Geschmack in Allem hatte, den Hof und die noblesse. (…) Und für die Füße wie für die Augen ein klassischer Ort! Was für Sicherheit, was für Pflaster, gar nicht zu reden von den Omnibus und trams, deren Einrichtung hier bis ins Wunderbare gesteigert ist! (…) Nein, was für ernste und feierliche Plätze! Und der Palaststil ohne Prätension; die Straßen sauber und ernst – und Alles viel würdiger als ich es erwartet hatte! Die schönsten Cafés, die ich sah. (…) Abends auf der *Pobrücke:* herrlich! Jenseits von Gut und Böse!! (…) Und daß man mitten in der Stadt die Schnee-Alpen sieht! (…) Daß die Straßen schnurgerade in sie hineinzulaufen scheinen! Die Luft trocken, sublim-klar. Ich glaubte nie, daß eine Stadt durch Licht so schön werden könnte.« Die Kopfschmerzen, unter denen er jahrelang

58 In den Jahren 2000 bis 2011 wurde die Kulturförderung des Staates um fünfzig Prozent reduziert.

gelitten hatte, »die schwarzen Geister«, verschwanden; er war produktiv wie selten zuvor; und seine Stimmung war ausgelassen, euphorisch. Zum ersten Mal seit Langem fühlte er sich frei – wie ein neuer Mensch. Nichts deutete auf die kommende Katastrophe hin.

Gut möglich, dass er auch gelegentlich im Vittoria saß. Denn wenn er nicht gerade Streifzüge durch die Stadt unternahm oder Konzerte besuchte, kehrte er in einem der vielen Restaurants ein: »In der Trattoria zahle ich für jede Mahlzeit 1 fr. 15 und lege, was entschieden als Ausnahme empfunden wird, noch 10 ct. bei. Dafür habe ich *ganz große* Portion minestra sei es trocken, sei es in Bouillon: allergrößte Auswahl und Abwechslung, und die italienischen Mehlfabrikate alle von erster Güte. (…) Dann ein ausgezeichnetes Stück zartes Fleisch, vor allem Kalbsbraten, den ich nirgends so gegessen habe, mit einem Gemüse, Spinat usw. Drei Brödchen, hier sehr schmackhaft, für die Liebhaber die grissini, die ganz dünnen *Brodröhrchen,* die Turinischer Geschmack sind.«

Bald aber kehrten die Kopfschmerzen zurück und mit ihnen die Verachtung der Welt. Er mied die Künstlercafés und Buchhandlungen der Stadt, setzte seine Brille in den Straßen ab, um mit keinem Bekannten sprechen zu müssen, verbrachte die meiste Zeit allein, um sich selbst kreisend, schreibend wie ein Irrer. Die fünf Schriften, die er in jenem Jahr vollendete – *Der Fall Wagner, die Dionysos-Dithyramben, Götzen-Dämmerung, Der Antichrist* und *Ecce homo* –, sind durchzogen von Hass, Arroganz und Größenwahn. »Ich trage das Schicksal der Menschheit auf meiner Schulter.« – »Ich bin bei weitem der furchtbarste Mensch, den es bisher gegeben hat.« – »Ich bin kein Mensch, ich bin Dynamit.« Eine wandelnde Zeitbombe.

Zum Jahreswechsel 1888/89 taufte Nietzsche die Sehenswürdigkeiten der Stadt nach seinen Vorstellungen um, verfasste eine *Proklamation an die europäischen Höfe zur Vernichtung des Hauses Hohenzollern* und ernannte sich zum König von Italien. Und dann habe er auch noch, so die Legende, mitten auf der Via Po ein Pferd umarmt, das von seinem Kutscher zuvor mit der Peitsche geschlagen worden war. Freunde kamen aus der Schweiz, fanden ihn verwahrlost und rasend vor und brachten ihn erst nach Basel in eine Privatklinik, später in ein Sanatorium nach Jena, wo er Fenster einschlug, seinen Urin trank und mit seiner Scheiße spielte. In diesem Zustand geistiger Umnachtung lebte er noch elf Jahre bis zu seinem Tod.

Dort, wo er wohnte, hängt eine Tafel mit der Inschrift: *»In diesem Haus erlebte Friedrich Nietzsche die geistige Fülle, die das Unbekannte versucht, den Willen zur Herrschaft, der Heroen erweckt. Hier schrieb er – Zeugnis des hohen Geschicks und des Genius –* Ecce homo, *das Buch seines Lebens. In Erinnerung an die schöpferischen Stunden, Frühling – Herbst 1888, zum hundertsten Geburtstag, bringt die Stadt Turin diese Tafel an, 15. Oktober 1944, A. XXII E.F.«*[59]

Als das Taxi kommt, diese moderne Kutsche ohne Pferd, spüre ich, dass ich trotz meiner Liebe zu Autos noch nicht Übermensch genug bin, es zu umarmen.

---

59 Das »e. f.« hinter »anno XXII.« steht für »*era fascista*«, also »im zweiundzwanzigsten Jahr der faschistischen Ära«.

6

Vor dem Frühstück ziehe ich meine Joggingsachen an, lasse mir an der Rezeption den Schlüssel fürs Dach geben, gehe außen herum ins Einkaufszentrum 8 Gallery, fahre mit dem Fahrstuhl hinauf und laufe, Motörheads *Runaround Man* im Ohr, über die Teststrecke. Zehn Runden, zehn Kilometer. Über mir blauer Himmel, unter mir die Stadt, im Norden die Alpen mit ihren weißen Gipfeln, im Süden die Hügel des Monferrato. Ein Rohbau, das Hochhaus der Regionalverwaltung, alles um sich herum überragend, wirkt wie das Fanal einer neuen Zeit.

Der Untergrund der Teststrecke besteht nicht aus Beton, sondern aus Teerpappe, Asphalt und Ziegelsteinen, die Kurven sind gewölbt und von Betonpfeilern verstellt. In der Mitte über dem Innenhof erheben sich auf der einen Seite ein kuppelförmiger Konferenzraum – *la bolla (die Blase)* – und ein Landeplatz für Hubschrauber, auf der anderen der Container der Pinacoteca Giovanni e Marella Agnelli – das Kunstmuseum des einstigen Fiat-Eigentümerehepaares.

In jeder Steilkurve spüre ich die Schrägen in den Fersen, in den Waden. Anfangs versuche ich noch, mich der parabolischen Krümmung anzupassen, einen Bogen von unten nach oben und zurück zu laufen, aber das erweist sich als zu kräftezehrend, sodass ich mich ab der vierten Runde für den Weg des geringsten Widerstandes entscheide: die Innenbahn, direkt an der Balustrade entlang, halb über dem Abgrund schwebend. Würde ich hinabstürzen, fiele ich in den Palmenhain des Hotels, in den *Wundergarten;* mit etwas Glück schlüge ich auf dem Dach des Glasflures auf, dann könnten mich die Schriftsteller und Verlagsmitarbeiter bewundern wie einen gegen die Scheibe geprallten Vogel oder ein an der Windschutzscheibe zerschelltes Insekt.[60]

60 Bevor ich mit dem Fahrstuhl wieder herunterfahre, mache ich ein Foto von mir auf dem Dach, schreibe *Gegen mich selbst* dazu und schicke es an Tom Smith.

Beim Frühstück im Hotelrestaurant Torpedo sitze ich neben Nikola P. Savic, der auch im Vittoria dabei war. Gestern trug er ein blaues Hemd, heute trägt er ein schwarzes T-Shirt mit der Aufschrift *polski kot* – ich denke erst: Polenscheiße, aber das »o« in *kot* sieht aus wie eine Katze, und Nikola klärt mich dann auch darüber auf, dass es »polnische Katze« heißt, der Name eines polnischen Kulturzentrums in Turin, wo er am Abend zuvor aus seinem Debütroman gelesen hat.

Auf seinem Teller steht ein halbes Dutzend Schnapsgläser, die sich nach unten hin verjüngen. In manchen befindet sich eine braune Masse, in anderen eine gelbe oder pinke, aber auf allen liegt ein Pfefferminzblatt. Nikola versucht, die Gläser auszulöffeln, doch egal, wie sehr er sich auch anstrengt, mit der Löffelspitze kommt er immer nur bis zum Pfefferminzblatt. »Wie soll man das essen?«, fragt er mich. Und ohne eine Antwort abzuwarten, fährt er mit der Zunge hinein und leckt Glas für Glas aus.

Ich spreche ihn auf seine beeindruckenden Haare an, ein richtiger Afro, und er erzählt mir irgendwas von einem Gendefekt, den er habe, ihm fehle vorne ein Schneidezahn und hinten ein Rückenwirbel, und oben auf dem Kopf wüchsen ihm Schamhaare, aber sonst sei er völlig in Ordnung. Zu seiner Buchveröffentlichung bei Bompiani ist er durch die Fernsehsendung *Masterpiece* gekommen.[61] Die Show nach dem Strickmuster bekannter Formate wie *Deutschland sucht den Superstar* startete im November 2013, wurde aber schon nach wenigen Wochen wieder abgesetzt – wohl wegen zu niedriger Einschaltquoten.[62]

---

61 *Masterpiece* wurde im Centro di Produzione, in der Schreibschule Holden und in der Mole Antonelliana in Turin aufgenommen.

62 Die erste Folge, ausgestrahlt am Sonntag, den 17. November 2013, um 22 Uhr, sahen 689 000 Zuschauer, was einem Marktanteil von 5,14 Prozent entsprach; die vorerst letzte Folge, ausgestrahlt am Sonntag, den 29. Dezember 2013, sahen dagegen nur noch 462 000 Zuschauer, was einem Marktanteil von 2,01 Prozent entsprach. Und das, obwohl diese Folge zur Primetime

Der Sender *RAI 3* arbeitete bei der Entwicklung des Konzepts eng mit RCS Libri und FremantleMedia zusammen, die schon für *American Idol, China's Got Talent* und *X Factor Indonesia* verantwortlich zeichnete. Aus fünftausend eingesandten Manuskripten waren siebzig in die Vorauswahl gekommen, sechs traten schließlich pro Folge gegeneinander an.[63] Die Kandidaten mussten in eineinhalb Stunden nicht nur fertige Texte lesen, sondern sich auch in ungewöhnliche Situationen begeben – in ein Flüchtlingsheim, das von einem Rambopriester geleitet wurde, in eine Disko für Rentner und so weiter –, sie mussten unter Zeitdruck vor laufender Kamera schreiben, und zwar so, dass jedes Wort, das sie gerade in den Rechner eingaben, auf eine Leinwand projiziert wurde, sie sollten Liedtexte verfassen, Kurzbiografien von Showgästen erstellen, SMS, Tweets, E-Mails und besonders originelle Glückwunschkarten formulieren. Die beiden Finalisten jeder Episode hatten jeweils neunundfünfzig Sekunden Zeit, um im *elevator pitch* im gläsernen Fahrstuhl des Turiner Hochhauses Mole Antonelliana[64] bereits

gesendet wurde. Im Frühjahr 2014 wurde die Show als sogenannte »Talent Phase« fortgesetzt, in der die Teilnehmer spontan Aufgaben zu erfüllen hatten. Die erste Sendung, ausgestrahlt am 23. Februar, sahen 517 000 Zuschauer (Marktanteil 2,6 Prozent), die letzte, ausgestrahlt am 30. März, 433 000 Zuschauer (Marktanteil 3,12 Prozent).

63 Die ersten beiden Folgen bestritten laut *Tages-Anzeiger* ein ehemaliger Strafgefangener, eine geheilte Magersüchtige, eine Fabrikarbeiterin mit Vaterkomplex, ein Anwalt mit Sinnkrise, eine Punkerin und ein umfassend abstinenter Marathonläufer.

64 »*Mole*« steht im Italienischen für »sehr großes Bauwerk«. »Antonelliana« heißt es deshalb, weil es nach Plänen des Turiner Architekten Alessandro Antonelli entstand. Von 1863 bis 1889 als Synagoge erbaut, aber nie als solche genutzt (die Kosten explodierten und die Stadt musste einspringen), war es mit seinen hundertsiebenundsechzig Metern lange Zeit das größte mit Ziegeln errichtete Bauwerk der Welt. 1953 durch einen Tornado teilweise zerstört, wurde es – mit Stahl verstärkt – wieder aufgebaut, heute beherbergt es das Filmmuseum.

etablierte Literaturstars (Verleger, Kritiker, Schriftsteller) von sich und ihrem Roman zu überzeugen.

Die Jurymitglieder waren angehalten, harte, klare Urteile zu fällen, aber im Gegensatz zu anderen Castingshows verspotteten sie die Teilnehmer nicht,[65] und sie bewerteten auch nicht ihre Performances oder ihre äußere Erscheinung, sondern allein die Qualität ihrer Texte. Ein Grund für die schlechte Quote mag – neben der Tatsache, dass sich Literatur im Fernsehen kaum abbilden oder darstellen lässt – gewesen sein, dass jede Woche neue Kandidaten auftraten. Es gab keinen Serieneffekt. Die Zuschauer konnten mit keinem mitleiden, keine Sympathie oder Antipathie entwickeln, keine Spannung aufbauen, keine Erwartungshaltung. Die Zielgruppe, diese kleine, literaturinteressierte Öffentlichkeit, zeigte kein Interesse an dem Format, weil es dem Wesen des Schreibens widerspricht: der Einsamkeit, der Unsichtbarkeit, der Kontemplation, dem Ringen nach den richtigen Worten, dem Kampf mit sich selbst. Stellvertretend für viele andere sagte der Schriftsteller Alessandro Baricco in einem Interview: »Wenn man einen Menschen, der alle Voraussetzungen mitbringt – jung, talentiert und ehrgeizig –, zerstören will, dann muss man ihn nur zu einem TV-Star machen. *Masterpiece* gibt den Leuten vielleicht eine Vorstellung davon,

Ich habe gelesen, dass es »giraffenartig« wirken soll, aber da ich es nicht gesehen habe, kann ich das nicht bestätigen. Auf Fotos sieht es eher aus wie eine Kuppel mit Antenne, also sich verjüngend, wie der Turm des Empire State Building – bloß ohne das Empire State Building. David, der Turin kennt, behauptet, es sei, wenn man durch die Stadt laufe, unmöglich, die Mole Antonelliana zu übersehen; man sehe sie von jeder Straße aus, überrage alle Häuser et cetera, weshalb er meinen Aufenthalt in der Stadt gänzlich anzweifelt und die Nachrichten, die ich ihm aus Turin schicke, für Fiktion hält.

65 Bis auf Andrea de Carlo, der einer Kandidatin gegenüber sein Bedauern ausdrückte, dass es keinen Preis für den schlechtesten Roman gebe. Woraufhin die andere Jurorin, die britische Schriftstellerin Taiye Selasi, sagte, dass man so etwas nicht sage.

was Literatur sein könnte, aber das entspricht nicht unbedingt der Vorstellung derjenigen, die schreiben.« Die Fernsehmacher mögen sich telegene Gladiatorenkämpfe erhofft haben, gesendet haben sie einen *circus minimus*, in dem jeder seine Kunststückchen vorführte und bei fast allem, was man verlangte, brav mitmachte.

Im Februar und März 2014 wurden weitere sechs Folgen ausgestrahlt. Diesmal durften sich zwölf Kandidaten präsentieren: sechs Gewinner aus dem Vorjahr und sechs Aussortierte; drei, die von der Jury zurückgeholt worden waren, und drei, die von den Zuschauern eine zweite Chance bekommen hatten. Im Finale am 30. März standen sich dann noch fünf Schriftsteller gegenüber. An jenem Abend mussten sie erstmals wirklich gegeneinander kämpfen: indem sie eine möglichst negative Meinung über das Werk der anderen vertreten sollten. Aber anstatt sich, dem Protokoll entsprechend, zu beschimpfen, fielen sich die Kontrahenten in die Arme und zeigten einander ihre Verbundenheit. Zum Schluss musste jeder verbliebene Autor mit seinem Skript die Gunst des Publikums für sich gewinnen – was Raffaella Silvestri auch gelang. Ihr Debütroman *La distanza da Helsinki (Die Entfernung von Helsinki)* handelt von zwei Teenagern, der Italienerin Viola und dem Finnen Kimi, die sich in London bei einem Sprachkurs kennenlernen und danach jedes Jahr im Juli an einem anderen Ort treffen. Beide haben ein Geheimnis. Viola hat ihre Mutter verloren, Kimi leidet an einer undefinierten Form von Autismus und nimmt die Welt nur über Töne wahr. Ihre Beziehung bleibt in der Schwebe, bis sie fünfzehn Jahre später, mit Anfang dreißig, gezwungen werden, einander zu offenbaren, ob das, was sie verbindet, Freundschaft oder mehr ist.

Doch die Jury und die zur Entscheidungsfindung hinzugezogene Verlegerin Elisabetta Sgarbi folgten dem Urteil des

Volkes nicht und erklärten Nikola P. Savic zum Sieger.[66] Wie
als Entschuldigung für diesen undemokratischen Akt äußerte
einer der Juroren im Anschluss an die Kür eine versteckte Kri-
tik am Format oder am Fernsehen an sich: »Savic«, sagte er,
»beschreibt eine Welt, in der Gefühle noch etwas zu bedeuten
haben.«

Nikola ist in Serbien geboren und aufgewachsen und als Ju-
gendlicher, zwei Jahre vor Ausbruch des Krieges, mit seinen
Eltern nach Italien gezogen – seinem Vater war in einem Dorf
bei Venedig, in Oriago di Mira, die Leitung einer Chemiefa-
brik angeboten worden. Als Schüler verbrachte Nikola ein
Jahr in Mount Angel, Oregon, und mit Mitte zwanzig war er
italienischer Meister im Thaiboxen. Er studierte Kommunikationswissenschaften in Bologna und arbeitete als Türsteher
und Immobilienmakler, als Geschäftsführer einer Autofirma in
Ljubljana und als Store System Manager bei einer Fastfoodket-
te in Belgrad, bevor er im italienischen Fernsehen auftrat, einen
Buchvertrag bekam und zu einer nationalen Berühmtheit wurde. »Jetzt bin ich ärmer als vorher«, sagt er, »aber glücklicher.«

Nikola repräsentiert die verlorene Generation des Balkans,
diejenigen, die die Gräuel nicht am eigenen Leib erfahren haben und trotzdem darunter leiden. In seinem Debütroman *Vita
migliore (Besseres Leben),* Startauflage einhunderttausend Exemplare, geht es um eine Jugend in Belgrad, vor und nach dem
Jugoslawien-Krieg. Deki, die Hauptfigur, wohnt mit seinen Eltern in einem Plattenbau, bis die Familie aus beruflichen Gründen in ein Dorf bei Venedig zieht. Während er erfährt, wie es
ist, ein Fremder, ein Migrant zu sein, und sich nach seinen alten
Freunden sehnt, bricht auf dem Balkan ein Bürgerkrieg aus, und

---

66 *La distanza da Helsinki* erschien dann aber gewissermaßen als Trostpreis
zeitgleich mit dem Debüt von Nikola P. Savic bei Bompiani.

als er später zurückkehrt, erkennt er die Welt, die ihm einst so vertraut gewesen ist, nicht wieder. Nikola erzählt in seinem Debüt die Geschichte eines Entwurzelten, die Geschichte seines Lebens. Sie handelt von Freundschaft, Zugehörigkeit, Gruppenzwang und Heimatlosigkeit – den ersten Verletzungen und dem ersten Sex.

Ob es, er leckt gerade das letzte Schnapsglas aus und lässt beim Sprechen das Pfefferminzblatt auf der Zunge tanzen, in meinem Roman auch Sex gebe.

»Nur unter Erwachsenen. Nur die Eltern der Jugendlichen haben Sex.«

»Das ist ja eklig«, sagt er und schluckt. »Du bist pervers. Das gefällt mir.«

Frida Sciolla gesellt sich zu uns, die Leiterin des Pressebüros von Bompiani in Mailand, kurze, dunkle Haare, dunkle Augen, rote Lippen. Wir stellen fest, dass wir alle fast im gleichen Alter sind, sechsunddreißig, siebenunddreißig, neununddreißig, und doch vollkommen Unterschiedliches erlebt haben. Frida hat auch Kommunikationswissenschaften in Bologna studiert, anschließend aber für eine Literaturagentur gearbeitet, sie ist seit mehr als zehn Jahren in der Presseabteilung von Bompiani beschäftigt. Wir sprechen über uns, über die Vorzeit, was wir erlebt haben, bevor wir hierhergekommen sind, ganz kurz, als müssten wir uns wie in einem *elevator pitch* gegenseitig von der Kraft unserer Erfahrungen überzeugen.

Fridas Handy klingelt, sie steht auf, legt mir die Zeitungen mit den ersten Kritiken meines Romans hin, *La Stampa, Il Giornale, Il Secolo XIX*[67], und flüstert, das Handy an ihren Oberkörper gepresst: »Ich muss gehen.«

---

67 Offenbar habe ich mich durch meinen Aufenthalt in Turin bereits erheblich verjüngt, denn die Rezension in *Il Secolo XIX* beginnt mit den Worten: »*Quasi quarant'anni e sembra un ragazzo.*« (»Er ist fast vierzig Jahre alt, aber

Mario Fortunato tritt an unseren Tisch, Nikola bedeutet ihm, sich zu uns zu setzen, aber Mario sagt, der Tisch sei zu vollgestellt, er müsse sich ausbreiten können. Er reicht mir ein Exemplar meines Romans *Contro la dedica* und bittet mich, etwas hineinzuschreiben, während er zum Buffet hinübergeht.

»Schreib was Fieses«, sagt Nikola. »Schreib: Mein Buch ist länger als deins. Oder: Dein Bauch ist mein Mond.«

Ich schreibe: *Thanks for the nice talk.*

sieht wie ein Junge aus.«) Bleibe ich noch länger, ergeht es mir wie Benjamin Button.

7

Um zehn gehen meine Interviews weiter. Die Erste, Mauretta Capuano von der Nachrichtenagentur *ANSA,* verspätet sich zunächst, dann ruft sie an und entschuldigt sich, meinen Roman noch nicht gelesen zu haben, erklärt, dass sie nicht mehr kommen werde, und schlägt vor, das Gespräch am Telefon zu führen.

Die Zweite, Marta Cervino, arbeitet für *Marie Claire,* entschuldigt sich nicht, den Roman noch nicht gelesen zu haben, und fragt mich als Erstes nach meinem Lieblingsautor, was mir an ihm gefalle, welches Buch ich von ihm empfehlen würde und ob ich einen Satz daraus zitieren könne.

Ich sage: »David Wagner.« – »Sein Lachen.« – »*Il corpo della vita.*« – Und: »Nein.«

Dann fragt sie: »Wenn man jetzt an den bevorstehenden Sommer denkt: Welcher Ort ist am besten geeignet, um es zu lesen, und was soll man dabei trinken?«

Ich sage: »Ein Krankenhaus.« Und: »Keinen Alkohol.«[68] Und frage: »Haben Sie eigentlich auch Fragen zu mir und meinem Roman?«

»*Sì*«, sagt sie. »Welcher Ort ist am besten geeignet, um *Ihr* Buch zu lesen, und was soll man *dabei* trinken?«[69]

Als ich darauf etwas ungehalten reagiere und erkläre, wie

---

68 Weil ich nicht weiß, ob Davids Buch schon in der italienischen Übersetzung erschienen ist, schlage ich noch Stefan Zweigs Novelle *Vierundzwanzig Stunden aus dem Leben einer Frau* vor, in der es um die Frage geht, ob eine Begegnung, ein Ereignis, ein Gefühl das Leben eines Menschen innerhalb eines Tages grundlegend verändern kann – eine Frage, die mich hier auch umtreibt, nur dass ich mir mehr Zeit gebe: zweiundsiebzig Stunden, ein Wochenende.

69 Ich muss meine Top Ten der Killerjournalistenfragen zu einer Top Twelve machen.

verwundert ich sei, dass sie nichts über das Buch, nichts über den Inhalt, nichts über den Alltag des Schriftstellers wissen will, fragt sie: »Also gut: Das Verständnis der Welt, geht das durch die Worte?«[70]

Und ich lasse mich, angesteckt von ihren Fragen, zu einem bunten Bild verleiten: »Ja, und zwar deshalb, weil ich dadurch etwas festmachen kann. Ich merke das, seitdem ich Tagebuch schreibe. Die Gegenwart festhalten, aber auch die Veränderungen verstehen wollen. Da ist jeder Begriff ein Anker im Fluss der Zeit.«

Die Dritte ist Barbara Righini, etwa so alt wie ich, die, wie es auf meinem Plan heißt, fürs »Web« arbeitet. Sie entschuldigt sich, den Roman noch nicht gelesen zu haben, fragt nach dem autobiografischen Hintergrund – »Alles erfunden, bis auf das Kapitel, in dem der Held von Außerirdischen entführt wird« –, den Freunden, die ich in der Schule hatte – »Alle tot« –, wann ich mit dem Schreiben begonnen habe – »Mit sechs« –, wie die Magie der Literatur in mein Leben getreten sei – »Am 17. September 1986 um dreizehn Uhr dreizehn, das war ein schöner, aber ungewöhnlich kalter Spätsommertag, ich hatte, als ich aus der Schule kam, auf dem Nachhauseweg, so eine Art Erleuchtung und gleich das Gefühl, ich müsse das in Verse gießen: ›Ein Blitz von oben / drückt mich zu Boden / etwas zerrt an mir / und zieht mich hinan‹«, – und wie ich mir die Zukunft vorstelle – »Kurz«.

70 Top Thirteen.

8

Um zwölf Uhr mittags präsentieren Mario Fortunato und ich unsere Bücher auf der Buchmesse, in der Kongresshalle gleich neben dem Hotel. Sofort sind wir von Tausenden Leuten umgeben, von Tausenden Stimmen, wir sitzen in einer Ecke ganz am Ende der Halle im Caffè Letterario, einem orange ausgekleideten, halb offenen Raum. Auf der einen Seite ist eine Bühne aufgebaut, auf der anderen der Stand des Turiner Chocolatiers Guido Gobino, dazwischen Stuhlreihen. Vor der Vitrine mit der Schokolade[71] drängen sich mehr Leute als vor unserem Büchertisch.

Die eine Hälfte des Publikums besteht aus Mitarbeitern von Bompiani, die andere aus Frauen, die etwas anderes erwartet haben: Eine Weile stehen sie, sich lautstark unterhaltend, im Gang. Erst setzen sie sich, dann stehen sie, sich immer noch lautstark unterhaltend, wieder auf und reihen sich in die Schlange vor Guido Gobino ein. Mit knisternden Schokoverpackungen in Händen kommen sie zurück, bitten die Mitarbeiter von Bompiani, sich zu erheben, um an die freien Plätze in der Mitte

71 Es heißt, lese ich später im Internet, Emanuel Philibert – genannt »Eisenschädel« – habe während seiner Regierungszeit als Herzog von Savoyen 1553–1580 die ersten Kakaobohnen nach Italien gebracht und Turin nicht nur zum Hauptsitz seiner Adelsfamilie, sondern auch zur Geburtsstadt der Schokolade gemacht. Sicher ist, dass dunkler Nougat – vom okzitanischen *noga* (Nuss) – in Turin erfunden wurde, und zwar während der Kontinentalsperre Napoleons. Hohe Zölle für Waren aus England und dessen Kolonien behinderten den Nachschub von Kakao, weshalb die Turiner ihre Schokolade mit gerösteten und gemahlenen Haselnüssen streckten und das Erzeugnis *Gianduia* tauften. Antonio Bazzarini, erfahre ich auf Wikipedia, verfasste 1813 eine Schrift mit dem Titel: *Piano teorico-pratico di sostituzione nazionale al cioccolato (Theoretisch-praktischer Plan für den nationalen Ersatz von Schokolade),* was insofern bemerkenswert ist, als zu dem Zeitpunkt noch nicht von einer italienischen Nation gesprochen werden konnte.

zu gelangen, merken nach ein, zwei Minuten anhaltenden Knisterns, dass es ihnen doch nicht gefällt, und verschwinden.

Am Anfang, nach den einleitenden Worten der Moderatorin, sage ich die drei Sätze auf, die ich auswendig gelernt habe: »*Buona sera, signore e signori: Vi ringrazio per l'invito a Torino, per la vostra ospitalità. Sono molto contento di essere qui, di visitare la vostra bellissima città – e di presentarvi la traduzione italiana del mio romanzo* Contro l'amore.« Dann wechsle ich wieder ins Deutsche und erkläre, ich müsse ein Geständnis machen. Nachdem meine Dolmetscherin fertig ist, mache ich eine Kunstpause. Ich warte ein paar Sekunden, bis alle Blicke auf mich gerichtet sind. »Dieses Buch ist gar nicht von mir.«

Elisabetta Sgarbi und die anderen von Bompiani schauen mich entsetzt an.

»Ich habe nichts dafür getan. Keine Zeile geschrieben.«

Meine Dolmetscherin gerät etwas ins Stocken, diesmal ist ihr Satz kürzer als meiner.

»Es ist allein das Verdienst von Francesca Gabelli, meiner Übersetzerin.«

Erleichtertes Lachen.

»*Grazie soprattutto a te per il tuo lavoro, il tuo sforzo.*«

Danach stellt die Moderatorin Mario Fortunato eine Frage zu seinem Buch über Berlin. Er sagt etwas über die Schönheit der Stadt, über die Menschen, die darin lebten und leben, über die Freundschaften, Bindungen, die reiche Kultur, um dann auf mein Buch zu sprechen zu kommen. So etwas, sagt er, sei ihm lange nicht passiert: dass er ein Debüt lese, das zwischen den Zeilen nicht die Geburt eines Schriftstellers zeige, sondern dessen Reife. Ein seltener Fall von Frühvollendung[72], ein Werk,

---

72 »Frühvollendung« klingt, als würde nichts mehr nachkommen; eine subtile Art, die nachwachsende Generation zu beleidigen. Muss ich mir merken,

in dem die ganze Welt enthalten sei, in dem die großen Konflikte und Probleme behandelt werden, Liebe und Tod, Stadt und Land, Freundschaft, Paranoia, die Tyrannei der Dummheit, die Kaputtheit der Gesellschaft, die Frage nach dem Sinn des Lebens, die Vergeblichkeit des Erinnerns, das Streben nach Glück und die Unmöglichkeit, dieses Ziel jemals zu erreichen.

Trotz des Lobes schlägt er mir sein rotes, mit seinen goldgeprägten Initialen versehenes Notizbuch auf den Kopf, weil er sich, wie er erklärt, so oft über den Roman geärgert habe, über die Länge, die typografischen Spielereien, die Sturheit und Beschränktheit der Figuren, die beklemmende Atmosphäre, die der Text erzeugt et cetera.

Ich will zurückschlagen, greife schon nach meinem Buch, lasse es dann aber doch wieder sinken, weil ich ihn, würde ich ihn damit treffen, ernsthaft verletzen könnte. Statt uns zu prügeln, sprechen wir über den Geist der Provinz, und ich sage, dass der Geist der Provinz das Berlin, das Mario so emphatisch beschreibt, die kulturelle Vielfalt der Zwanzigerjahre, zerstört habe. Diesen Geist gebe es immer noch, auch wenn er sich in anderer Gestalt zeige und nicht mehr so gewaltig und machtvoll sei wie damals.

Berlin, darin sind wir uns einig, sei einzigartig.[73]

Das bestätigt Mario, indem er eine Anekdote erzählt: »Als ich eine Wohnung in Prenzlauer Berg gemietet habe, hatte ich Probleme mit meiner Internetverbindung und dem Festnetztelefon. Ein paarmal hab ich versucht, die Telekom zu kontaktieren, aber

sollte ich demnächst einen Jungschriftsteller, der diesen Titel altersmäßig auch verdient hat, vorstellen müssen.

73 Was natürlich Bullshit ist, weil jede Stadt, jeder Ort einzigartig ist. Aber welche Stadt war schon vierzig Jahre lang geteilt? Und in welcher europäischen Hauptstadt waren die Nachkriegsimmobilienpreise bis vor Kurzem noch so niedrig? Und das Leben so angenehm? So leicht? So aufregend?

sie kamen nicht zum vereinbarten Termin. Und als sie kamen, funktionierte immer noch nichts. Irgendwann beschwerte ich mich beim Vermieter darüber. Ich sagte: ›Ich bin überrascht, dass die Telekom so schlecht organisiert ist. Von deutschen Unternehmen hätte ich mehr Effektivität erwartet.‹ Woraufhin der Vermieter sagte: ›Wir sind hier nicht in Deutschland, sondern in Berlin.‹«

Mario fragt mich nach den Toten, warum so viele Jugendliche in meinem Roman sterben müssten.

»Schriftsteller müssen sich von Figuren trennen, sobald diese ihren Zweck für die Geschichte erfüllt haben. Ich hätte sie auf eine Reise schicken oder an einen anderen Ort versetzen können, aber die Wahrheit ist: Es hat mir Spaß gemacht, sie so brutal wie möglich aus dem Weg zu räumen.«

Jetzt, wo er darüber nachdenke, sagt Mario, falle ihm auf, dass auch er in seinem Romandebüt, *Die Kunst leichter zu werden,* fast alle seine Figuren sterben lasse, allerdings habe er das in späteren Auflagen korrigiert. »So erwachte eine Figur nach der anderen wieder zum Leben.«

»Wir haben die Macht über Leben und Tod«, sage ich.

»Ja«, sagt Mario Fortunato. »Wir sind Götter.«

9

Nach dem Gespräch signiere ich ein Exemplar meines Buches für eine junge Frau, es ist aber nicht für sie – »*per Paolo, mio padre*«.

Elisabetta Sgarbi tritt an mich heran und flüstert mir zu, wie froh sie sei, dass alles so gut funktioniert habe, Mario Fortunato sei kein einfacher Charakter.

»Ich bin auch kein einfacher Charakter«, sage ich wieder.

»Das mag sein«, sagt sie, »aber Sie können sich besser verstellen. Sie schlagen niemandem ein Buch auf den Kopf.«

»Ich schlage niemandem *mein* Buch auf den Kopf. Das wäre Körperverletzung.«

Dann setzt sie sich wieder hin, während ich mit zwei Fotografen in einen Vorraum gehe und mich von ihnen im roten Hemd vor einer roten Tür fotografieren lasse. Ein junger, vollbärtiger Mann mit Brille stellt sich als Tiziano Colombi vor und drückt mir einen Flyer in die Hand, auf dem *Gas – Fritz Haber, inventore dello cyclon B* steht; es ist das Cover seines eigenen Buches, eine literarische Biografie des deutschen Giftgaserfinders. Er bittet mich um meine E-Mail-Adresse, dazu wolle er mir in den nächsten Tagen noch ein paar Fragen stellen.[74]

Eine weitere Journalistin, Maria Serena Palieri von der linken, einst kommunistischen Tageszeitung *L'Unità,* will mich interviewen, aber es gibt keinen Platz, wo wir uns hinsetzen könnten, kein Café, kein Restaurant auf der Messe, nur Stehimbisse, nicht einmal Bänke, weder drinnen noch draußen. Also gehen wir, der ideologische Gegensatz könnte nicht größer sein, zum Stand eines Münzbuchverlages, setzen uns an einen der Tische, werden von den Mitarbeitern, als wüssten sie von

74 Wie er an einen deutschen Verlag kommen könne.

unserer kapitalkritischen Haltung, immer wieder darauf aufmerksam gemacht, dass Businessgespräche am eigenen Stand zu führen seien; unsere Dolmetscherin weiß sich gegen die Verscheuchungsversuche zu behaupten.

»Der Schnee auf den Maisfeldern im August, das Phantom-UFO, ein aufgerissenes Auto auf den Gleisen, eine Gruppe von Rabauken auf dem Schulhof – Ihr Buch ist voller Bilder, welches war das Erste, was Sie beim Schreiben im Kopf hatten?«

»Die Zeichen an den Häuserwänden«, sage ich, »das fremdenfeindliche Menetekel. Damit sollte die Geschichte beginnen.«

»Sie meinen die Graffiti: *NPD, Ausländer raus, Deutschland den Deutschen?*«

»Ja, Daniel ist der Einzige, der sich daran stört.«

»Die Bewohner des Dorfes denken, die Gefahr komme von außen. Dabei ist sie mitten unter ihnen, aber nicht in Gestalt von Daniel Kuper, sondern in Form jener nationalistischen Weltanschauung, die sein Vater verkörpert. Ist Deutschland sich selbst ein Feind?«

»Deutschland ist seit dem Fall der Mauer weltoffener geworden. Und doch betrachten sich viele Leute abseits der Metropolen immer noch nicht als Europäer oder gar Weltbürger. Deutschland mag, von Italien aus gesehen, die europäische Politik bestimmen, europäisch denken und handeln, aber im Kern ist das Land, wie viele ehemalige Nationalstaaten, xenophob. Dabei brauchen wir mehr Immigration, mehr Internationalität, mehr Offenheit.«

»Was müsste geschehen, gerade jetzt, da die Europawahl kurz bevorsteht?«

»Das Denken der Menschen müsste sich ändern.«

»Das ist ein sehr langer Prozess.«

»Er ließe sich beschleunigen«, sage ich, so langsam wie möglich, damit sie jedes Wort, das meine Dolmetscherin auf Italienisch wiederholt, mitschreiben kann, »wenn man alle, die gegen Ausländer sind, für eine gewisse Zeit, zum Kulturaustausch, um Auslandserfahrung zu sammeln, in den Nahen Osten, nach Asien oder Afrika schickt. Wir schleusen sie zusammen mit einem Filmteam in eine der umkämpften Städte in Syrien oder im Irak ein und schauen, ob ihnen im Kugelhagel die Flucht gelingt. Die Sendung könnte *ER* heißen – *Embedded Refugees*. Wir lassen sie in Afghanistan völlig schutzlos auf die Taliban los und dokumentieren das Ergebnis auf meine-ehre-heisst-reue.de. Wir setzen sie in der Sahara aus und beobachten sie dabei, wie sie versuchen, durch den Sand, über die Grenzen, übers Meer nach Europa zurückzukommen. Wir nennen es das *Wüstenfuchsprogramm*. Das ist zynisch, ich weiß, aber das Elend der Welt, das wir durch unser Konsumverhalten und unsere Waffenexporte mitverursachen, auszublenden, ist auch zynisch.« Und tatsächlich, ihr Stift gleitet übers Papier. Meine Worte, denke ich, haben Gewicht.[75] Ich kann sagen, was ich will, und es wird gedruckt. So muss sich Günter Grass fühlen, so allmächtig. Ich könnte, wenn ich hierbliebe, *der* deutsche Dichter in Italien sein. Ich werde in Talkshows eingeladen und gefragt, was ich von Angela Merkel, der Eurokrise, der Flüchtlingsdebatte halte, und vor laufenden Kameras greife ich mir ans Kinn, schlage die Beine übereinander und sage Sachen wie: »Deutschland hat, historisch bedingt, die moralische Pflicht, allen Verfolgten Asyl zu gewähren.« – »Wir dürfen die Verantwortung, Menschen in Not zu helfen, nicht auf andere Staaten abwälzen.« – »Wir brauchen ein einheitliches europäisches Flüchtlingsrecht.« – »Ich bin zuversichtlich, dass meine Generation in zunehmendem Maße

---

75 Sind es nicht vielmehr die Worte meiner Dolmetscherin? Sagt sie, was ich sage? Oder sagt sie, was sie sagt?

global und lokal zugleich denkt und dass diese Haltung irgendwann die Politik jedes Landes bestimmt.« Und während ich all das sage – ich glaube, ich sage das nämlich wirklich –, denke ich, das bin doch nicht ich. Ich bin doch kein Schriftstellerdarsteller. Ich bin Schriftsteller. Das, denke ich, sollte ich ihr sagen.

Und das sage ich auch: »Ich bin Schriftsteller.«

Und sie sagt: »Ich weiß.«

Für eine Umkehr, das merke ich an ihrer Reaktion, ist es schon zu spät. Sie stellt meine Autorität nicht mehr infrage.

»Da Sie vorhin den Fall der Mauer angesprochen haben«, sagt Maria Serena Palieri und sieht mich, von ihren Notizen aufschauend, an, »erinnern Sie sich noch daran?«

»Für mich gab es das nie. Das war ein reines Medienereignis, das ich, wie alles, was außerhalb des Dorfes geschah, am Fernseher verfolgt habe. Ich bin ganz im Westen Deutschlands aufgewachsen, und als ich während des Studiums nach Ost-Berlin zog, war die Mauer schon verschwunden.«

»Ihr Kollege Ingo Schulze erzählte mir, dass viele Ossis mit Geld nicht umgehen konnten, sie wussten erst einmal nicht, was sie damit anfangen sollten. Glauben Sie nicht, dass mit der Wiedervereinigung eine Gelegenheit verpasst wurde, zwei Lebensmodelle, zwei Philosophien miteinander zu verschmelzen, anstatt das östliche Modell gegen das westliche einzutauschen?«

»Absolut. Aber wie hätte eine gleichberechtigte Koexistenz bei diesem krassen ökonomischen Ungleichgewicht aussehen sollen? Außerdem darf man nicht vergessen, dass damals zwei Staaten untergegangen sind.«

»So? Welcher Staat denn noch?«

»Die alte Bundesrepublik.«

Kaum sind wir fertig, tritt die Agentin Barbara Griffini, die meinen Roman *Gegen den Strom* nach Italien vermittelt und den Deal zwischen DuMont und Bompiani ausgehandelt hat, auf mich zu, und wir beschließen, im Hotel einen Kaffee zu trinken. Sie ist klein und zierlich, aber beharrlich und durchsetzungsstark, als es darum geht, für mich einen neuen Ausweis für die Messe zu erstreiten, damit ich später wieder hineinkommen kann.

Auf dem Weg sprechen wir über das Leben und das Schreiben. Ich frage sie, wie sie Agentin geworden ist.

»Durch Zufall. Ich hatte gerade mein Abitur gemacht und mich in einen Italiener verliebt, und das warf alle meine Zukunftspläne durcheinander. Ich hatte die Deutsche Schule in Mailand besucht – meine Mutter ist Deutsche –, und ausgerechnet zu der Zeit, als mir die Welt offenstand, lernte ich diesen Jungen kennen. Er war der Sohn eines Journalisten. Eines Tages ging ich mit ihm und seinen Eltern in die Berge, ein Wochenendausflug, und da trafen wir den Verleger von Adelphi[76] und eine wichtige jüdische Psychoanalytikerin[77], die mit Primo Levi Auschwitz überlebt hatte. Zu dem Zeitpunkt hatte ich mich schon mit einer Mappe für Grafik an der Akademie der

76 Luciano Foà. Adelphi ist ein von Luciano Foà und Roberto Olivetti 1962 in Mailand gegründeter Verlag. Foà hatte zuvor als Lektor für den in Turin ansässigen Verlag Einaudi gearbeitet. Nachdem dort die Veröffentlichung des Gesamtwerkes von Friedrich Nietzsche aus ideologischen Gründen abgelehnt worden war, beschloss er, ein eigenes Unternehmen zu gründen, um die Bücher doch noch publizieren zu können.
Adelphi ist bekannt für seine akademisch geprägte internationale Ausrichtung, hier erschienen Werke von Ernst Jünger, Carl Schmitt, Oswald Spengler, Joseph Roth, Jorge Luis Borges, Milan Kundera, Elias Canetti, Thomas Bernhard, Vladimir Nabokov, Benedetto Croce, Giorgio Manganelli u. v. m. »Adelphi« bedeutet im Griechischen »Brüder«, der Name repräsentiert die gemeinsamen Auffassungen der Verlagsgründer. Adelphi gehört inzwischen ebenfalls zur Verlagsgruppe RCS. Das Logo von Adelphi sind zwei Wesen, die über einem liegenden Halbmond schweben, diesem gleichsam zu entsteigen scheinen, ein chinesisches Piktogramm, das Tod und Wiedergeburt symbolisiert. Überall stoße ich auf meiner Reise auf diese Grundbedingung, sterben zu müssen, um leben zu können; s. Goethe, s. Grabtuch.
77 Luciana Nissim Momigliano.

Bildenden Künste in München beworben und für Psychologie an der dortigen Uni eingeschrieben. Die Psychoanalytikerin fragte mich, warum ich Psychologie studieren wolle, was ich mir dabei denken würde, ob ich meine, in meinem Alter schon Menschen heilen zu können.

›Lerne erst einmal leben‹, sagte sie.

Und der Verleger sagte: ›Wir brauchen gute Germanisten, mach doch das Literaturstudium weiter, *Lettere* in Mailand.‹

Und das tat ich. Der Freund verließ mich nach einem Monat, aber seine Mutter und sein Vater mochten mich sehr und wollten mich wohl trösten, jedenfalls riefen sie den Verleger von Adelphi an und fragten ihn, ob er Verwendung für mich habe. Und so bin ich zu meiner ersten Übersetzung gekommen, das war Joseph Roths *Beichte eines Mörders, erzählt in einer Nacht.* Da war ich zwanzig Jahre alt. Danach habe ich Germanistik und Philosophie studiert, zehn Jahre als Übersetzerin gearbeitet, und irgendwann hieß es, in der Agentur Ali – Agenzia Letteraria Internazionale – sei eine Stelle frei. So bin ich dahingekommen. Das ist die zweitälteste Literaturagentur in Europa.[78] Und vor sieben Jahren hab ich mich mit einer Kollegin selbstständig gemacht. Ich vertrete fast alle deutschen Verlage außer Hanser. Die Mappe mit den zwanzig Zeichnungen, die ich nach München an die Akademie geschickt hatte, kam übrigens nach vier Monaten wieder zurück. Sie war im Zoll stecken geblieben.«

»War es schwer, mein Buch zu vermitteln?«

»Überhaupt nicht. Es war zwar nicht so, dass sich die Italiener darum gerissen hätten, es gab ja keine weiteren Angebote, aber Elisabetta Sgarbi und Eugenio Lio waren von Ihrem Werk

---

78 Die älteste ist die 1875 gegründete britische Agentur A P Watt; zu deren Klienten gehörten J. R. Kipling, W. B. Yeats, W. S. Maugham und P. G. Wodehouse. Ali wurde erst 1898 gegründet.

sofort überzeugt, sie lieben das Ungewöhnliche, Abseitige, Experimentelle – solange es sich verkaufen lässt. Ich hatte es in jenem Herbst leicht; von der Shortlist habe ich neben Ihrem Roman auch die von Eugen Ruge und Angelika Klüssendorf unterbringen können.«

»Wie hoch ist eigentlich der Gesamtanteil der deutschen Bücher, die nach Italien verkauft werden?«

»Ich kann's nur so rum sagen: Von hundert übersetzten Büchern sind siebenundsechzig aus dem englischen Sprachraum, dreizehn aus dem Französischen und neun bis zehn aus dem Deutschen. Das ist viel, wenn man bedenkt, wie wenige Lektoren in den Verlagen heute noch Deutsch lesen und verstehen können.«

Uns kommen Horden von Schülern entgegen, sie entströmen in einer langen, nicht enden wollenden Schlange dem U-Bahn-Schacht der Station Lingotto. Obwohl sie keine Uniformen tragen wie in England, sehen sie so aus, als würden sie zu ihrer Abschlussparty gehen, einige Jungs tragen Anzüge, einige Mädchen Kleider, und selbst denjenigen in Jeans und T-Shirt sieht man den Stilwillen, die Selbstachtung und das Geld an, das sie oder ihre Eltern in ihre äußere Erscheinung investiert haben müssen; alles ist neu und die Marken sind an den Logos klar erkennbar. Um das Thema zu wechseln, sage ich zu Barbara Griffini, wie verwundert ich sei, dass hier alle so gut gekleidet sind.

»Es besteht eine gewisse Abhängigkeit vom Aussehen und von den Marken. Meine Tochter zum Beispiel, die in Mailand auch die Deutsche Schule besucht hat, dann aber im Gegensatz zu mir nach Deutschland gezogen ist, sagt immer, dass sie nicht zurückkommen werde: ›Die Leute schauen einen da immer so an, wie man angezogen ist und welche Marken man trägt.‹ Man wird hier katalogisiert. Das Aussehen gehört sehr stark mit zum Leben. Das nutzen die Firmen natürlich aus.«

Nachdem wir uns durch die Massen zum Hotel zurückgekämpft haben, wartet ein weiterer Fotograf auf mich, Leonardo Cendamo, ein dicker Mann mit Nickelbrille, weißem Vollbart, Schottenmusterhose und Hosenträgern. Ich erkläre ihm, ich wolle erst in Ruhe mit der Dame sprechen, aber schon nach zehn Minuten steht er wieder vor uns, woraufhin sich Barbara Griffini verärgert verabschiedet und der Fotograf seine Fotos in einem improvisierten Atelier macht: ein Stuhl in einem Gang vor einer Farbwand.

Auf seinem Smartphone zeigt er mir, um seine Professionalität zu verdeutlichen und meinen Widerstand gegen Handimgesichtfotos zu brechen, Handimgesichtfotos von international bekannten Schriftstellern, Bret Easton Ellis, Paul Auster, Zadie Smith, Siri Hustvedt.

»Haben Sie deren Bücher gelesen?«, frage ich.

»Niemand kann alle Bücher lesen«, sagt er und fügt, als wäre das eine Entschuldigung, hinzu: »Aber Umberto Eco hat einmal ein Vorwort zu einem Bildband von mir geschrieben. Er schrieb, dass meine Fotos schön seien, weil ich den Autoren mit der gleichen Sensibilität begegne wie die Leser ihren Büchern. Er schrieb, dass ich mit meinen Bildern etwas Verstecktes einfange, die Obsession, die Zufriedenheit, die Ironie, das Leiden der Schriftsteller.«

»Ihre Fotos zeigen vor allem, was Sie in den Schriftstellern sehen. Sie arrangieren sie wie Objekte. Sie sagen ihnen, was sie zu tun und zu lassen haben, wie sie sich hinsetzen sollen, wohin sie schauen sollen – und eben dass sie ihre Hände ins Gesicht halten sollen, auch wenn das eine vollkommen unnatürliche Haltung ist. Das sagt mehr über Ihr Bild von Schriftstellern aus als über die Schriftsteller selbst.«

»Dann machen Sie doch etwas anderes. Machen Sie, was Sie wollen. Springen Sie meinetwegen auf dem Stuhl herum, hüpfen Sie schreiend durch die Lobby, tanzen Sie zu Ihren Sätzen.«

»Ich will nichts machen.«

»Dann machen Sie nichts.« Er macht ein paar Fotos, wie ich nichts mache, einfach nur dasitze, einfach nur in die Kamera blicke, schaut sich das Ergebnis an, zeigt es mir und sagt: »Und so sieht das dann aus: nach nichts.«

Nach dem Fotoshooting bin ich so angespannt, dass ich am Empfang nach dem hoteleigenen Spa-Bereich frage.

»Wir haben kein Spa, nur einen *Health Club*.«

»Dann den«, sage ich.

Die Mitarbeiterin – *Francesca,* wie ich ihrem Namensschild entnehme – schaltet meine Karte dafür frei, weist mir den Weg durch die Lobby in den zweiten Stock hinauf, in dem Gebäudetrakt diesseits des Palmenhains, und ich folge ihren Anweisungen, fahre mit einem anderen, schnelleren Fahrstuhl ohne Infostation nach oben, gehe einen langen Gang entlang, stecke meine Karte in einen Schlitz, öffne die erste Tür, durchquere eine Handtuchschleuse und stehe, nachdem ich die zweite Tür geöffnet habe, im Ruheraum: sechs mit Stampftechno beschallte Holzliegen. Die Sauna ist ein Kiefernkasten aus Nut- und Federbrettern. Auf neben der Glastür angebrachten Tafeln steht, dass man sich vorher duschen soll, sich währenddessen nicht rasieren darf und hinterher die Handtücher mitnehmen muss. Das Steuerungssystem, das Modell Sauna-Control 15000, stammt aus Deutschland, von der Firma OSF aus Espelkamp: *Anschluss nur durch einen zugelassenen Elektrofachmann.* Ich folge einem Gang an Schließfächern und Umkleidekabinen vorbei, bis ich mich – die Musik ist jetzt ohrenbetäubend – mitten in einem Fitnessstudio befinde: Auf der einen Seite sitzt ein Mann auf einem Fahrradtrainer und peitscht andere Fahrradfahrer auf anderen Fahrradtrainern an, schneller zu fahren; auf der anderen Seite laufen Leute auf Laufbändern.

Weil das alles keine Entspannung verspricht, gehe ich zurück, über den Gang, durch die Lobby, den Glasflur, lasse mich noch einmal von der Infostation des Fahrstuhls foltern und fahre in mein Zimmer hinauf. Den halben Nachmittag über liege ich im Bett und lese in Maike Albaths *Der Geist von Turin*. Albath erzählt darin die Geschichte des Einaudi-Verlages, eines der einflussreichsten linken kulturellen Unternehmen Italiens. Gegründet 1933 von Giulio Einaudi[79] und dessen Freunden: den Schriftstellern und Publizisten Norberto Bobbio, Leone Ginzburg und Cesare Pavese; in den ersten Monaten veröffentlichen sie nur literarisch-politische Zeitschriften, dann auch und vor allem Bücher. Giulio war der Sohn des Finanzwissenschaftlers, Wirtschaftsredakteurs und späteren Staatspräsidenten Luigi Einaudi; die Grundprinzipien des Publizierens, kritisches Denken und ökonomisches Bewusstsein waren Giulio von Haus aus gegeben. Sein Vater schrieb ihm einmal einen Brief, und dieser *Brief an den Sohn* ist wie ein Gegenbild zu Kafkas *Brief an den Vater*. Giulios Verlag sei »eine leuchtende Fackel im Geistesleben der Italiener« und er selbst ein Vorbild für alle anderen: »Du warst jemand und wirst auch wieder jemand sein. Du wirst – nicht unbedingt in wirtschaftlicher Hinsicht, aber das zählt in Deinem Bereich gar nichts – das geistige Oberhaupt auf Deinem Gebiet sein, wenn Du Dich weiter an die Grundsätze hältst, die Dich von der Herde unterscheiden:

79 Giulio Einaudi galt als großer Narzisst, als hochmütige Diva. Mario Fortunato, dessen erstes Buch bei Einaudi erschienen ist, entwirft in seinen Erinnerungen *Quelli che ami non muoiono* ein ambivalentes Bild des Verlegers. Giulio Einaudi sei nicht nur »die legendäre, schwierige Persönlichkeit« gewesen, »von der in den Büchern erzählt wird, die *Diva Giulio,* (…) sondern ein eifriger Freund, ein Komplize, ein herzlicher, brüderlicher Mann und manches Mal auch ein Vater, der voller Zärtlichkeit war«.

überall nach den Worten der Wahrheit zu suchen, auch wenn diese Worte andere sind als die der Leute, die an der Macht sind, auch wenn sie sich von Deinen unterscheiden. Bleib immer das, was Du bisher warst.«

Aufgrund ihrer antifaschistischen Gesinnung geriet die Gruppe um Einaudi, die sich selbst »die Bruderschaft« nannte, früh ins Visier der Geheimpolizei OVRA[80], Mitarbeiter wurden verbannt und ermordet, Giulio Einaudi selbst kämpfte aufseiten der Partisanen gegen das Salò-Regime von Benito Mussolini. Nach dem Krieg stießen Leones Witwe Natalia Ginzburg und Italo Calvino als Lektoren zum Verlag und andere, weniger Bekannte, die das Kunststück schafften, Georg Lukács und Ernst Jünger gleichermaßen zu verehren. Sie alle verhalfen so manchem einheimischen Autor zu Weltruhm, wie etwa Primo Levi mit seinen Auschwitzerinnerungen *Ist das ein Mensch?*, Elsa Morante mit ihrem Roman *Arturos Insel* oder dem Literaturnobelpreisträger Dario Fo mit seinen Satiren. Aber auch viele international erfolgreiche Bücher erschienen hier erstmals in italienischer Übersetzung: die Lyrik-Anthologie *Spoon River* von Edgar Lee Masters, Stücke von Bertolt Brecht und Jean-Paul Sartre, Sachbücher wie C. W. Cerams *Götter, Gräber und Gelehrte* oder *Das Tagebuch der Anne Frank*, Romane und Erzählungen von Ernest Hemingway, Thomas Mann und Robert Musil und Marcel Prousts *Auf der Suche nach der verlorenen Zeit*. »Einaudi«, schreibt Albath, »war viel mehr als die Suhrkamp-Kultur in Deutschland, Einaudi bildete bis weit in die Siebzigerjahre hinein den Nukleus des italienischen Geisteslebens. (…) Der Verlag stand für eine bestimmte Kultur der Schrift. Und er stand für eine moralische Haltung.«

---

80 Organizzazione per la vigilanza e la repressione dell'antifascismo.

Maike Albath beschreibt nicht nur den Aufstieg und Fall einer intellektuellen Instanz – seit 1994 gehört Einaudi zu Berlusconis Medienkonzern Mondadori[81] –, sondern zeichnet anhand von biografischen Skizzen die kulturpolitische Entwicklung Italiens im 20. Jahrhundert nach. Im Zentrum des Buches stehen ein Verlag und dessen Mitarbeiter, doch es geht auch um die Stadt – für Pavese war Turin ein »symbolischer, mythischer und zeitloser« Ort – und ihre Architektur, und an einer Stelle, als Maike Albath davon berichtet, wie der Ingenieur Giacomo Mattè-Trucco die Fabrik in Lingotto baute, führt sie mitten in mein Zimmer hinein, in die ehemalige Fertigungshalle mit ihren Pressen und Fließbändern, ihren Motoren und Menschen.

Mattè-Truccos Entwurf orientierte sich an der strengen und klaren Formensprache der Ford-Niederlassung in Highland Park, Michigan. Fünfhundert Meter lang, fünf Stockwerke hoch – ein Monument des Fortschritts und des Selbstbewusstseins. Acht-

---

81 Sandro Veronesi, den ich einmal in der Bar 3 in Berlin-Mitte traf, erzählte mir, dass er einer der ganz wenigen italienischen Autoren gewesen sei, die sich damals von Einaudi abgewandt hätten. Berlusconi habe zwar betont, dass er Meinungsfreiheit befürworte und nicht ins Programm des Verlags eingreifen werde, aber Veronesi habe sich von ihm nicht instrumentalisieren lassen wollen. »Wenn dein Verleger plötzlich Ministerpräsident ist, gerätst du als Schriftsteller zwangsläufig in einen Interessenkonflikt: Kritisierst du ihn öffentlich wegen seiner antidemokratischen Gesinnung, und er lässt dich weiterhin publizieren, wird er dich allein dadurch als Beleg seiner vermeintlichen Liberalität und Pluralität anführen.«
Dass Berlusconis Kritikfähigkeit Grenzen kennt, musste der portugiesische Literaturnobelpreisträger José Saramago 2009 erleben, als dessen Blog in Buchform Einaudi angeboten wurde. Darin findet sich eine Passage, in der er Berlusconi direkt angreift: »Welche Bedeutung kann im Lande der Mafia und der Camorra denn die erwiesene Tatsache haben, dass der Ministerpräsident ein Verbrecher ist?« Einaudi lehnte eine Veröffentlichung ab. Saramago, dessen Gesamtwerk zuvor bei Einaudi erschienen war, wechselte daraufhin zum Verlag Feltrinelli und legte in der Zeitung El País noch einmal nach, indem er Berlusconi als »Krankheit« und »Virus« bezeichnete, der das Land in den moralischen Tod zu treiben drohe. Berlusconi, schrieb er, sei sogar schlimmer als ein Verbrecher, weil er die Gesetze, die seine Verbrechen legitimieren, selbst erlasse.

zig verschiedene Modelle, darunter der Torpedo, der Topolino, der Dino, wurden hier bis 1982 nach dem Prinzip der vertikalen Fertigung produziert: Im Erdgeschoss wurden die Karosserien zusammengesetzt, in den darüberliegenden Stockwerken erfolgten der Aufbau, die Innenausstattung, die Feinabstimmung, bis jeder Wagen, gleichsam als Krönung der menschlichen Schöpfung, auf dem Dach über den Lettern *FIAT* – Fabbrica Italiana Automobili Torino – eine Probefahrt absolvierte.[82]

In der Zeitschrift *Motor Italia* veröffentlichte der Kunstkritiker, Designer und Essayist Edoardo Persico, der selbst Teile der Autos hier zusammengeschraubt hatte, 1927 einen Artikel über seine Werkserfahrungen: »Ein unvergleichlicher Bau in hellen Farben, der durch die Einfachheit seines Äußeren das Prinzip der Ordnung verkörpert. (…) So wie der Stil einer Kirche: Diese Fabrik hat die Suche nach dem Göttlichen in einem bestimmten Moment der Geschichte vollendet.« Persico war einer von achtzehntausend Angestellten der Agnelli-Familie, aber seine Beschreibung liest sich mitunter wie das Bekenntnis zu einer Sekte: »Am Morgen, beherrscht von den Blicken großer Glasaugen, in denen sich der Gleichmut der Gerechtigkeit spiegelt, warten die Arbeiter an den zyklopischen, höhlenartigen Mauern. Sie sprechen nicht, sie bewegen sich nicht, wie es sonst bei jeder Ansammlung von Menschen der Fall ist. Sie warten. Alles wurde bereits befohlen, sie können nichts daran ändern. Sie gehorchen einem Befehl, der nicht dem menschlichen Willen entspricht, sondern einer Weisheit, die zuerst dem Gesetz unterworfen ist.«

Von dieser stillen Andacht ist heute nichts mehr zu spüren.

---

82 Es gibt ein Foto aus den Zwanzigerjahren, auf dem mehrere Wagen nebeneinander im Uhrzeigersinn ihre Runden über Turin drehen. Angesichts dieses Bildes könnte man meinen, es wäre ein einziger Spaß gewesen, für Fiat zu arbeiten.

Wenn ich aus dem Fenster blicke, über den *Wundergarten,* den Palmenhain hinweg, sehe ich in dem in der ersten Etage untergebrachten Shoppingcenter zwar Pilger, die einem gemeinsamen Ziel zustreben, aber sie suchen keine Erleuchtung, sondern kurzweilige ekstatische Freude, den Kick des Augenblicks. Das ist der neue Geist von Turin.

10

Am späten Nachmittag gehe ich selbst durch das Einkaufszentrum 8 Gallery – Il Centro Commerciale. Es gibt Fahrstühle und Rolltreppen, um auf die verschiedenen Ebenen zu gelangen – und eine alte kreisförmige Auffahrt, wie sie noch in manch altem Parkhaus vorhanden sein mag, eine monumentale Steinschlange, die sich vom untersten zum obersten Stockwerk windet und die von unten mit ihrer sternförmigen Deckenkonstruktion tatsächlich wie eine Kathedrale anmutet.

Viele der etwa neunzig Geschäfte hier finden sich in fast jeder deutschen Mall oder Fußgängerzone, Filialen von Saturn, Benetton, Tally Weijl, Foot Locker, Douglas, Adidas, Zara, Sisley, Timberland, aber auch international eher unbekannte italienische Marken wie die Juwelierkette Stroili Oro, die Schuhkette Tege Calzature, Optiker wie Salmoiraghi e Viganò oder Nau!, Modeshops von Celio und Imperial, Küchenutensilien von Kasanova, Dessous von Lo' by Lovable und ein UCI-Multiplexkino, in dem *Godzilla, Captain America, Lovelace, Salinger, Transcendence* und *Ghost Movie 2* laufen.

Das Shoppingcenter ist in fünf Bereiche aufgeteilt: *Piazza Urbana, Corte del Cinema, Giardino delle Meraviglie, Corte della Ristorazione, Corte dei Giochi.* Der *Stadtplatz* dient dem Lebensgefühl, der *Kinohof* der Konsumbefriedigung, der *Wundergarten* der Körperpflege, der *Restauranthof* dem Genuss und der *Spielhof* dem Spaß. Wer – wie ich – einmal ganz herumläuft, erlebt in wenigen Minuten ein Wechselbad der Gefühle, vom Kaufrausch bis zum Schönheitswahn, von der Fastfood-Euphorie bis zur Indoor-Spielplatz-Melancholie. Erst gehe ich durch eine bunte Welt des Neuen, die ein anderes, eleganteres Leben verspricht, sofern ich mich den Verlockungen aus Kleidung, Brillen, Düften hingebe; dann passiere ich die Optimierungsschleuse aus permanenter Haarentfernung, schneller Maniküre, gleichmäßiger Bräune, ehe ich alles, was ich eben an mir verbessert haben könnte, wieder zunichtemache, indem ich mir – rein hypothetisch – Fett, Kohlenhydrate, Alkohol einverleibe und Kindern, die lieber draußen wären, beim Rutschen unter einem aufgeheizten Glasdach zuschaue.[83] Jeder Schritt über die weiten, gefliesten Plätze ist begleitet von Radiomusikbeschallung und von vor Hitze und Glück sedierten Fünfjährigen, deren Eltern bei Bimbo Drive fahrbare Plüschtiere für ihre Liebsten gemietet haben. Sie sitzen auf einem grauen Elefanten, einem orangefarbenen Tintenfisch oder einem Rosaroten Panther wie auf einem Motorrad und ziehen im Schritttempo ihre Runden. Auf manchen Bänken sitzen, getrennt voneinander, aber jeweils von prall gefüllten Einkaufstaschen umgeben, Teenager und Obdachlose; auf anderen Paare, die sich zwischen gierigen Küssen zeigen, was sie auf ihrer *Petit Tour* erstanden haben. Auf meinem kleinen Rundgang entdecke ich aber auch, dass es in diesem Teil des Gebäudes um mehr geht als ums Geschäft. Neben den Läden, Studios und Restaurants gibt es ein Auditorium,

83 Die Namen der Läden erinnern mich, was an diesem Ort kein Wunder ist, an die Produktionsstraßen von Autofabriken – Epilaser Point, Quick Beauty, Exki (Natural Fresh Ready) –, so als ob man darin im Schnelldurchlauf auseinandergenommen und neu zusammengesetzt werden würde. Dazu passt, dass in der Bar Officina 500A, benannt nach einem Fiat-Modell, in dem Moment, als ich vorbeikomme, das Video zu Queens *Radio Ga Ga* auf der Leinwand läuft – der lichtumkränzte Freddie Mercury, überblendet von der lichtumkränzten Maschinen-Maria aus Fritz Langs Film *Metropolis*. Bemerkenswert auch die Widersprüchlichkeit der Schmuckbranche: Der eine Juwelier heißt Joy, der andere Pandora – Freude und Übel, vereint auf einer Etage. Die Pizzeria nennt sich Rossopomodoro (Rote Tomate), das Steakhaus Old Wild West, das Wirtshaus Wiener Haus (rustikales Design, viel Holz, an den Wänden Sprüche auf Deutsch: *Zum Wohl!, Trink, Brüderlein, trink! Lasse die Sorgen zu Haus!, Hopfen und Malz, Gott erhalt's*, auf dem Speiseplan Gerichte wie *Mix di Wurstel* und *Kaiser Tris, Panino Danubio* und *Piatto Bavarese, Wiener Burger* oder *Bismarck Burger,* Salatkreationen namens *Maximilian, Maria Theresia, Ludwig, Franz* und *Sissi*) usw.

ein Kongresszentrum, ein Studentenwohnheim und die Außenstelle der Polytechnischen Universität Turin. Der Ansatz ist ein ganzheitlicher. Nicht nur die bildungsfernen Schichten sollen angesprochen werden, sondern auch die bildungsnahen, um im neuen Zentrum Turins eine im Konsum vereinte Volksgemeinschaft zu schaffen.

Das Symbol des Centro Commerciale, der 8 Gallery, ist eine Acht, und mir ist schleierhaft, warum. Draußen, vor dem Eingang auf der Via Nizza, steht eine sechs Meter hohe, rote Acht. Wenn die Zahl den Grundriss wiedergeben soll, dann müssten es zwei ineinandergeschobene Achten sein, wobei sich jeweils zwei Kreise überschneiden. Womöglich bezieht sich die Idee dahinter auf die christliche Zahlensymbolik, nach der die Acht den Neubeginn, die Wiedergeburt repräsentiert, die Auferstehung oder Neuschöpfung – daher auch das Oktagon als Bauform sakraler Architektur. Das Centro Commerciale aber ist eine Kirche ohne Metaphysik, ohne transzendentale Tiefe. Ich will nicht Teil einer solchen Gemeinde sein.[84]

---

84 Oder ist es viel einfacher, profaner, nur ein Wortspiel? Die Endung von *lingotto – otto* bedeutet »acht« im Italienischen.

11

Michelangelo, mein Fahrer, hat mir, daran erinnere ich mich jetzt, auf der Hinfahrt geraten, die 8 Gallery zu meiden und stattdessen zu Eataly zu gehen; dort könne ich, meinte er, die italienische Kultur, die italienische Lebensart am ehesten kennenlernen. Eataly ist ein Lebensmittelgeschäft, eine Art Feinkostsupermarkt mit Restaurants und Cafés, Probierstube und Ernährungsberatungsbüro, Museum und Schulungszentrum, das gleich gegenüber auf der anderen Straßenseite liegt. Das passt mir gut, denn ich will mir einen Apfel kaufen.

Zum ersten Mal seit meiner Ankunft in Turin verlasse ich eigenen Fußes das Fiat-Gelände. Ich komme mir vor wie ein Schiffspassagier auf Landgang. Fast ein Dreivierteljahrhundert lang, von 1908 bis 1982, war dort, wo ich jetzt stehe, die Destillerie Carpano ansässig. Von dem historischen Gebäude ist von außen, von dieser Seite aus, nicht mehr viel zu sehen: eine rotbraun verputzte Front, die wie eine Mauer wirken würde, wären da nicht drei verglaste Rechtecke, die Einblick ins Innere gewähren. Zu beiden Seiten, an den äußersten Enden, der Schriftzug von Eataly, der Werbespruch *alti cibi (edle Lebensmittel)* und das Logo: eine Art Halbsonne, als wäre Eataly ein fruchtbarer Mond, der sich, in einer bestimmten Konstellation, alle paar Jahre zwischen Erde und Sonne schiebt. Vor dem Eingang Schilder, die auf das verweisen, was einen im Innern erwartet: *10 000 Lebensmittel von höchster Qualität, 7 Restaurants, 1 Pizzeria, 1 Bio-Eisdiele, 1 Café Carpano, 1 Bar Punt e Mes*[85],

---

85 Die Bar Punt e Mes ist nach der gleichnamigen, 1870 eingeführten Bitterversion des Carpano-Wermuts benannt.

*10 Themenbereiche, 3 Lehraulen, das Museum Carpano, Biblio-
thek, Buchhandlung, Internetcafé.*[86]

Eataly Torino ist die Keimzelle eines noch recht jungen Un-
ternehmens, das sich seit 2007 über mehrere Kontinente aus-
gebreitet hat: Inzwischen gibt es sechsundzwanzig Niederlas-
sungen im Nahen Osten, in Nordamerika[87], Europa, Asien. Im
Sommer 2015 soll mit München ein deutscher Standort hinzukommen. Das Marketingkonzept besteht darin, dass die Kunden sehen, wie Nudeln gedreht, Nussnougat-Cremes gerührt,
Brote gebacken werden, dass sie verstehen, aus welchen Zutaten
die Lebensmittel gemacht werden und woher diese stammen,
dass sie vom zubereiteten Fisch und Fleisch kosten können, bevor sie ein Pfund davon mit nach Hause nehmen – und dass sie
ihr neu erworbenes Wissen in Kochkursen und Weinproben,
Vorführungen und Verköstigungen, die im gleichen Haus stattfinden, vertiefen können. Humanistische Erlebnisgastronomie,
ein begehbarer kulinarischer Bildungsroman.

Auf der englischsprachigen Website der Firma findet sich ein
Manifest, das weit über diesen aufklärerischen Ansatz hinaus-
geht:

0.[88] *Wir lieben Lebensmittel.*

1.   Lebensmittel einen uns alle.

2.   Unsere Leidenschaft ist zu unserem Beruf geworden.

3.   Das Geheimnis von Lebensqualität? Qualitätsprodukte.

---

86 Sie haben die Pasticceria vergessen zu erwähnen.

87 Die Filiale in New York City umfasst viertausendsechshundert Quadrat-
meter und liegt direkt an der Fifth Avenue am Madison Square Park, schräg
gegenüber vom Flat Iron Building. Sie wird von den drei Fernsehköchen
Mario Batali, Joe Bastianich und dessen Mutter Lidia Bastianich geführt.
Noch zwei Wochen nach der Eröffnung am 31. August 2010 standen die
Menschen Schlange und warteten auf Einlass.

88 Das Manifest auf Eataly.com fängt bei »1« an, auf Eataly.net bei »0«.

4. *Unsere Zielgruppe ist jedermann.*

5. *Iss. Kauf. Lerne.*

6. *Wir sitzen alle im selben Boot.*

7. *Unsere drei Versprechen: Auswahl, Verfügbarkeit, Wissen.*

8. *Dein Vertrauen wird jeden Tag erworben.*

9. *Das Endziel: Dich als Kunden auf Lebenszeit zu gewinnen.*[89]

Die zehn Thesen sind die zehn Leitsätze eines weiteren firmeneigenen Katechismus. Schon seit einigen Jahren, seitdem in den westlichen Metropolen Bioläden hip geworden sind, *Slow Food* ganze Horden junger, bärtiger Männer und lang- oder kurzhaariger, weitbehoster Frauen in Parkas und Wollmützen anlockt und sogar Discounter Bioprodukte in ihr Sortiment aufgenommen haben, hat gutes Essen in bürgerlichen Kreisen den Charakter einer Ersatzreligion angenommen.[90] Aber nirgendwo sonst ist Ökologie ökonomisch bisher so konsequent durchdacht und umgesetzt worden wie bei Eataly: Die Dichotomie zwischen Unternehmen und Kunde, zwischen Arbeit und Lei-

---

89 Im Italienischen ist es sprachlich sehr viel schlichter gehalten: *0. Siamo innamorati (Wir sind verliebt); 1. Il cibo unisce (Essen vereinigt); 2. Il nostro mestiere (Unser Beruf); 3. La qualità della vita (Lebensqualität); 4. Tutti (Alle); 5. Mangiare, comprare, studiare (Essen, kaufen, lernen); 6. Coproduttore (Koproduzent); 7. Tre esperianze (Drei Erfahrungen); 8. Sinceri (Aufrichtigkeit); 9. Raggiungere lo scopo (Das Ziel erreichen).*

90 Da passt es, dass die Eataly-Filiale in Rom, einer der größten Gastronomie-Märkte der Welt, mit seinen riesigen Fenstern an den Enden der Quer- und Längsschiffe, seinen Kreuzgewölben, Kaffeetassenkronleuchtern und Lebensmittelaltaren tatsächlich einer gigantischen Kirche gleicht, untergebracht im ehemaligen Air Terminal des Bahnhofs Ostiense. Der Bau, der fünfzig Milliarden Lire kostete, war als Direktverbindung zum Flughafen Fiumicino Leonardo da Vinci für siebenunddreißig Tage in Betrieb. Nach der Fußball-Weltmeisterschaft 1990 stand das Gebäude lange leer, bis der Erfinder von Eataly, Oscar Farinetti, kam, der Retter Italiens. Seit Juni 2012 werden auf vier Etagen und siebzehntausend Quadratmetern insgesamt fünfhundert Mitarbeiter beschäftigt und vierzehntausend Produkte angeboten.

denschaft ist aufgehoben. Jeder, der hier einkauft, ist Teil einer Bewegung, die nicht die Welt verbessern will, sondern den Einzelnen, die nicht auf das große Ganze abzielt – etwas Fremdes, Fernes, schwer Vorstellbares und schwer Erreichbares –, sondern auf das Naheliegendste: einen selbst. Der Schlüsselbegriff ist hier wie bei jedem Glaubensbekenntnis die Liebe[91]. Sie nivelliert die Gegensätze und schafft eine Einheit, wo es keine gemeinsame Basis gibt, sie spendet Kraft und Zuversicht, sie ist das Licht und die Gerechtigkeit, die Wahrheit und die Pflicht, denn die Liebe ist das Leben.

Für die römisch-katholische Kirche ist die Liebe die erste Frucht des Heiligen Geistes, ihr folgen acht weitere nach. Darum ist das Eataly-Manifest auch auf diese eigentümliche Weise nummeriert, darum beginnt die Zählung mit Null, an einem Nullpunkt – weil aus der Liebe alles andere folgt: die Freude, der Friede, die Geduld, die Freundlichkeit, die Güte, die Treue, die Sanftmut – und die Selbstbeherrschung, nicht bei der Konkurrenz zu kaufen. Zusammengenommen bilden die acht Tugenden eine Traube, die aber ohne den Weinstock – Eataly – nicht existieren kann. Dieser theologischen Logik folgend ist Eataly die Liebe und der Bevollmächtigte Gottes auf Erden – und womöglich auch der Heilige Geist.

Religion und Aufklärung stehen gleichberechtigt und ohne Widerspruch nebeneinander; Eataly ist die perfekte Synthese aus Glauben und Wissen, die sich in einer bewussten, vernunft-

---

91 Eng verflochten mit der Liebe ist die Poesie. (Der andere Schlüsselbegriff bei Eataly ist »story«.) Die Narration funktioniert gewissermaßen als Wegbereiter des Gefühls: Je mehr die Konsumenten über die Produkte und die Produzenten erfahren – die Geschichte und die Geschichten dahinter –, desto stärker ist ihre emotionale Bindung. Die gekauften Lebensmittel produzieren ihrerseits wieder neue Geschichten: Bürogeschichten beim Mittagessen, Familiengeschichten beim Abendbrot, Liebesgeschichten beim Dinner zu zweit – eine Erzählung ohne Anfang und Ende, ein ewiger kulinarisch-literarischer Reigen.

gesteuerten Selbsttaufe manifestiert. Die Botschaft, die dahintersteht, lautet: Wir wollen alle nur das Beste für uns[92], das Gute, Wahre, Schöne – indem wir es uns einverleiben, indem wir eins werden mit IHM.

Nur Schönheit, sagt Oscar Farinetti[93], der Gründer von Eataly, in einem Interview, werde Italien vor dem Verfall retten.[94] Dass es mit reiner Kontemplation aber nicht getan ist, macht er an gleicher Stelle deutlich, indem er erklärt, dass er seine Kunden geschmacklich zum Orgasmus führen wolle. Und der hat, wie in der klassischen Sexindustrie, seinen Preis. Mit Gedanken an Anmut und Verzückung, an herabhängende Früchte – Trauben, Pflaumen, Bananen – betrete ich den Tempel der Lust.

---

92 Kein Wunder, dass die Eataly-Kunden an den Unterschriftensammlern von UNICEF, die am Eingang auf neue Spender hoffen, achtlos vorbeigehen. Sie betreten ja einen Laden, dessen Geschäftsmodell darin besteht, das Gewissen seiner Kunden zu erleichtern: Eataly ist ein moderner weltlicher Ablasshandel. Und wenn die neuen, rechtschaffenen »Eataliener« – so nennt die Firma ihre Kunden ohne jeden Anflug von Ironie – mit Papiertüten behangen wieder aus ihrer Kochkirche herauskommen, sind sie der festen Überzeugung, ihr wohlverdientes Geld bereits für einen guten Zweck ausgegeben zu haben. Wozu da noch eine Organisation unterstützen, die, abgesehen von Fernsehberichten über das Elend der Welt, mit dem eigenen Leben nichts zu tun hat?

93 Oscar Farinetti, der eigentlich Natale heißt, wurde 1954 in Alba geboren. Er studierte BWL in Turin und leitete von 1978 bis 2003 die von seinem Vater gegründete Elektrohandelskette UniEuro. Für zweihundertdreißig Millionen Pfund verkaufte er das Unternehmen an Dixons Retail. Von dem Geld baute er Eataly auf. Er gilt als Unterstützer von Matteo Renzi, dem neuen italienischen Ministerpräsidenten. Farinetti »Kardinal« zu nennen hat sich noch keiner getraut, aber manche Medien, so etwa die Zeitung *Corriere Fiorentino*, verwenden im Zusammenhang mit ihm schon mal weltliche Herrschertitel, bezeichnen ihn als »*il re di Eataly*« (König von Eataly).

94 Das Zitat ist eine Anspielung auf Fjodor Dostojewskis berühmten Satz aus *Der Idiot*, Schönheit werde die Welt retten. Womöglich ist das Farinettis nächstes Ziel, sollte seine Mission in Italien erfolgreich sein.

Erst schwingen zwei Glastüren lautlos zur Seite, dann zwei Flügelschranken, auf die blaue Punkte und weiße Pfeile gedruckt sind. Anders als in anderen, gewöhnlichen Lebensmittelmärkten steht hier nicht die Obst- und Gemüseabteilung am Anfang des Parcours. Der Eingangsbereich ist eine Mischung aus Bier- und Buchhandlung, Internetcafé und Wellnesslounge: In der einen Ecke sind Sechserträger auf einer Holzkiste übereinandergestapelt, in der anderen prangt auf einem weißen Stahltank[95] mit Wendeltreppe *La Biblioteca di Eataly,* davor sind Büchertische[96] und Sitzbänke aufgestellt – und, wie in einer Durchgangsschleuse, zehn festinstallierte Sony-VAIO-Computer, an denen man, wenn sie funktionieren würden[97], Kurse buchen und Tische reservieren oder sich über die angebotenen Produkte und deren Erzeuger informieren und die Waren nach Haus bestellen könnte.

Nachdem ich diesen Bereich passiert habe, stehe ich im eigentlichen Supermarkt: einem überdachten Marktplatz. Die Wände sehen aus wie Hauswände mit Türen und Fenstern und Hausnummern, Emblemen und Jahreszahlen, eingelassen in Backstein. Und es sind Hauswände: Wie bei früheren Kirchenneubauten finden sich auch in der *St.-Eataly-Church* in die Konstruktion integrierte Reste des Vorgängerbaus, die Außenwände der ehemaligen Wermut-Destillerie Carpano – postmoderne

---

95 Früher wurde darin der Carpano-Wermut gelagert.

96 Alessandro Baricco, *The Barbarians – An Essay on the Mutation of Culture;* Mario Batali, *Simple Italian Food – Recipes from My Two Villages;* Carol Firenze, *The Passionate Olive;* Biba Caggiano, *Spaghetti Sauces – Authentic Italian Recipes; The Slow Food Dictionary to Regional Italian Cooking,* Massimo Bottura, *Never Trust a Skinny Italian Chef,* etc. Aber auch Romane von Henning Mankell, Stephen King, Paulo Coelho, Jennifer Egan, Kinder- und Jugendbücher und Non-Fiction zu Non-Food-Themen.

97 Auf allen klebt ein Blatt Papier mit der Aufschrift *Fuori Servizio (Außer Betrieb).*

Architektur, Neues schaffend, das Alte zitierend. Zwischen den Häusern befinden sich Marktstände, überspannt mit Markisen, an den Seiten Tiefkühltruhen und Regale, Weinkisten und Ölfässer. Rechts und links sind Cafés und Restaurants untergebracht, ein Bäcker, ein Fleischer, ein Fisch- und Käsehändler, eine *Cantina* mit einem Innen- und einem Außenbereich, der so voll ist, dass sich davor schon eine Schlange gebildet hat.

Allein die Nudelregale nehmen ein ganzes Haus ein: *La Pasta;* hier gibt es alle Sorten aus allen Regionen Italiens, trockene und frisch zubereitete: Trofiette, Pappardelle, Tagliolini, Farfalle, Bucatini, Orecchiette, Gnocchetti, Cavatelli, Rigatoni, Fusilli, Casarecce, Maltagliati, Croxetti, Linguine, Paccheri, Capellini, Mafalde, Lasagne, Spaghetti, Spaghettini, glutenfrei, aus Hartweizengrieß, mit und ohne Safran oder Trüffel.[98] Ein anderes Haus ist voller Kochutensilien und Haushaltsgeräte: Brotbretter, Messer, Töpfe und Pfannen, Teller und Tassen, Salz- und Pfefferstreuer, Flaschenöffner, Korkenzieher, Espressomaschinen, Saftpressen, Wassermelonenschneider, Ananaskernentferner, Hummerzangen, Eieruhren, Wasserkocher, Karaffen und Gläser und Schüsseln. Im dritten Haus befinden sich die Süßigkeiten: Kekse, Schokoladen, Pralinen, Cantuccini, Croccoli, Cioccoffelle, Amaretti, Dolcetti, Torrone, Krumiri, Honig, Marmelade, Gelee, Nougat- oder Schokohaselnusscreme, getrocknete Früchte, Minzplätzchen, Bonbons, Dragees. Aus einem vierten Haus, über dem *Il benessere per te e la tua casa (Wellness für Sie und Ihr Zuhause)* steht, duftet es nach Seife und Parfum, Aloe, Papaya, Granatapfel. Ich gehe an einem fünften Haus

---

98 In Davids Supermarktroman *Vier Äpfel* gibt es eine Stelle, in der Turin erwähnt wird, die mir jetzt wieder einfällt: »Lidl in Torino ist ein Erlebnis, höre ich plötzlich eine Frauenstimme hinter mir sagen, Lidl in Torino ist echt ein Erlebnis, im Lidl in Torino gibt es über zwanzig Sorten Pecorino!« Ist Turin das Lebensmittelmekka Europas?

voller Olivenöl und Essig vorbei und merke, warum Bildung bei Eataly so eine große Rolle spielt: Sie ist die Voraussetzung, um eine mündige Kaufentscheidung treffen zu können. Denn auch in dieser Abteilung ist die Auswahl so groß wie sonst nur in Weinhandlungen. Bisher habe ich in Supermärkten immer, ohne groß zu überlegen, zu irgendeinem hochwertigen Extra Vergine gegriffen, aber jetzt, da ich vor dunklen Flaschen mit zusätzlichen Aufschriften wie *Carte Noire, Cru Gaaci, Fine, Nazionale, Splendido, Cru Riva Gianca* und so weiter stehe, weiß ich nicht mehr, was richtig und was falsch ist – oder, da ja bei Eataly per se alles richtig ist: welches Öl zu welchem Gemüse oder Salat passt. Nicht, dass ich Öl oder Essig mit nach Deutschland schleppen will, aber angesichts der Vielfalt wird mir bewusst, dass die Kombinationen unendlich sind – und mein Unwissen darüber deprimiert mich mehr als meine mangelnden Italienischkenntnisse.[99] Dass ich kaum eine der vielen Tafeln, auf denen die Produkte erklärt werden, lesen kann, empfinde ich eher als Befreiung.[100]

99 In den meisten US-Supermärkten, die ein noch größeres Sortiment als dieses hier aufbieten und in denen ich alles verstehe, bin ich auch deprimiert – wegen der vielen Produkte, von denen ich weiß, dass ich sie mir niemals kaufen wollen würde.

100 Nur zwei laminierte Schilder kann ich sofort entziffern. Das erste lautet: *Chi ruba è un ladro! Ogni angolo di Eataly è vigilato da telecamere. Noi denunciamo chi ruba. (Wer stiehlt, ist ein Dieb! Jede Ecke des Eataly wird von Kameras überwacht. Wir zeigen diejenigen, die stehlen, an.)* Es hängt überall. Und weil diese Schilder hier seit dem ersten Tag hängen, frage ich mich, wie viel Vertrauen das Unternehmen tatsächlich in seine Kunden hat. Mit einem Mal scheint mir Punkt sechs des Manifestes – *Wir sitzen alle im selben Boot* – mehr eine Beschwörung als ein Grundsatz zu sein: Bestiehlst du uns, bestiehlst du dich selbst. Ein weiterer Beleg für die Vermischung von Religion und Philosophie, von christlicher Nächstenliebe und Kants kategorischem Imperativ. Das zweite Schild ist weniger häufig, weniger prominent platziert und in seiner Aussage weniger stark ideologisch aufgeladen: *Le toilette naturalmente sono vicino alla birra al piano di sotto (Die Toiletten befinden sich naturgemäß in der Nähe des Bieres im Untergeschoss).*

Als ich die Treppe in den ersten Stock hinaufsteige, stehe ich mit einem Mal im Wermut-Museum: Holzkisten mit dem Aufdruck *GBC* – Giuseppe Bernardino Carpano, der Neffe des Erfinders Antonio Benedetto –, verstaubte Flaschen, vergilbte Briefumschläge, aufgeschlagene Geschäftsjournale hinter Glas, alte Abfüllanlagen, Kessel, Drahtgestelle, Reagenzgläser und Zuckersäcke. Von der Decke hängen rote Buchstaben, Wörter wie *Alcol (Alkohol), Vino (Wein), Estratto (Extrakt)* oder *Il segreto ènella formula (die geheime Rezeptur)*. Ein schmaler Spalt in der Wand, ein Fenster, durch das man, weil es von innen verhängt ist, nichts sehen kann, außer sich selbst.

In jedem Haus und auch im Innenhof, auf dem Marktplatz, gibt es, das bemerke ich, als ich wieder unten bin, sogenannte *isole tematiche (Themeninseln)*. An einer Bar namens *Il Pesce* kann man Fischgerichte essen und rohen Fisch kaufen, an einer anderen, kreisrunden, *La Carne,* Fleisch, an einer dritten *Le Verdure,* Gemüse und so weiter. Das Design orientiert sich dabei an der Farbgebung der Produkte: Beim Bäcker ist alles in Holztönen gehalten, beim Fischhändler dominieren Blau und Weiß, in der Käserei Gelb und Weiß et cetera – damit, so meine laienhafte Vermutung, niemand am falschen Stand landet und Vegetarier womöglich etwas essen, was sie sich selbst versagt haben.

Über eine Rolltreppe fahre ich in die Krypta hinab, in der, wie in Sakralbauten üblich, die geheimen Schätze lagern – ein Backsteingewölbe, in dem man, wenn man sehr viel Zeit hat, riesigen Parmesanrädern beim Altern zuschauen kann. Auf den Brettern liegen die verschiedenen Reifegrade: unten die ältesten von 2010, oben die jüngsten von 2013. Nebenan hängen wie im Schlaraffenland Prosciutti und Parmaschinken, Mailänder Salami, toskanischer Speck und kalabrische Kopfnackenwurst von Holzgestellen herab; und vorn, wo es heller ist, lagern Weine in Flaschen und Fässern – und Bierbuddeln[101] in Holzkisten, als wären sie noch nicht für den Verzehr geeignet. Aber das hier ist kein Museum, auch wenn die ganze Architektur diesen Eindruck zu vermitteln versucht. Allenfalls ist es, da unter jedem Produkt ein Preisschild steht, eine Galerie für serielle Kunst.

Da sind zum Beispiel die farbenprächtigen und edel anmutenden 0,75-Liter-Flaschen von Birra Ceci 1938, der nahe Parma ansässigen Winzer- und Brauereifamilie Ceci, deren Gestaltung sich an den jeweiligen Sortennamen orientiert: *Oro* und *Bronzo* gibt es in Schwarz mit einem münzähnlichen, kreisförmigen gold- oder bronzefarbenen Aufdruck in der Mitte, *P. d. Poule* wird im Hahnentrittmuster angeboten, *Hippy* mit violetten, roten, gelben und türkisen Rauten, *Camou* in Tarnfarben. Die Beschreibung steht der von Weinen in nichts nach: »Farbe: goldgelb, solide und ein guter fester Schaum; Aroma: elegant, frisch und blumig, mit deutlichen Anklängen von Hopfen; Geschmack: Es hat einen schönen Körper, weich, mit einem Hauch Hopfen. Alkoholgehalt: 4,5 Vol. %, Temperatur: 9 °/10 ° C, Glas-Art: 2,0 TEKU.«

Oder das hochprozentige Bier von Baladin, deren Malzsorten in Jeroboamgröße ausgeliefert werden. Oder das in Fässern gereifte *Terre,* das in Whiskeydosen daherkommt. Oder die in Papier eingewickelten Flaschen der belgischen Kleinbrauerei De Glazen Toren mit Namen wie *Saison d'Erpe-Mere, Cuvée Angelique* oder *Canaster.* Dagegen machen die vielgerühmten deutschen Biere – Köstritzer, Tannenzäpfle oder das Aecht Schlenkerla Rauchbier – in ihrer schlichten Aufmachung nicht viel her.

Bei den Weinen ist die Auswahl noch größer als beim Bier. Der Raum reicht so weit, dass ich das Ende am Anfang nicht absehen kann. Fässer zum Selbstabfüllen und zu beiden Sei-

101 Von der Form her ähneln sie Champagner- oder Prosecco-Flaschen.

ten vom Boden bis zur Decke Regale voller Soave, Pinot grigio, Primitivo, Traminer, Burgunder, Chablis, Riesling, Sauvignon, Chardonnay, Cabernet, Merlot, Chianti, Morellino, Brunello, Sagrantino et cetera. In einer Ecke verbirgt sich hinter einer Glastür der *cult wine cellar,* wie es auf dem laminierten Schild an der Tür heißt, der nur mit einem Eataly-Mitarbeiter betreten werden darf. Dort lagern kistenweise Barolo Riserva aus den Neunzigerjahren, für dreihundertfünfundvierzig Euro pro Flasche, oder Einzelstücke wie der Barolo Riserva von 1961 für sechshundertzehn Euro. Der teuerste Wein ist ein 1999er Château d'Yquem, der nach Auskunft der von mir herbeigebetenen Mitarbeiterin sieben Millionen kosten soll. Ich frage mehrmals nach, weil ich es nicht glauben kann. Bestimmt, denke ich, hat sie das Italienische *mila (tausend)* mit dem Englischen *million* gleichgesetzt. Aber sie beharrt darauf: »*Seven million.*« Es ist die einzige Flasche ohne Preisschild. Wäre sie wirklich sieben Millionen wert, denke ich, würde sie in einem Tresor liegen, und das sage ich ihr auch. Ihre Antwort ist ein Kichern. Einen Moment frage ich mich, ob sie aus Unsicherheit oder Überheblichkeit kichert, dann sagt sie, dass Yquem nicht in jedem Jahr einen *Grand Vin* herausbringe, es hänge vom Wetter, manchmal sogar von einzelnen Beeren ab; entspreche die Ernte nicht den Ansprüchen, werde sie anderen Gütern zur Verarbeitung überlassen, der Qualitätsstandard sei extrem hoch, ich könne die Flasche ja kaufen, schlägt sie vor, dann sehe ich ja, wie viel der Yquem tatsächlich koste. Jetzt bin ich es, der kichert. Sie kichert auch noch einmal. Kichernd verabschieden wir uns voneinander.

Weil ich den Apfel, den ich suche, unten nicht finden kann, fahre ich wieder ins Erdgeschoss hinauf. Die Angestellten, die vor mir hergehen, tragen T-Shirts mit suggestiven Botschaften: *Facciamo cose buone (Lasst uns Gutes tun)* oder *La vita è troppo breve per mangiare e bere male (Das Leben ist zu kurz, um schlecht zu essen und zu trinken)* – moderne Mönchskutten, die christli-che Leitsätze wie »Tue Buße« oder »Liebe deinen Nächsten wie dich selbst« variieren und bei mir das Gefühl verstärken, es mit einer äußerst erfolgreichen Sekte zu tun zu haben: Denn die Gänge sind voller Jünger jeden Alters.[102] Die meisten parken ihre Einkaufswagen mitten im Weg und rempeln mich an, wäh-rend ich an ihnen vorbeigehe oder vor einem der Regale stehen bleibe. Entweder haben die Italiener ein grundsätzlich ande-res Verständnis von Nähe und Distanz, oder aber – und das erscheint mir plausibler zu sein – es liegt daran, dass es zwei Arten von Jüngern gibt: Novizen wie mich und die *clienti senior,* die den Laden schon kennen, sich von der breiten Produktpa-lette nicht mehr beeindrucken lassen und daher zielstrebiger einkaufen als die noch begeisterungsfähigen *clienti junior.*

Auf jeden Fall gibt es, was die Kaufkompetenz angeht, Ge-schlechtsunterschiede: Frauen wissen, was sie wollen, Männer wollen, was sie wissen. Mit auf dem Rücken verschränkten Ar-men stehen sie leicht wippend vor den Tafeln und Packungen und informieren sich ausgiebig über die Geschichte, den Ur-sprung, die Herstellung, Zusammensetzung und Zubereitung der Produkte. Erst dann treffen sie eine Entscheidung. Sind sie nicht allein – wie der Mann vor mir –, sprechen sie sich mit ih-rer Partnerin ab. Nicht selten müssen sie das, was sie nach lan-gem Studium ausgewählt haben, wieder zurücklegen, weil ihre Partnerin in der Zwischenzeit eine andere, höherwertige Sorte in den Einkaufswagen gelegt hat und dies überzeugend begrün-den kann – allen Tafel- und Packungsangaben zum Trotz. Der Mann protestiert, die Frau erwidert etwas, erst ruhig und sach-

---

102 Die *Brand*-T-Shirts haben einen ähnlichen Effekt wie Band-T-Shirts. Sie erfüllen die Funktion von Uniformen: verweisen auf eine Leidenschaft, eine Bezugsgröße; sind ein Statement, Ausdruck einer Haltung, und ein Distinktionsmerkmal.

lich argumentierend, dann, als sie weiteren Widerstand spürt, lauter und lauter werdend. Ich bin schon versucht, zu ihnen hinzugehen und zu sagen: »Leute, entspannt euch, *wir sitzen alle im selben Boot*«, aber ehe ich dieser Überlegung eine Tat folgen lassen kann, beruhigen sie sich wieder und setzen ihren Einkauf fort. Bei Eataly, das fällt mir erst jetzt auf, sind nur wenige Männer unterwegs, es gibt einen deutlichen Frauenüberschuss, und die meisten von ihnen scheinen, nach dem Umfang dessen zu urteilen, was sie in ihre Taschen stopfen, Mütter von Großfamilien zu sein.

Endlich bin ich in der Obstabteilung angekommen. Die Odyssee durch die mediterrane Küche ist allein meine Schuld; ich hätte am Anfang meines Rundganges nur rechts abbiegen müssen, schon wäre ich am Ziel gewesen: Unter den Markisen türmen sich auf den Marktständen Apfel- und Birnenberge, Grapefruits, Mangos, Melonen, Orangen, Kiwi, Trauben, Erdbeeren, Himbeeren, Brombeeren, Johannisbeeren, Zitronen, Pflaumen, Kirschen, Aprikosen, Pampelmusen, Rhabarber – nicht alles davon kann von regionalen Anbietern stammen, wie die Werbung von Eataly mich glauben machen will. Aber ich bin nicht hier, um die Marketingstrategien des Hauses investigativ zu hinterfragen,[103] sondern um mir einen Apfel zu kaufen, ganz gleich, von welcher Sorte, nur einen einzigen Apfel, den ich, so stelle ich es mir vor, draußen auf dem Vorplatz, auf einer der Bänke sitzend und in die Sonne blinzelnd, essen werde. Ich greife mir einen der *Mele Golden* heraus – ei-

---

103 Zu den Eataly-Werten gehört nicht nur Qualität, sondern auch moralische Integrität: In Rom soll Farinetti den Mozzarella-Produzenten Roberto Battaglia auch deshalb in seinen Gourmettempel aufgenommen haben, weil dieser sich offen gegen die Mafia gestellt hat. In Caserta, in der Region Kampanien, hatte Battaglia die Schutzgelderpresser der Camorra angezeigt, anstatt zu zahlen, und dafür gesorgt, dass einige Mafiosi zu langen Haftstrafen verurteilt wurden.

nen *Golden Delicious.* »Der Apfel«, heißt es auf einem an der Kiste festgeklemmten laminierten Stück Papier, »ist besonders geeignet bei Magenbeschwerden – wegen seines hohen Gehalts an Pektinen. Pektine reduzieren außerdem die Cholesterinaufnahme und führen teilweise zu einem Sättigungsgefühl. In der Vergangenheit wurde der Apfel aufgrund der faserigen Struktur, die zu einer bestimmten Resistenz beim Kauen führt, als Zahnpflegemittel benutzt. Der Apfel führt deshalb zu einer Kräftigung der Zähne, des Kiefers und des Zahnfleisches. Außerdem stimuliert er den Speichelfluss und somit die Reinigung der Zähne. Überdies wird ihm eine harntreibende Wirkung zugesprochen.« Ich habe weder Magenbeschwerden noch Cholesterinprobleme, aber ich sehne mich nach einem Sättigungsgefühl. Er liegt gut in meiner Hand, und ich will damit schon zur Kasse gehen, als mich eine Angestellte – *Tara,* wie ich ihrem Namensschild entnehme – darauf aufmerksam macht, dass ich ihn erst abwiegen lassen müsse. Sie bittet mich, mich in die Schlange vor der Waage einzureihen. Ich stehe an siebenter Stelle. Während die eine Angestellte die Früchte abwiegt, füllt die andere die Bestände auf. Es geht nur langsam voran. Immer wenn jemand vor mir gesagt hat, was er haben will, fällt ihm, nachdem das abgewogen ist, ein, dass er noch mehr braucht, noch ein paar Weintrauben, Orangen, Bananen.[104] Nach fünfzehn Minuten stehe ich endlich vor der Waage. Tara, die mich, da sie blaue Einweghandschuhe trägt, an eine Krankenschwester erinnert, tadelt mich, dass ich mir den Apfel selbst genommen habe. Das sei doch, erklärt sie, ihre Aufgabe, dafür habe man sie schließlich eingestellt. Während ich mich frage, ob sie mit diesem Hinweis auf Adam und Eva anspielt – der Mann,

---

104 Ich mache ein Foto von mir mit Apfel, ein Apfel-Selfie, ich schreibe *Gegen die Äpfel* dazu und schicke es Tom Smith.

der der Versuchung nicht widerstehen kann; die Frau, die ihm den Apfel reicht; der Baum der Erkenntnis, das Symbol der Sünde et cetera –, wiegt sie ihn ab, wickelt ihn in eine Plastiktüte ein und klebt das Etikett drauf.[105] Als sie sich zum nächsten Kunden umwendet, sehe ich, was auf ihrem T-Shirt steht: *Siamo tutti contadini (Wir sind alle Bauern)*, was nichts anderes heißt als: »Wir sind alle gleich, *wir sitzen alle im selben Boot*«,[106] eine verwirklichte Utopie.[107] Und weitere zehn Minuten später habe ich auch die Schlange vor der Kasse[108] überwunden. Jetzt ist es allerdings schon zu spät, um den Apfel in Ruhe zu essen. Ich muss noch duschen und mich umziehen, um zwanzig Uhr bin ich zu *Leggere è un'avventura (Lesen ist ein Abenteuer)*, zum Buchmesseempfang der großen literarischen Verlage Rizzoli, Bompiani, BUR[109] und Fabbri[110] eingeladen – im Kongresssaal, im ersten Stock von Eataly.

105 Der Apfel wiegt zweihundertdreißig Gramm, ein Kilogramm kostet 2,50 Euro. Das ist günstiger als im LPG-Biomarkt in Berlin-Kreuzberg, dort kostet ein Kilogramm 3,19 Euro – wenn man, wie ich, kein Mitglied ist. Bei Kaiser's dagegen ist der Preis mit 2,49 Euro pro Kilo nahezu identisch mit dem von Eataly.

106 Außer Farinetti, der ist bekanntlich der König. Was ist die Botschaft der T-Shirts? »Alles Bauern, außer mir?«

107 Aber was für eine Utopie ist das? Eine Konzernutopie? Eine Art Firmenfeudalismus? *L'entreprise, c'est moi?*

108 Ich zahle achtundfünfzig Cent.

109 Biblioteca Universale Rizzoli.

110 Die Verlage sind allesamt Teil des Mailänder Medienkonzerns RCS. Inzwischen gehören dem börsennotierten Unternehmen Zeitungen, Zeitschriften, Radio- und Fernsehsender und Online-Nachrichtenportale. Fiat hält etwa siebzehn Prozent der Aktien. Andere Anteilseigner sind Mediobanca und Pirelli. In New York, an der siebenundfünfzigsten Straße, existierte bis Anfang April 2014 der Rizzoli Bookstore. Seine hölzernen Wandverkleidungen, geschwungenen Marmortreppen, goldenen Kronleuchter und stuckverzierten Gewölbe gaben mir bei meinen Besuchen immer das Gefühl, in einen Buchpalast einzutreten, in eine königliche Bibliothek, die man dem gemeinen Volk überlassen hatte. Das hundertundneun Jahre alte Gebäude soll jetzt bald abgerissen werden, um Luxusapartments Platz zu

machen. Seit der Jahrtausendwende hat Rizzoli eine eigenständige Buchhandlung in den USA nach der anderen geschlossen, jetzt gibt es nur noch
zwei Buchabteilungen, eine im 2010 eröffneten Eataly Food Megastore,
eine bei Saks, beide in der Fifth Avenue in Manhattan. Dort werden hauptsächlich Koch- und Reisebücher angeboten – oder Coffee Table Books.

12

Ich bin pünktlich und darum vor allen anderen da. Die Kellner bauen noch die Tische auf, gruppieren die Gläser am Ausschank, platzieren Käse- und Salami-Teller auf den Tischen und Becher mit Tintenfischsalat, Thunfischstücken oder Büffelmozzarella in Tomatensoße. Als Antialkoholiker[111] habe ich die Wahl zwischen Wasser, Chinotto und Ingwerlimonade. Die Erste, die mich anspricht, ist eine etwa gleichaltrige Frau namens Anna Falavena. Bis vor Kurzem hat sie bei Bompiani gearbeitet, in der Lizenz-Abteilung, jetzt leitet sie die Lizenz-Abteilung beim Mutterkonzern RCS. Sie spricht fließend Deutsch, hat die Sprache in der Schule gelernt und ihre Sommerferien oft in der Nähe von Frankfurt verbracht. Wir unterhalten uns übers Lesen – *Lesen ist ein Abenteuer* ist schließlich das Motto des Abends –, was für ein Wahnsinn das sei, immerzu lesen zu müssen, beruflich, dass man zu dem, was man eigentlich lesen wolle, nicht mehr komme und dann den Spaß verliere, privat überhaupt noch zu lesen.

»Andere Künste wie Musik oder bildende und darstellende Kunst haben es da leichter«, sage ich, »die Rezeption geht schneller; um sich einen ersten Eindruck zu verschaffen, reichen Minuten.«

»Aber nicht, um mitreden zu können«, sagt Anna Falavena. »Dafür muss man wiederum sehr viel lesen.«

»Ein Teufelskreis.«

»Ein schöner Teufelskreis.«

Nach und nach füllt sich der Raum. Die Pressedamen von

---

111 Ich habe Anfang des Jahres aufgehört. Nicht weil ich Probleme gehabt hätte, sondern weil ich ausprobieren wollte, wie es ist, keinen Alkohol mehr zu trinken. Seitdem geht es mir besser als je zuvor. Nur auf Partys kommt es zu vorgerückter Stunde zu Kommunikationsstörungen, die mich jedes Mal dazu veranlassen, früher nach Hause zu gehen, weil ich den Anblick rapiden körperlichen und geistigen Verfalls nicht ertragen kann.

Bompiani sind überrascht, mich hier vorzufinden, sie hatten sich gewundert, warum ich nicht zur vereinbarten Zeit in der Lobby gewesen oder ans Zimmertelefon gegangen sei. Sie hatten mich schon verloren geglaubt. Ich sage, ich sei zur vereinbarten Zeit im Hotel gewesen, und weil ich dort niemanden angetroffen hätte, sei ich hierhergekommen.

Alle sind in Abendgarderobe gekleidet, in meinem roten Hemd, der Jeans und den roten Chucks bin ich total *underdressed*. Die Frauen tragen die tollsten Kleider, die Männer perfekt sitzende Anzüge, fast alle sehen aus, als würden sie als Models für eine der berühmten italienischen Modefirmen arbeiten statt als Verleger, Lektoren oder Agenten. So eine geballte Eleganz und Stilsicherheit gibt es im deutschen Literaturbetrieb nicht. Ich kann mich an ihren Körpern und Kleidern gar nicht sattsehen. Wie auf Drogen laufe ich an den Gruppen vorbei, ich lächele diesem und jenem zu, ohne mich in ein Gespräch verwickeln zu lassen. Ich muss, wie so oft, an David denken, an sein Turiner Tagebuch, dass er sich hier zwar sehr allein gefühlt habe, aber nicht einsam. Im Gegenteil. Das Gefühl, in der Stadt, in der Fremde jederzeit untertauchen zu können, sei sehr angenehm gewesen: »Wieder dieses Gefühl vom Verschwinden.« Ich merke, wie ich selbst langsam verschwinde, wie ich mich im Neuen auflöse.

Ich erkenne den Fernsehmoderator Massimo Coppola und einen der Finalisten der Schriftsteller-Castingshow *Masterpiece*, Lorenzo Vargas – der Einzige hier, der mit seiner Brille, seiner Wuschelfrisur und seinen großen, langen Ohrringen wie ein exzentrischer Langzeitstudent aussieht –, und zwischen all den Köpfen: den deutschen Verleger Marcel Hartges[112]. Aber

---

112 Marcel Hartges war, wie so einige in den vergangenen Jahren, auch einmal DuMont-Verleger, von 2006 bis 2009, vor meinem Verleger (der ja

mit ihm ist es wie mit dem Scheinriesen in Lummerland, je näher man ihm kommt, desto kleiner wird er. Immer wenn ich mich zu ihm durchgekämpft habe, ist er verschwunden, sehe ich ihn wieder und gehe auf ihn zu, ist er plötzlich weg. Dafür treffe ich Nikola P. Savic, der draußen auf der Dachterrasse mit einer jungen, blonden Frau am Tisch sitzt.

»Hast du was zu rauchen?«, fragt er mich.

Ich schüttle den Kopf.

»Wie schade. Es ist ziemlich hart, hier heute was zu rauchen zu kriegen. Letztes Jahr war's leichter.«

»Was ist passiert? Ist dein Dealer gestorben?«

»Wir sind einfach am falschen Ort.«

»Was hast du bei Eataly erwartet? Bio-Gras aus der Toskana?«

»Wir werden hier eh nicht mehr allzu lange bleiben.«

»Warum?«

»Hörst du was?«

»Was sollte ich denn hören?«

»Nichts.«

»Nichts?«

»Ganz genau. Zu nichts kann man nämlich nicht tanzen.« Es gebe noch zwei andere Partys, sagt er, die Scuola Holden Party – das Fest der örtlichen Schreibschule[113], die von Alessandro

auch schon wieder Ex-DuMont-Verleger ist). Hartges leitet derzeit den Piper Verlag in München.

113   Die Schule, benannt nach Holden Caulfield, dem wohl berühmtesten Schulhasser der Welt, bekannt aus J. D. Salingers Roman *Der Fänger im Roggen,* entstand 1994, um Geschichtenerzähler auszubilden – Schriftsteller, Journalisten oder Comiczeichner, Drehbuchautoren, Dramatiker oder Schauspieler, Liedermacher, Regisseure oder Spielentwickler. Ziel sei es, heißt es auf der Website, ein Publikum »zu überzeugen, zu unterhalten oder zu unterweisen«. Zu den Studiengängen zählen *Schauspiel, crossmediales Erzählen, Filmemachen, Reale Welt* (»Geschichten so gut erzählen, dass man vergisst, dass sie tatsächlich stattgefunden haben«), *Schreiben* und *Serien.* Die bekanntesten Gastdozenten der vergangenen Jahre waren Ian McEwan, Werner Herzog, James Ellroy, Elizabeth Strout

Baricco gegründet wurde – und die von Minimum Fax[114], da sei mehr los, aber erst später, er nehme mich mit, wenn ich mich hier nicht allzu brav verhalte.

Ich verspreche es ihm und frage seine Begleitung, ob sie auch im Buchbusiness arbeite.

»Sehe ich so aus?«, sagt sie und zeigt auf ihre Tattoos, ihre gefärbten Haare, ihre Augenringe. »Ich bin beim Fernsehen.«

»Hinter der Kamera?«

Sie nickt. »Visagistin.«

Als ich mir etwas zu trinken holen will, fängt mich Oliviero Toscani[115] ab, der bei Bompiani fürs Taschenbuch zuständig ist. Sein Anzug sitzt perfekt, sein Bart ist akkurat gestutzt, sein Englisch von einer Makellosigkeit und Eleganz, wie ich sie

---

und David Sedaris. Zwanzig bis fünfundzwanzig Studenten werden pro Zyklus aufgenommen, die Ausbildung dauert vierundzwanzig Monate und kostet zwanzigtausend Euro. Dafür erhält man Seminare bei Schriftstellern, einen Tutor, einen Laptop auf Leihbasis und ein persönliches Fitnessprogramm. Was für eine Literatur, frage ich mich, entsteht unter solchen Bedingungen? Die von dem deutschen Schreibschulabsolventen Florian Kessler im Frühjahr in der Wochenzeitung *Die Zeit* angestoßene Debatte *(Lasst mich durch, ich bin Arztsohn)*, dass sich das Bürgertum in solchen Institutionen perpetuiert, könnte in Italien in verschärfter Form fortgesetzt werden. Die Scuola Holden ist in der ehemaligen Cavalli-Kaserne an der Piazza Borgo Dora untergebracht, einem burgartigen Backsteinbau aus dem 19. Jahrhundert. Seit 2012 sind der Verlag Feltrinelli, seit 2013 die Lebensmittelhandelskette Eataly Mitgesellschafter. Das hat den Vorteil, dass die Studenten seitdem auch kostenlose Kurse in Ernährungserziehung belegen und so ein »ernährungsphysiologisches Bewusstsein« erlangen können.

114 Minimum Fax ist ein in Rom ansässiger Kleinverlag, der anspruchsvolle und aufwendig gestaltete Bücher veröffentlicht, Essays von David Foster Wallace, Kurzgeschichten von George Saunders oder Raymond Carver, den Twitter-Roman *Scatola nera (Black Box)* von Jennifer Egan, Interviews mit Werner Herzog, die Autobiografie von Lydia Davis etc.

115 Nicht zu verwechseln mit dem gleichnamigen Fotografen, der durch seine Benetton-Werbebilder von Aidskranken, Todeskandidaten, Kriegsopfern und Magersüchtigen bekannt geworden ist.

selbst in England nicht erlebt habe. Er zeigt auf die Leute und erklärt mir, wer sie sind und was sie machen.

Ich frage ihn, wo Mario Fortunato sei.

Der, sagt er, sei schon abgereist. Mario sei nach unserem Gespräch auf der Buchmesse sehr erschöpft gewesen und habe gleich den nächstmöglichen Zug Richtung Rom genommen. Dann stellt er mir eine große, blonde Frau mit Sommersprossen vor, Vicki Satlow, Literaturagentin aus Mailand. Sie ist halb Amerikanerin, halb Italienerin und vermittelt Texte in beide Sprachen – und ist nicht nur wie ein Model gekleidet, sondern sieht auch so aus wie eins.

Toscani sagt zu ihr, dass ich einen gewaltigen Roman geschrieben hätte, und sie sagt, wie sehr sie gewaltige Romane liebe und dass sie Joël Dickers achthundertseitiges Manuskript von *Die Wahrheit über den Fall Harry Quebert* in nur einer Nacht gelesen habe, von neun Uhr abends bis sechs Uhr morgens; und während wir dort stehen und uns darüber unterhalten, dass Länge doch entscheidend sei, winkt Oliviero den jungen italienischen Schriftsteller Vincenzo Latronico hinzu, der mit seinen dichten, braunen Haaren, seinem Stoppelbart, dem karierten Hemd und dem blauen Jackett in Berlin nicht auffallen würde, aber hier – im Kontrast zu den anderen – übermäßig lässig wirkt.

Wie sich herausstellt, hat er in den vergangenen fünf Jahren in Berlin gelebt, in Neukölln, in der Nähe des S-Bahn-Rings, in der Thomasstraße, also nicht im hippen Neukölln oder, da diese Gegend an das Tempelhofer Feld grenzt, im damals noch nicht hippen Neukölln. Er sei der Liebe wegen dorthin gegangen, ins deutsche Exil, und jetzt sei er einer anderen Liebe wegen nach Turin gezogen. Vor ein paar Jahren habe er, wie mir Oliviero in seinem Beisein zuflüstert, in Italien für Aufsehen gesorgt, weil er in einem Artikel das Ende des gedruckten Buchzeitalters heraufbeschwor und sich offen dazu bekannte, E-Books illegal aus dem Netz herunterzuladen. Und in einem anderen Essay schrieb er darüber, warum er in Berlin kein Deutsch gelernt habe: weil es nicht notwendig gewesen sei. Zu dieser These stehe er immer noch: Anders als Mark Twain mehr als hundert Jahre zuvor müsse heute kein fremdsprachiger Schriftsteller in Deutschland mehr Deutsch sprechen können, Englisch sei die neue *lingua franca.*

»Aber durch diese Vereinfachung«, sage ich, »geht doch etwas verloren.«

»Es geht sehr viel verloren, oft mehr, als wir uns vorstellen können«, sagt Vincenzo. »Je schlechter unser Englisch ist, desto weniger lässt sich sagen. Und das führt im Extremfall sogar dazu, dass wir im Englischen eine andere Position einnehmen als in unserer Muttersprache, aus dem einfachen Grund, weil wir nicht in der Lage sind, unsere Grundposition in der Fremdsprache zu verbalisieren.«

»Du kannst immer noch ›Ja‹ und ›Nein‹ sagen, Sympathie und Antipathie bekunden.«

»Das stimmt, aber ausgehend von der Sapir-Whorf-Hypothese, dass Sprache das Denken forme, nehme ich an, dass man sich irgendwann kognitiv seinen Ausdrucksmöglichkeiten anpasst. Du bist, was du sagen kannst, auch wenn du nicht sagen kannst, was du bist.«[116]

»Wir werden unsere Identitäten verlieren.«

»Wir werden eins sein.«

»Weltbürger.«

»Aber nur für kurze Zeit.«

»Nur ein paar Jahrhunderte.«

---

116 Diese Erkenntnis bringt die Wahrnehmung meines Aufenthaltes auf den Punkt. Das Problem, in einem Land zu sein, dessen Sprache ich nicht beherrsche. Ich bin nur das, was ich verstehe, auch wenn ich nicht verstehe, was ich bin.

»Bis sich die Sprache wieder ausdifferenziert.«

»Oder Außerirdische die Menschheit auslöschen.«

»Aber nicht, indem sie uns abschlachten, sondern indem sie uns die Sprache nehmen.«

Ich glaube, einen Seelenverwandten gefunden zu haben, mein zehn Jahre jüngeres Ich. Doch ein Blick auf seinen Lebenslauf genügt – ich bin verwundert, hier Internetzugang zu haben –, um zu erkennen, wie weit wir voneinander entfernt sind. Er ist erst dreißig Jahre alt, schreibt für Zeitungen und Zeitschriften wie *Corriere della Sera* und *frieze*[117], hat schon Bücher von P. G. Wodehouse, Hanif Kureishi, Nick McDonell, Daniel Spoerri und F. Scott Fitzgerald ins Italienische übersetzt und drei Romane mit großartigen Titeln veröffentlicht: *Ginnastica e Rivoluzione (Gymnastik und Revolution), La cospirazione delle colombe (Die Verschwörung der Tauben)*[118] und *La mentalità dell'alveare (Die Bienenstock-Mentalität)*. Bei Wikipedia steht, er sei arrogant und böse, aber auf mich macht er eher einen unbeteiligten Eindruck, so als wolle er gar nicht auf dieser Party sein, als sehne er sich nach anderen Leuten, einer anderen Stimmung, als löse das, was ich an den Italienern bewundere, bei ihm bloß Verachtung aus.

Ich verlasse die anderen, um mir jetzt endlich etwas zu trinken zu besorgen und Marcel Hartges anzusprechen, den ich in der Menge stehen sehe, aber ehe ich zu ihm oder dem Getränkestand durchdringen kann, spricht mich eine junge Frau an – dunkle Haare, feine Gesichtszüge, schwarzes Kleid: »Du bist doch Jan Brandt. Wir kennen uns.«

»Woher?«

---

117 *frieze* ist ein 1991 gegründetes englischsprachiges Kunstmagazin. Die deutsch-englische Ausgabe *frieze d/e* erscheint seit April 2011.

118 Erscheint im Frühjahr 2016 auf Deutsch beim Schweizer Secession Verlag.

»Von DuMont.«

Ich versuche gleichzeitig zu starren und zu denken, in der Hoffnung, dass es klick macht.

»Ich bin ██████████.«

Aber es macht nicht klick.

»Ich war da, als dein Buch erschienen ist, als Praktikantin.«

»Ach ja«, sage ich, ohne mich an sie erinnern zu können. Bei DuMont ist ein ständiges Kommen und Gehen, in den vergangenen fünf Jahren gab es vier Verleger, drei Vertriebschefs, zwei Programmleiter für ausländische Literatur, vom Verschleiß junger, fleißiger Praktikantinnen im Lektorat oder in der Presseabteilung ganz zu schweigen; ich bin froh, dass ich den Namen meines Lektors noch weiß.[119]

Wie sich herausstellt, hat ██████████ an der ████████████ ██████████ studiert. Sie habe, sagt sie, ███████████████████ ███, dann aber, █████████████████████████████████ ██████████ und anschließend an der ████████████████████ Seminare in ██████████████████████ belegt, Auslandssemester in ██████████████████ verbracht, bevor sie ins Verlagswesen eingestiegen ist. Jetzt arbeitet sie als Übersetzerin und schreibt an einer Doktorarbeit über das Motiv der Unschuld im Werk von ██████████.

Wir gehen wieder nach draußen, stellen uns an die Balustrade, schauen schweigend auf die Via Nizza hinab, froh, dem Trubel hinter uns für eine Weile entkommen zu sein. Kleinwagen und Motorräder rollen von der Buchmesse her unter Drähten hindurch in die Stadt hinein; an den Masten längs der Fahrbahn werben Fahnen fürs hiesige Europa-League-Finale. Die Häuser gegenüber mit den landestypischen, hölzernen Fensterläden. Zwischen einer Panetteria und einer Erboristeria – einer Bä-

---

119 Markus Kordić.

ckerei und einer Kräuterhandlung – der letzte Rest der hier in der Gegend einst so stark vertretenen Automobilindustrie: der Reifenhändler Pneus Lingotto.

██████████, die alles von Italo Calvino gelesen hat, erzählt angesichts unserer Position von Herrn Palomar, Calvinos letztem Helden, wie er auf seiner Terrasse in Rom steht und von diesem Beobachtungsposten aus die Welt betrachtet, die Tauben, die Geckos, die Stare; wie sie über den Dächern kreisen oder an den Scheiben haften; wie sie seine Pflanzen zerstören oder Insekten fangen oder sich immer wieder neu formieren; wie die Tiere ihn mit ihrer Anwesenheit in einen Bann schlagen, aus dem er sich nicht zu lösen vermag; wie sich die Eindrücke in seinem Kopf vervielfachen, bis sie sich überschneiden, durchdringen, miteinander verschmelzen – und schließlich in einem einzigen Gedanken gegenseitig aufheben.

Wir wenden uns um und schauen uns jetzt palomarisch die Gäste an, wie sie in Gruppen beieinanderstehen und reden und lachen und trinken; wie sie vor- und zurücktreten, Lücken reißen und Lücken schließen; wie sie sich vom einen zum anderen gesellen und auf die nächste Gelegenheit warten, wieder verschwinden zu können; wohin sie blicken (auf den Boden, in den Himmel oder ihrem Gegenüber in die Augen), welche Bewegungen sie vollführen (ein Kratzen am Ohr, eine Verlagerung des Standbeines, ein Streichen durchs Haar); und bald kommt uns ihr Treiben vor wie ein Tanz, ein Gesprächsreigen.

Als ████████s Wein leer ist, gehen wir zum Getränketisch hinüber. Ich hoffe, endlich auch wieder etwas bestellen zu können, aber ehe wir den Stand erreichen, begegnen wir einer anderen Frau, die mich mit »Sie sind doch Jan Brandt« anspricht. Im ersten Moment will mir auch nicht einfallen, wer sie ist, doch dann erinnere ich mich an unsere bisher einzige Begegnung, auf meiner Lesereise im Bürgerhaus in Pullach: die Verlegerin Tanja Graf. Eine Autorin ihres Verlags, Daniela Krien, und ich waren eingeladen, aus unseren Büchern zu lesen; ihres handelt vom Ende der DDR, meins vom Ende der BRD, und mit einem Mal saßen wir nebeneinander am Ende des Neuen Deutschlands. Tanja Graf hatte ihre Eltern mitgebracht, ich hatte einige Freunde und Bekannte aus München mobilisiert, ansonsten war niemand gekommen. Hinterher saß ich noch lange allein im Treibhaus, der Hausbar, zwischen Farnen und Fici, an mit Leopardenfellimitattüchern bedeckten Plastiktischen, bestellte ein Helles nach dem anderen und trank mich, zu Dschungelmusik schunkelnd, in den Schlaf. Wir lassen jenen Abend noch einmal Revue passieren und unterhalten uns dann, weil sie fragt, ob ich schon an etwas Neuem arbeite, und ich nicht darüber sprechen will, über Italien, das Klima, die Atmosphäre, die Literatur. Wie offen hier alles ist, wie weit, wie hell, wie aus jedem Satz diese Beschwingtheit herausleuchtet, die Musikalität der Sprache.

»Daniela Krien«, sagt Tanja Graf schließlich, »hat gerade ein neues Buch veröffentlicht, ein Band mit Erzählungen. Wann kann man denn von Ihnen wieder etwas lesen?«

»In ein paar Jahren.«

»Sie wägen wohl jedes Wort ab, was?«

»Ich bin Schriftsteller«, sage ich. »Ich schreibe jeden Tag einen Satz und lösche ihn am nächsten Tag wieder.«

»Dann werden Sie ja niemals fertig.«

»Geht es darum? Ums Fertigwerden?«

»Im Buchgeschäft schon.«

Um uns herum leert es sich allmählich, auch Tanja Graf verabschiedet sich. Ich suche nach Nikola, der mich mit auf eine der anderen Partys nehmen wollte, aber ich kann ihn nirgends sehen, offenbar bin ich zu brav gewesen. Zum Glück hat ██████ ██████ auch eine Einladungskarte für die Minimum-Fax-Party, die sei, sagt sie, so ähnlich wie die Party vom deutschen Tropen Verlag bei der Buchmesse in Leipzig, also ganz anders als dieser Empfang hier, jünger, subversiver, exzessiver.

Wir holen unsere Jacken, steigen die Treppen hinab, treten auf den Vorplatz, winken ein Taxi heran und setzen uns hinein. Wir – das sind: Louisa, eine Agentin aus England, Urpu, die als Managerin bei einer finnischen Verlagsgruppe namens Art House arbeitet, Louise, zuständig für Rechte und Lizenzen beim französischen Verlag Belfond, ████████ und ich. Der Taxifahrer hat Dutzende Bonbonverpackungen zu Papierschiffchen gefaltet und aufs Armaturenbrett geklebt.

Was es damit auf sich habe, will ich wissen.

»Langeweile«, sagt der Taxifahrer.

13

Die Minimum-Fax-Party findet im Clubhaus der Società Canottieri Esperia statt. Es sieht aus wie das prächtige Anwesen einer bedeutenden studentischen Verbindung, eine Villa am östlichen Ufer des Po. Die Frauen zeigen den Türstehern ihre glänzenden Einladungskarten. Als wir die Treppe hochsteigen, durch einen Vorraum mit gekreuzten Holzpaddeln an den Wänden gehen und eine gläserne Flügeltür aufschieben, stehen wir tatsächlich in einem Ballsaal. Über dem Parkett schwebt das Holzskelett eines Urzeitwales, von den Pokalvitrinen links und rechts vom Eingang blinken bunte Lichter, auf der Bühne wippen drei DJs vor ihren Plattentellern. Hinter ihnen auf einer Leinwand, die vom Fußboden bis zur Decke reicht, blitzen Buchcover auf und verschwinden wieder.

Ich kaufe vier Getränkemarken und bestelle an der Bar Cocktails und Cola. Während ich auf die Getränke warte, sehe ich, dass die Regale mit den Flaschen aus aufgerichteten Ruderbooten bestehen und über der Theke eine weiße Fahne hängt – als Zeichen der Kapitulation. Ich sei, sagt der Barkeeper, der Letzte, dem noch ausgeschenkt werde, dann gebe es erst wieder etwas, wenn der Nachschub durchkomme. Ich verteile die Gläser an die Umstehenden, wir gehen hinaus in den Garten und schauen aufs Wasser, auf die Lichter der Altstadt, die Partymeute auf der anderen Seite des Flusses.

»Ist es nicht schön«, sagt ▇▇▇▇▇▇, traumverloren aufs andere Ufer blickend, »niemand zu sein?«

Ich trinke die Cola auf Ex und sage, ein Rülpsen unterdrückend: »Was meinst du?«

»Keiner kennt mich hier.«

»Mich schon.«

»Ach«, sie macht eine wegwerfende Handbewegung und sieht

mich an, »die paar, die sind auch nicht sie selbst. Wir sind doch alle nicht echt hier.«

»Du vielleicht nicht. Ich aber bin ich. Ich werde zumindest als ich wahrgenommen.«

»Das meinst du bloß. Auch du hast dich vom ersten Moment an, seit du hier bist, zu verändern begonnen. Geht dir das nicht so, dass du alles viel intensiver wahrnimmst, weil alles neu ist? Mir ging das jedenfalls so, als ich zum ersten Mal hier war.«

»Doch«, sage ich, »das schon.«

»Wir sind gerade dabei, uns zu befreien.«

»Klingt fast, als wolltest du hierbleiben.«

»Ich genieße es einfach, dass wir uns hier viel mehr auf uns konzentrieren können. Auf den Buchmessen in Frankfurt oder Leipzig herrscht ja dieser ständige Druck, die Spannung halten zu müssen, damit das Gespräch nicht abreißt, weil jeder, mit dem du redest, sich schon nach dem ersten Satz, den du sagst, umschaut, ob nicht noch jemand Interessanteres da ist.«

»Ich könnte hier auch einfach gehen und mit jemand anderem reden.«

»Machst du aber nicht.«

»Was wäre«, sage ich, »wenn es anders herum wäre, wenn wir alle, die hier sind, kennen würden, wenn wir uns mit allen unterhielten, wenn uns alle in wenigen Minuten so vertraut wären wie langjährige Freunde?«

»Das wär doch die Hölle.« Und dann erzählt sie von Cloe, eine der unsichtbaren Städte Calvinos, deren Einwohner grußlos aneinander vorbeigehen. Was für uns selbstverständlich ist, existiert bei ihnen nur in der Vorstellung: Begegnungen, Unterhaltungen, Liebkosungen. Sie sprechen miteinander, ohne Worte zu wechseln, berühren sich gegenseitig, ohne sich jemals nahezukommen, blicken sich an, ohne die Augen aufzuschlagen. »Cloe«, sagt ██████████, »ist die keuscheste aller Städte, und womöglich ist sie die glücklichste. Solange nichts von dem, was sich die Leute erträumen, Wirklichkeit wird, bleiben sie von Missverständnissen, Enttäuschungen, Verletzungen jeder Art verschont. Ihre Fantasie hält sie am Leben.«

»Ihre Fantasie«, sage ich, »ist ihr Verderben. Wie sollen sie sich fortpflanzen?«

»Dass du gleich daran denkst!«

»Nein«, sage ich. »Ganz im Ernst jetzt.«

»Durch die Kraft ihrer Imagination natürlich. Ihre Kinder sind Kopfgeburten.«

Plötzlich, ohne dass ich an ihn gedacht habe, steht Vincenzo Latronico wieder neben mir. Ich stelle ihn ▬▬▬▬ vor und frage ihn, um ein Gespräch zu beginnen, wovon sein jüngstes Buch handele.

»Ich bin viel zu betrunken für diese Art von Unterhaltung.«

Also unterhalten wir uns über Berlin. Er habe viel geschrieben und sei oft spazieren gegangen oder Fahrrad gefahren, um auf andere Gedanken zu kommen, auf dem Tempelhofer Feld, im Preußenpark, in Rixdorf. Er sei in Schöneberg gewesen, in Charlottenburg, Prenzlauer Berg, Mitte, Grunewald, Zehlendorf, Friedenau, selbst die entlegensten Stadtteile habe er sich angeschaut, aber die meiste Zeit habe er in Neukölln und Kreuzberg verbracht. Berlin sei toll, überwältigend, aber seine neue Freundin wohne eben hier, und er habe keine Fernbeziehung führen wollen, außerdem seien die Mieten billiger. Er lebe jetzt gegenüber, auf der anderen Seite des Po, und zeigt auf ein weißes Gebäude, dessen Umrisse sich auf dem Wasser spiegeln. Wir schauen auf einen Palast mit Arkaden und vergoldeten Balkonen an der Piazza Vittorio Veneto. Da koste eine Einzimmerwohnung nur zweihundertfünfzig Euro.

»Turin«, sage ich, »ist das neue Berlin.«

Wie sich herausstellt, haben wir eine gemeinsame Bekannte,

Theresia Enzensberger. Ich erzähle ihm von meiner peinlichen Begegnung mit ihr vor ein paar Wochen in der Bar 3, als ich eine neben ihr stehende Lektorin anschrie – um mir bei dem dort permanent vorherrschenden irren Geräuschpegel Gehör zu verschaffen –, wie alt denn diese Tochter von Hans Magnus Enzensberger sei, und sie selbst mir antwortete: »Achtundzwanzig«, und wie ich dann, wie um diesen Fehler durch einen noch schlimmeren vergessen zu machen, anfing, von ihrem Vater zu erzählen, woraufhin sie sich, ohne ein weiteres Wort zu sagen, abwandte, ein Bier bestellte und nicht mehr zu uns zurückkam.

Vincenzo sagt nichts dazu außer: »War sie mit einer Blonden unterwegs?«

»Ja. Wieso?«

»Ach, nur so.«

Dann sprechen wir über das *Block*-Magazin, das Theresia herausgibt und das sie zurzeit über eine Crowdfunding-Kampagne zu finanzieren versucht. Vincenzo sagt, dass ein Essay von ihm darin erscheinen werde, über die Rolle Deutschlands in Europa: *Man sollte niemals nach Deutschland gehen, Paolo.*

»Wer ist Paolo?«, frage ich.

»Eine Figur aus einem Film.[120] Ein Witwer, der am Grab seiner Frau einem Mann begegnet, der behauptet, mit ihr eine Affäre gehabt zu haben – während er, Paolo, in Deutschland gewesen sei. Der Spruch ist hier in Italien inzwischen zu einem Sprichwort geworden: eine Warnung, dass du das, was du zurücklässt, verlieren wirst.«

Nachdem er sich von uns mit den Worten »Ich glaub, ich

---

120 Er meint den Film *Amici miei* von Mario Monicelli aus dem Jahr 1975, in dem vier erwachsene Freunde den Leuten immer noch Streiche spielen, als könnten sie dadurch ihre Kindheit bis zum Tod verlängern. Der deutsche Titel lautet *Ein irres Klassentreffen*. Monicelli stürzte sich im November 2010 im Alter von fünfundneunzig Jahren aus einem Krankenhaus in Rom.

muss langsam mal nach Hause« verabschiedet hat, nur um sich gleich darauf mit einem neuen Getränk in der Hand zu einer anderen Gruppe zu stellen, kommt Marcel Hartges auf uns zu. Endlich stehe ich ihm unverstellt gegenüber, niemand ist mehr zwischen uns.

Ich sage: »Wir sind die deutsche Delegation hier. Und haben schon den ganzen Abend auf Sie, unseren Ehrengast, gewartet.«

Er sieht mich an, kneift die Augen zusammen, mustert auch die anderen – und geht an uns vorbei, zurück zum Haus, in den Saal hinein, verschwindet in der Menge.

Wir folgen ihm Minuten später, aber nicht, um ihn zu finden oder ebenfalls zu verschwinden, sondern um zu tanzen, ganz vorn vor den Boxen. Der Boden vibriert, die Bässe massieren unsere Blässe, die Musik geht wild durcheinander von Prog-Rock zu Proll-Techno und wieder zurück. Wir tanzen zu jedem Lied, weil es egal ist, weil die Bewegung, der Augenblick zählt. Wir tanzen uns in einen Rausch hinein, bis wir alle vollkommen durchgeschwitzt sind. Zwischendurch gehe ich raus, stelle mich unter die Markise, beuge mich übers Geländer, schaue auf den dunklen, nur von einigen Straßenlaternen beleuchteten Po, und als ich wieder hineingehe, weil Blurs *Song 2* läuft, ist die Magie weg – was aber auch daran liegen könnte, dass der DJ bei jedem »Woohoo« den Regler runterdreht. Offenbar hat er Angst, dass, wenn die Meute kollektiv hochspringt, die Dielen nachgeben und alle auf die unter uns gelagerten Boote krachen. Oder er hofft, dass die Menge selbst das »Woohoo« in einem gemeinsamen Atemzug ausstößt und das ganze Haus zum Einsturz bringt. Aber es schreit kaum jemand »Woohoo«, und es hüpfen auch zu wenige, um die Statik ernsthaft zu gefährden.

Um drei beschließen wir zu gehen, und in dem Moment, als wir unsere Jacken anziehen, sehe ich sie alle noch einmal wieder: Giuseppe Fantasia, den ersten Journalisten, der mich in Turin interviewt hat, einige Pressefrauen von Bompiani und Nikola P. Savic. Er kommt gerade von der Schreibschulparty der Scuola Holden, auf der es, wie er sagt, viel zu brav zugegangen sei. Er lobt mein Durchhaltevermögen. »Ich dachte, du bist längst im Bett.«

»Ich doch nicht«, sage ich. »Ich bin Schriftsteller.«

»Die meisten Schriftsteller sind Langweiler.«

Ich sage ihm, dass ich jetzt gehen werde.

»Warum?«

»Weil ich eine Verabredung habe.«

»Mit wem?«

»Mit drei Mädels. Eine *Ménage-à-quatre.*«

»Das klingt nicht gut. Eine Frau ist toll. Zwei Frauen sind eine Herausforderung. Drei Frauen sind ein Problem.«

»Sprichst du aus eigener Erfahrung?«

»Nein«, sagt er, »du verdammter Glückspilz.« Dann legt er mir die Hände auf die Schultern und küsst mich auf den Mund. »Viel Spaß.«

14

Es dauert fast eine halbe Stunde, ehe wir am Hotel ankommen. Auf der Hinfahrt erschien mir der Weg weniger weit zu sein, und der Preis war ein anderer, aber ich bin zu müde, um mit dem Fahrer darüber zu diskutieren. Er lässt uns vor dem NH-Hotel in der ehemaligen Fiat-Fabrik raus. Ich denke, es ist der Hintereingang meines Hotels, aber als ich mit den Mädels in einem gläsernen Fahrstuhl ohne Infostation hochfahre und eins nach dem anderen aussteigt –

121

Ménage-à-quatre

121 Urpu steigt wie selbstverständlich mit ein, merkt dann aber, dass sie ihre Zimmerkarte an der Rezeption abgegeben hat, und steigt, ehe der Fahrstuhl losgefahren ist, im Erdgeschoss gleich wieder aus. Als ich selbst wieder unten angekommen bin, ist sie verschwunden.

Ménage-à-trois

Ménage-à-deux

122 122 ██████████ und ich stellen fest, dass wir morgen auf den gleichen Flug nach Deutschland gebucht sind. Ich biete ihr an, sie in meinem Wagen mitzunehmen.

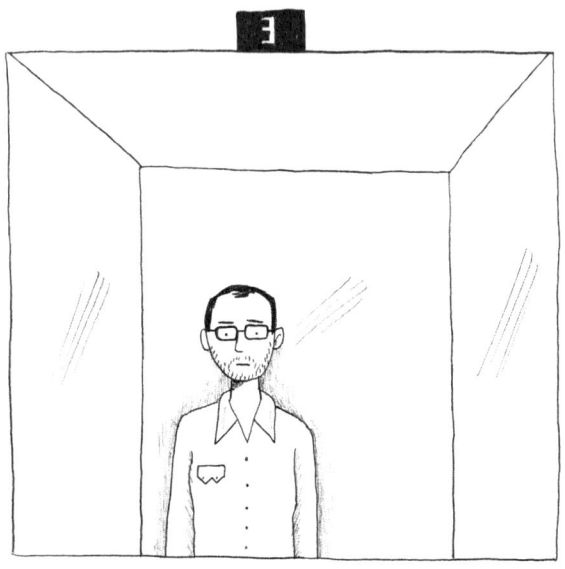

Ménage-à-un

als ich also allein im dritten Stock vor vierstelligen Zimmernummern stehe und es keinen Durchgang zum Vordergebäude gibt, dämmert mir, dass ich im falschen Hotel gelandet bin.

Die Rezeptionistin – *Elena,* wie ich dem Namensschild entnehme – bestätigt dies. »Sie befinden sich im Tech[123], nicht im Lingotto.« Sobald die Shoppingmall geschlossen sei, gebe es keine Möglichkeit mehr, durchs Gebäude von einem Hotel zum anderen zu gelangen, ich müsse außen herum gehen. Sie bietet mir an, auf Kosten des Hauses ein Taxi für mich zu bestellen, was ich, da das andere Hotel nur wenige Hundert Meter entfernt liegt, ablehne.

Auf halbem Weg fällt mir ein, dass ich ███████s Nachnamen gar nicht kenne und ich meinen Facebook-Account deaktiviert habe, also keine Möglichkeit besteht, dass ich sie oder sie mich kontaktieren könnte, um morgen gemeinsam zum Flughafen zu fahren; es sei denn, ich würde in ihrem Hotel frühstücken und auf sie warten. Ich gehe noch einmal zurück, schreibe ihr eine Notiz mit meiner Nummer; und Elena verspricht, ihr den Zettel unter der Tür durchzuschieben.

Als ich im Bett liege, klicke ich mich durch die Fernsehprogramme. Egal, welchen Sender ich einschalte, die Frauen sind alle leicht bekleidet, selbst die Nachrichtensprecherinnen tra-

---

123 Das NH Tech ist wie das NH Lingotto ein Vier-Sterne-Hotel, obwohl »Tech« nach Arbeit klingt, nach proletarischem Pöbel, als gäbe es zwei Klassen von Gästen: die einen, die versteckt im hinteren Teil der ehemaligen Fiat-Werkshalle untergebracht sind, und die anderen, die Besseren, die Vorarbeiter, die Abteilungsleiter, vis-à-vis vom Management. Laut Kriterienkatalog der Sterne-Bewertung sind beide nach einem »*Mystery-Guest-Check*« luxuriöser, die gesamte Hardware ist makelloser und die Dienstleistungsqualität – sofern sich »perfekt« noch steigern lässt – perfekter als die von Drei-Sterne-Hotels.

gen tief ausgeschnittene Blusen oder Miniröcke. Willkommen im Bunga-Bunga-Land.[124]

Dann gehe ich online[125] und lese, dass Conchita Wurst den Eurovision Song Contest gewonnen hat – und dass der Berliner Schriftsteller Jörg Albrecht als Gast auf der Buchmesse in Abu

124 Auf dem Berlusconi-Sender *Canale 5* läuft jeden Abend außer sonntags zur Primetime die Satireshow *Striscia la notizia (Nachrichtenstrip)*. In dieser Sendung tanzen und räkeln sich zwei junge Frauen in Hotpants oder knappen Kleidern auf dem Tisch des Moderatorenduos (u. a. Michelle Hunziker). Diese blonden und brünetten Schreibtischtänzerinnen werden »Veline« genannt. *Velina* heißt »Gewebe«, im italienischen Sprachgebrauch meint der Begriff aber auch eine offizielle, von der Regierung lancierte Nachricht. Eine Studie aus dem Jahr 2006 ergab, dass ein Drittel aller Mädchen unter zwölf Jahren eine *Velina* werden will, Zehntausend bewerben sich jedes Jahr um den Job, das Casting wird live übertragen. In der 2008 eingestellten sechsstündigen Sonntagssendung *Buona Domenica (Guten Sonntag)*, ebenfalls auf *Canale 5*, traten Models im Minirock als *Microfonine (Mikrofönchen)* auf. Und selbst im staatlichen Fernsehen *RAI Uno* werden Quizshows wie *L'eredità (Die Erbschaft)* durch Tanzeinlagen von Go-Go-Girls unterbrochen. »Die Italiener«, schrieb die *New York Times,* »sind besessen von nacktem Fleisch.« Raffaella Silvestri, die *Masterpiece*-Finalistin, veröffentlichte ebendort einen Artikel darüber, wie sehr dieses Fernsehfrauenbild inzwischen zu einem Gesellschaftsbild geworden sei, das anzutasten einer Gotteslästerung gleichkomme. Ohne auch nur eine Zeile von ihr gelesen zu haben, ordneten die Produzenten von *Masterpiece* ihre Texte der Chick-Lit zu. Selbst in Leitartikeln werden Politikerinnen nach ihrem Aussehen beurteilt. Als eine von ihnen, Laura Boldrini, Präsidentin der Abgeordnetenkammer, den allgemeinen Sexismus in den Medien kritisierte – »Es ist nicht hinnehmbar, dass jedes Produkt [in Italien], von Joghurt bis Zahnpasta, mit einem weiblichen Körper vermarktet wird. (…) Dadurch werden Frauen zu Objekten gemacht, mit denen man alles Mögliche anstellen kann« –, erhielt sie Vergewaltigungs-, Folter- und Todesdrohungen. Eine E-Mail lautete: »Du Schlampe gehörst gelyncht.« Eine andere: »Ich wohne weniger als dreißig Kilometer von deinem Haus entfernt. Ich schwöre, ich werde vorbeikommen und dich finden.« In diesem geistigen Klima gedeiht auch der Hass auf Bundeskanzlerin Angela Merkel. Berlusconi bezeichnete sie 2011 in einem heimlich abgehörten Telefongespräch mit einem inzwischen verhafteten Unternehmer als »*culona inchiavabile*« – als »unfickbaren Fettarsch« – und fügte hinzu: »Wenn Merkel das wüsste.«

125 Ich schreibe Tom Smith eine lange E-Mail mit dem Betreff *Gegen die Liebe*, erzähle ihm von meinem Abend und schicke ihm die Fotos, die ich über den Tag hinweg gemacht habe.

Dhabi verhaftet wurde, drei Tage im Gefängnis saß und das Land erst verlassen darf, wenn sein Fall geklärt ist. Er hat mit seinem iPad versehentlich ein Botschaftsgebäude fotografiert und gilt nun als Spion. Jörg Albrecht, der Hipster aus Kreuzberg, im Knast von Abu Dhabi. Und ich dachte schon, ich hätte etwas erlebt.

15

Morgens weckt mich ████████ mit einem Anruf. Sie sagt, dass Urpu etwa zur gleichen Zeit über Frankfurt nach Helsinki fliege und wir alle gemeinsam zum Flughafen fahren könnten. Wir verabreden uns für den späten Nachmittag in der Lobby – meiner Lobby. Wieder drehe ich meine Runde auf dem Dach. Diesmal habe ich Iron Maidens *Running Free* im Ohr, der Himmel ist bewölkt, die Alpen am Horizont sind kaum zu sehen, nur die näher liegenden Hügel des Monferrato und das im Bau befindliche zweiundvierzig Stockwerke hohe Hochhaus der Regionalverwaltung. Das Laufen fällt mir schwerer als am Vortag, ich spüre jeden Muskel. Und doch bin ich so aufgekratzt, dass ich über die gelben Absperrpoller hinwegspringe und im Slalom um die hellblauen Zylinder, die Schornsteine, herumrenne.

Keinen Alkohol mehr zu trinken hat den Vorteil, am nächsten Tag einen klaren Kopf zu haben, aber die Nacht durchzutanzen und nach nur fünf Stunden Schlaf wieder gegen sich selbst zu rennen ist, das wird mir ab der fünften Runde klar, keine optimale Voraussetzung für einen entspannten *rooftop run*.

Ich stütze mich aufs grüne Geländer, mache ein paar Dehnübungen, beuge mich dabei weit hinüber, genau an der Stelle, an der ein Schild mit der Aufschrift *Pericolo – Non Sporgersi/ Danger – Do Not Lean* (*Gefahr – Nicht hinüberbeugen*) steht, und schaue in den Abgrund. 28,5 Meter geht es steil abwärts. Unter mir ist der Parkplatz, auf dem jetzt, am Sonntagmorgen, nur wenige Autos stehen. Ich frage mich, wie viele Menschen sich hier wohl zu weit herübergelehnt haben – aus Verzweiflung oder weil ihnen angesichts der Tiefe schwindelig wurde.

Vor einem Jahr ist ein vierundsiebzigjähriger Mann nicht weit von mir von der hundertsechsundfünfzig Meter langen Hängebrücke gesprungen, die Lingotto mit dem einstigen olympischen

Dorf verbindet. Ich habe nicht herausfinden können, warum er es tat, ob er an einer unheilbaren Krankheit litt, depressiv war oder ob er seine Ersparnisse durch die Wirtschaftskrise verloren hatte, aber wenn ich auf den neunundsechzig Meter hohen roten Bogen blicke, der die Brücke hält, denke ich, dass es andere Orte gibt, diskretere, um so einen Entschluss in die Tat umzusetzen.

Die Zeitung *Il Sole 24 Ore* veröffentlichte vor Kurzem eine von Link Lab ausgewertete Statistik, derzufolge sich in Italien im ersten Quartal 2014 einundfünfzig Menschen aus ökonomischen Gründen das Leben nahmen. Im Jahr 2013 waren es hundertneunundvierzig und im Jahr 2012, als das Forschungsinstitut mit seiner Studie begann, nur neunundachtzig gewesen. In den Abschiedsbriefen war von Wirtschaftskrise, Arbeitsplatzverlust, Steuerschulden und der Unmöglichkeit, ein weiteres Darlehen zu bekommen, die Rede. Die Hälfte davon waren Unternehmer. In den Jahren 1993 bis 2009 war die von Istat – L'Istituto nazionale di statistica – veröffentlichte Gesamtzahl der Selbsttötungen stetig zurückgegangen, von 4697 auf 3975. Das entspricht einer Rate von 8,0 bis 5,9 pro hunderttausend Einwohner – etwa halb so viel wie in Deutschland im gleichen Zeitraum.[126] Obwohl weitaus mehr Menschen ihrem Leben wegen psychischer Störungen, unheilbarer Krankheiten, Liebeskummer et cetera ein Ende setzen, bestimmen die Fälle mit wirtschaftlichem Hintergrund Medien und Politik.

Erstaunlich, dass in einem katholisch geprägten Land, in dem das Thema jahrhundertelang ein Tabu war, jetzt fast täglich darüber berichtet wird. Die Krise trifft Italien seit 2011, seit sich die

126 Ein eindeutiger kausaler Zusammenhang zwischen Wirtschaftskrise und Anstieg der Selbsttötungen ist gesamtgesellschaftlich nicht zu belegen: Griechenland und Zypern, zwei der am schwersten von der Krise betroffenen Länder in Europa, weisen zum Beispiel die niedrigsten Suizidraten auf, während Finnland, wo die Krise kaum spürbar ist, eine der höchsten Raten verzeichnet.

Auswirkungen der europäischen Sparpolitik unter dem ersten Ministerpräsidenten nach Berlusconi zeigen. Allein in den letzten drei Monaten des Jahres 2013 gingen über viertausend Betriebe pleite – 10,4 Prozent mehr als im gleichen Zeitraum ein Jahr zuvor. Im November 2013 lag die Arbeitslosenquote bei 12,8 Prozent, ein Spitzenwert, vor allem gegenüber dem niedrigsten Stand mit 5,9 Prozent im April 2007. Wie viele Menschen sich seitdem umgebracht haben, ist schwer zu ermitteln: Istat hat seit 2009 keine neuen absoluten Zahlen veröffentlicht, und Link Lab weist nur Suizide seit 2012 aus, die aus wirtschaftlichen Gründen begangen wurden. Die Weltgesundheitsorganisation WHO beziffert die Zahl der Selbsttötungen in Italien im Jahr 2012 auf 3908, was einen weiteren Rückgang bedeuten würde. Trotzdem bittet die Vereinigung der Handwerker und Kleinunternehmer den Staatspräsidenten, ein Präventionsprogramm zu starten. Trotzdem beschuldigt der ehemalige Infrastrukturminister den Ministerpräsidenten, die Toten auf dem Gewissen zu haben. Und trotzdem macht der Steuerzahlerbund Federcontribuenti die neue Regierung, die mit dem System der jahrelangen Steuerhinterziehung und Staatsverschuldung gebrochen hat, für das »soziale Massaker« verantwortlich. Folgt man dieser einseitigen und einfachen Argumentationsweise, treiben Schulden, Steuernachzahlungen und Zahlungsrückstände, keine Aussicht auf neue Kredite, leere Auftragsbücher, Angst vor Arbeitslosigkeit und Armut Firmeninhaber, Angestellte und Arbeitslose gleichermaßen in die Verzweiflung. Damit lassen sich dann auch die spektakulären und in den Medien ausführlich geschilderten Einzelfälle in einen politischen Zusammenhang bringen: Im Frühjahr 2012 übergoss sich ein achtundfünfzigjähriger Handwerker, ein Maurer, gegen den ein Verfahren wegen Steuerhinterziehung eingeleitet worden war, vor dem Finanzamt in Bologna mit Benzin und zündete sich an; in seinem Abschiedsbrief stand: *Ho sempre pagato le tasse (Ich habe immer meine Steuern bezahlt)*. Wenige Tage später folgte ein siebenundzwanzigjähriger Bauarbeiter vor dem Rathaus in Verona diesem Beispiel, er habe seit vier Monaten keinen Lohn erhalten und seine Wohnung verloren. Die öffentliche Zurschaustellung vom Ende aller Hoffnungen, die Inszenierung des Leidens im Feuertod auf der Piazza geht einher mit einem stillen Sterben überall im Land, auch in und um Turin. Gerade Gegenden, die Investitionen in allgemeine Gesundheitsvorsorge und soziale Absicherung reduziert haben, um ihre Haushalte zu stabilisieren, bekommen, so scheint es, die Folgen ihrer Finanzpolitik jetzt zu spüren.

Im April 2013 erhängte sich ein Ehepaar, beide über sechzig, in der Kleinstadt Civitanova Marche in der Vorratskammer seines Hauses. Mit Pensionen in Höhe von fünfhundert Euro konnten sie die Miete nicht mehr zahlen, nachdem der Mann seinen Job in einer Schuhfabrik verloren hatte und das Renteneintrittsalter um fünf Jahre heraufgesetzt worden war. Ende April 2014 kam ein dreiundvierzigjähriger Mann in Turin seiner Entlassung zuvor, indem er aus dem zehnten Stock eines Gebäudes in der Via Guido Reni sprang. Eine dreiundfünfzigjährige Ärztin aus Frossasco, dreißig Kilometer südwestlich von Turin, brachte sich Anfang Mai um; kurz zuvor hatte sie einen Steuerbescheid über eine Nachzahlung in Höhe von neunzehntausend Euro erhalten.

Die Internetseiten, auf denen solche Meldungen veröffentlicht werden, etwa die der Tageszeitung *Torino Today,* werben mit Anzeigen, die eine Lösung des Problems versprechen – *Come usare la leva? Puoi investire 40 000 € con soli 100 €! Inizia subito! Registrati e scopri come. (Wie kannst du die Hebelwirkung nutzen? Du kannst 40 000 € investieren mit nur 100 €! Fang sofort an! Melde dich an und entdecke, wie es geht.)* – und dadurch persönliche Krisen womöglich noch verstärken. Hilfreicher ist dagegen ein Programm des Unternehmerverbandes ICR – Imprese che resistono (Unternehmen halten durch), das seinen Mitgliedern jetzt neben wirtschaftlicher Unterstützung auch psychologische Beratung anbietet. Die Psychotherapeutin Kety Ceolin aus Venetien sagte der Nachrichtenagentur *AFP*, dass sich viele Unternehmer schämen, kein Geld mehr zu haben, und ihre wirtschaftliche Situation als persönliches Versagen empfinden. Jetzt einen Ansprechpartner zu haben erlaube ihnen, sich zu öffnen, und vermindere »das Risiko der Isolation, die zu dramatischen Taten« führen könne.

Als ich das lese – immerhin ist der Router des Hotels stark genug, um auf dem Dach während des Dehnens ins Internet zu kommen – muss ich an Hans Wedler denken, emeritierter Professor für Psychosomatik, Facharzt für Psychotherapeutische Medizin, einstmals Vorsitzender der deutschen Gesellschaft für Suizidprävention und Direktor der Klinik für Internistische Psychosomatik am Bürgerhospital Stuttgart. Nach einer meiner Lesungen aus *Gegen das Leben* habe ich ihn 2011 zusammen mit seiner Frau zufällig auf der Nordsee kennengelernt, auf der Fähre von Norderney nach Norddeich Mole.

Ich hatte mich mit einem Tee zu ihnen an den Tisch gesetzt, nirgendwo sonst unter Deck war noch ein Platz frei gewesen. Wir grüßten uns, wie Fremde einander grüßen, kurz und knapp, dann wandten sie sich wieder der Zeitung zu, die sie unter sich aufgeteilt hatten. Ein älteres Ehepaar, dachte ich, das ein paar Herbsttage am Meer verbracht hatte. Während ich dort saß und gedankenverloren durch die Bullaugen in den Novembernebel hinausstarrte, beugte sich die Frau zu mir herüber und sagte: »Entschuldigen Sie, sind Sie nicht Jan Brandt?«[127]

---

127 So, als Frage formuliert, klingt es, als könne ich meine Identität verleugnen und mich immer noch als jemand anderes ausgeben.

»Ja«, sagte ich. »Waren Sie auf meiner Lesung?«

»Nein«, sagte sie und sah dabei ihren Mann an. »Ich wollte, aber er nicht.«

Zu Lesungen, sagte er, gehe er grundsätzlich nicht mehr, seitdem er Michel Houellebecq im Stuttgarter Mozartsaal gesehen habe.[128] Schriftsteller seien ihm zu narzisstisch, zu ichbezogen,

---

128 Später schickte er mir auf meine Bitte hin einen Bericht von diesem Abend im April 2011: »Als der Moderator, ein kräftiger Kerl, extra angereist aus Paris (wie er behauptet), Houellebecq nach langer Vorrede etwas fragt, antwortet dieser nicht, blickt zu Boden, räuspert sich, sagt schließlich ›Mmmh‹ oder ›Äääh‹ und dann, als habe er sich entschlossen, doch etwas zu sagen, ›*Oui*‹, blickt dann nochmals zu Boden, um endlich ein paar französische Sätze in das vor ihm aufgebaute Mikrofon zu blasen. Er greift danach in die Außentasche des über die Stuhllehne gehängten Jacketts und angelt sich eine Zigarette. Das Publikum raunt: ›Aaah.‹
Houellebecq raucht während der ganzen Veranstaltung insgesamt drei Zigaretten. Der einzige Moment des Abends, der eine gewisse Spannung erzeugt, ereignet sich, als ein anwesender junger Schauspieler Teile des Romans auf Deutsch vorliest. Houellebecq langweilt sich dabei, obgleich er zeitweise vorgibt, dem zuzuhören, was er offensichtlich nicht versteht. Dann beginnt er, sich an der linken Schulter zu kratzen, erst überm, dann unterm Hemd, am rechten Ohrläppchen zu ziehen, noch tiefer zu kratzen, bis schließlich eine Hand wie automatisch in die Jacketttasche gleitet und eine weitere Zigarette hervorzieht. Aber während der junge Mann liest, wagt Houellebecq nicht, die Zigarette anzuzünden, denn der Rauch zöge unweigerlich in die Richtung des Vorlesers. Schließlich steckt er die Zigarette dennoch zwischen die Lippen, nimmt sie gleich darauf wieder heraus, legt sie vor sich auf die Tischplatte, nimmt sie erneut zwischen die Finger, betastet mit den Lippen den Filter und lässt die Zigarette schließlich resigniert in die Jackentasche gleiten. Ersatzweise steckt er einen Finger in den Mund. Als der junge Mann seine Passage zu Ende gelesen hat, glimmt das Feuerzeug auf.
Dem Publikum wird eine Szene aus einem Houellebecq-Roman live vorgeführt: in seiner ganzen Sinnlosigkeit und korrumpierten Realität, in der Öde unüberwindlicher Langeweile, depressiver Weltbetrachtung und dem Kotzübelsein des entgegen allem Anschein doch besseren Menschen (des Autors zunächst, dann des Lesers, sobald sich dieser mit dem Autor und seinen Protagonisten identifiziert).
Dem jubelnden Publikum – jubelnd, da alle Erwartungen bezüglich des Schriftstellers Houellebecq in so perfekter Form erfüllt wurden – entging (und es steht auch nicht in den Rezensionen über die *Dichterlesung*), dass der wahre Michel Houellebecq jenen Abend auf seinem irischen

was – nebenbei bemerkt – Selbstauslöschungsfantasien befördere; und meinen Roman fand er manipulativ und manieriert. Das Kleinbürgertum, die dörfliche Enge, die mangelnden Entfaltungsmöglichkeiten der Jugendlichen, die wachsende Isolation und die aus den gesellschaftlichen Umwälzungen resultierende Aggression und Feindseligkeit hätten ihn jedoch als Arzt, als Therapeut angesprochen, das kenne er von vielen seiner Patienten her.

Wir sprachen lange über Selbsttötung und Literatur. Hans Wedler sagte damals, er gehe davon aus, dass jeder Mensch suizidal sei, unabhängig vom Beruf. Und ich fragte ihn – als wir das Gespräch auf der Bahnfahrt Richtung Süden fortsetzten –, ob er mich angesichts der vielen Selbsttötungen in meinem Buch auch für gefährdet halte.

Dafür kenne er mich nicht gut genug, sagte er, fragte dann aber nach persönlichen Krisen, psychischen Dekompensationen, schweren Niederlagen, vorausgegangenen Suizidhandlungen, Suiziden in der Familie et cetera. Ich konnte darauf nur ungenau antworten, wollte die Mitreisenden schonen und seine Frau auch, die von dem Thema, dem Lebensthema ihres Mannes, genug zu haben schien; sie schaute die meiste Zeit über aus dem Fenster. Es sei wichtig, darüber zu reden, insistierte er. Früher habe es viel mehr Suizide gegeben. Seitdem es ein Bewusstsein für Therapiemöglichkeiten gebe, sei die Zahl drastisch zurückgegangen, vor allem junge Leute – dabei blickte er mir direkt in die Augen – nehmen die Gesprächsangebote an. Ob ich die Fernsehserie *Tod eines Schülers* kenne.

Bauernhof verbrachte, müde und ein wenig angetrunken nach zwei oder drei geleerten Weinflaschen, während ein Doppelgänger im Stuttgarter Mozartsaal einen Schriftsteller imitierte, der aus einem Roman vorlas, in dem ein Schriftsteller namens Michel Houellebecq eine bedeutsame, nur scheinbar fiktive Rolle spielt und sich, gleichfalls zum Schein, vom wahren Leben ins fiktive Jenseits befördern lässt.«

»Nein«, sagte ich.

Das wundere ihn, sagte Wedler. Er habe angenommen, dass der Mittelteil meines Romans – der Tod eines Schülers – in Anlehnung daran entstanden sei. Es gehe darin um den Schienensuizid eines Jungen und dessen Hintergründe, aus verschiedenen Perspektiven beleuchtet. Lief 1981 im ZDF. Danach noch zwei-, dreimal. Gab's nicht auf VHS. Gibt's erst jetzt auf DVD. Müsse ich mir unbedingt anschauen. Die Parallelen zu meinem Buch seien sehr aufschlussreich. »Nach der Erstausstrahlung warfen sich einhundertfünfundsiebzig Prozent mehr männliche und einhundertsiebenundsechzig Prozent mehr weibliche Jugendliche vor den Zug als sonst.«

»Der Werther-Effekt.«[129]

»Diesen Begriff würde ich nicht verwenden«, sagte er. »Ob es zu Goethes Zeit tatsächlich eine Zunahme von Selbsttötungen gab, ist historisch umstritten. Aber ja: Suizid kann ansteckend sein. Je prominenter die Person, je mehr Berichte darüber erscheinen, desto mehr Nachahmungstäter. In den Achtzigerjahren hat's in der Wiener U-Bahn eine Menge Schienensuizide gegeben, anfangs war's nur einer, dann sieben, dann dreizehn, dann zweiundzwanzig pro Jahr. Und die Presse berichtete ausführlich darüber. Auf dem Höhepunkt der Welle – 1987 – bat die gerade erst gegründete Österreichische Gesellschaft für Suizidprävention die Medien, nicht jeden Fall aufzugreifen, den Begriff ›Selbstmord‹ aus den Überschriften zu streichen. Keine trauernden Angehörigen und Tatorte mehr zu zeigen. Keine Abschiedsbriefe mehr abzudrucken, vorzulesen oder abzubilden.

---

129 Goethes Debütroman, *Die Leiden des jungen Werther,* in dem sich die Hauptfigur in den Kopf schießt – »Das Gehirn war herausgetrieben« –, zog nach seiner Veröffentlichung im Jahr 1774 wütende Reaktionen (»verfluchungswürdige Schrift«), Verbote und eine Reihe von Suiziden nach sich. Nie gelesen. Lebe ich deshalb noch?

Und stattdessen auf Hilfsorganisationen hinzuweisen. Auswege aus der Depression aufzuzeigen, Hintergründe und Risikofaktoren zu nennen. Insgesamt einfühlsamer mit dem Thema umzugehen. Die Zeitungen und Radio- und Fernsehsender machten mit – und die Suizidrate sank um mehr als fünfzig Prozent und stagniert seitdem auf niedrigem Niveau.«

»Es kommt aber«, sagte ich, »ganz auf die Darstellung an, selbst wenn es eine auffällige und umfangreiche Berichterstattung gibt. Ich erinnere mich, wie, nachdem sich Kurt Cobain mit einer Schrotflinte in den Mund geschossen hatte, Courtney Love, seine Witwe, bei der Übertragung der Trauerfeier auf *MTV* mit tränenerstickter Stimme sagte: ›*He's such an asshole. I want you all to say 'asshole' really loud.*‹ Und das Publikum tat genau das. Die Trauerfeier in Seattle war wie das Gegenteil eines Rockkonzerts: ein stilles Gedenken. Eine Einkehr. Tausende Fans vor einer leeren Bühne, die den Tod ihres Idols verdammten. Sein Selbstmord war kein heroischer Akt. Kurt Cobain war nicht unser Jesus. Er ist nicht für uns gestorben.«

»Jesus hat sich nicht das Leben genommen.«

»Aber er hätte seinen Tod verhindern können.«

»Aber zu welchem Preis? Er hätte seine Ideale und Überzeugungen verraten müssen, seinen Glauben, seine Seele, und dann wäre er nicht als Märtyrer in die Geschichte eingegangen, sondern als Feigling.«

»Jedenfalls«, sagte ich, »gab es nach Kurt Cobains Tod nur wenige, die seinem Beispiel folgten, viel weniger jedenfalls, als man erwartet hatte.«

»Die Zahlen gingen sogar zurück.«

»Überall stand, sein Gesicht sei so übel zugerichtet gewesen, dass man ihn nur anhand der Fingerabdrücke habe identifizieren können.«

Wedler nickte. »Sein Tod wirkte abschreckend. Und zum ersten Mal setzten die Medien weltweit Vorschläge der Suizidprävention um. Wie muss es erst … Stellen Sie sich eine Welt ohne Medien vor.«

»Stellen Sie sich eine Welt ohne Sprache vor.«

»Kann ich nicht.«

»Kennen Sie die Pirahã?«[130]

»Nein.«

»Das ist ein indigener Volksstamm im Amazonasgebiet«, sagte ich. »Faszinierende Kultur. Können mit Pfiffen kommunizieren. In ihrer Sprache gibt es kein Wort für mehr als zwei oder genuine Farbunterscheidungen, alles ist einfach oder vielfach oder blutartig.[131] Einer ihrer wichtigsten Werte: kein Zwang. Eine Gesellschaft ohne Hierarchie. Daher glauben sie auch nicht an einen allmächtigen Gott. Als sie erfuhren, dass Dan Everett, ein Linguist und christlicher Missionar, Jesus nie gesehen hatte, verloren sie das Interesse an seinen Geschichten. Anstatt von ihm bekehrt zu werden, bekehrten sie ihn: Er begann, sie zu erforschen und über sie zu schreiben. Das wohl Faszinierendste an den Pirahã ist aber, dass sie sich nicht umbringen. Nie geschehen.«

»Wo haben Sie das denn her?«

»Aus dem Internet.«

»Ich stehe Berichten von Laien äußerst skeptisch gegenüber«, sagte Wedler. »Selbst wenn es diese angeblichen Beobachtungen gäbe, handelt es sich meines Erachtens doch lediglich dar-

---

130 Das Wort »Pirahã« wird wie »Pirahang« ausgesprochen und nicht wie »Piranha«.

131 Die Sprache der Pirahã ist in Bezug auf die Sapir-Whorf-Hypothese hochinteressant: Es gibt keine hypotaktische Struktur, keine Rekursion, keine grammatische Unterscheidung von Singular und Plural, keine Möglichkeit, über Dinge zu sprechen, die man nicht mit eigenen Augen gesehen hat, keine Hypothesen, Spekulationen, keine Vergangenheit oder Zukunft, nur das Leben in der Gegenwart. Und weil es in ihrer Sprache keinen Begriff für das Unbekannte gibt, haben sie keine Angst davor. Sie kennen weder Schuld noch Sorgen.

um, dass Suizide tabuisiert, verdeckt oder methodisch so ausgeführt werden, dass sie nicht als Suizid erkennbar sind. Ich glaube nicht an die Utopie einer heilen Welt. Suizid ist ein Thema, das alle Zeiten und Gesellschaften betrifft.«

»Everett meint, es habe wohl damit zu tun, dass sie so abgeschieden leben, keinen Stress haben und nur Träume, die sich verwirklichen lassen.«

»In anderen abgeschiedenen Kulturen ist das Konzept der Selbsttötung nicht unbekannt. Bei den Zuruahā ist Suizid sogar die Haupttodesursache. Und die leben auch im Amazonasgebiet. Wenn sie sterben wollen, weil sie zum Beispiel einen Fehler gemacht haben, nehmen sie Cunahá – sie nennen es ›Vehikel ins Jenseits‹, ein Gift der Timbo-Wurzel, das in Südamerika häufig zum Fischfang verwendet wird. Die bauen das Zeug sogar an und ernten es ganzjährig. Jeder hat Zugang dazu. Fritzsche, Ebner und da Silva haben das Phänomen untersucht. Da Silva, ein ausgebildeter Psychologe, hat die Zuruahā viele Jahre lang beobachtet, ihre Rituale studiert und ihre Sprache erlernt. Während seines Aufenthaltes im brasilianischen Dschungel hat er herausgefunden, dass sich fast fünfundsechzig Prozent der Bevölkerung zwischen 1984 und 1994 das Leben genommen haben – ausschließlich durch Cunahá – und dass fast jeder aus dem Stamm schon einmal einen Suizidversuch unternommen hat. Das Erstaunliche ist: nicht aufgrund äußerer Gefahr, schlechter Lebensbedingungen oder weil sie in Kontakt mit der modernen Zivilisation gekommen sind, sondern allein aus sich selbst heraus. Offenbar stammen die Zuruahā von einigen anderen Stämmen ab, die Anfang des 20. Jahrhunderts durch weiße Invasoren fast vollständig ausgerottet wurden. Das habe sie, so vermutet man, traumatisiert. Und seitdem töten sie sich, um Generationswechsel zu ermöglichen, Konflikte innerhalb der Gemeinschaft zu lösen und Heteroaggressionen, die die Gruppenkohäsion gefährden könnten, zu verhindern. Sie verfügen über einen ausgeprägten Kontinuitätsglauben und sehen im Tod einen natürlichen Übergang, eine notwendige Metamorphose, einen evolutiven Prozess von einer Existenz in die andere.«

»So eine Art Seelenwanderung?«

»Auf jeden Fall nichts Schreckliches. Oft kommt es im Zuge einer durch den Individualsuizid ausgelösten kollektiven Ekstase zu Gruppensuiziden. Es gibt Überlieferungen von Fällen, bei denen der Initiant überlebte, diejenigen aber, die ihn vom Suizid abhalten wollten, Cunahá nahmen und daran starben.«

»Dann sterben mehr, als geboren werden?«

»Die Population ist stabil, aber es gibt nicht viele Zuruahā, etwa einhundertdreißig. Möglich, dass sie sich eines Tages selbst auslöschen.«

»Und warum?«

»Über das Motiv ist nichts bekannt. Offenbar macht es den Zuruahā selbst Angst, keine Erklärung dafür zu haben.«

»Die Pirahā wissen wohl auch nicht, warum sie so sind, wie sie sind. Es ist ja nicht so, dass sie keine Probleme hätten: Viele erkranken an Malaria; die Kindersterblichkeit ist extrem hoch; es gibt Leid – und trotzdem sind sie das glücklichste Volk der Welt. Aber nach allem, was ich über die Pirahā gelesen habe, scheint es, als wär das ein Volk ohne Literatur. Und wenn das der Preis fürs Leben ist, wäre ich lieber tot.«

»Wären Sie ein Pirahā – wenn ich Ihrem ersten Gedankengang vom Idealvolk mal folgen darf –, würden Sie die Literatur ja nicht vermissen, weil Sie sie nie kennengelernt hätten.«

»Das stimmt.«

»Dann bietet Ihr Beispiel aber auch keinen Ausweg für uns, ganz gleich, ob es stimmt oder nicht.«

»Die Welt der Pirahā ist nicht unsere Welt und wird es niemals sein.«

»Nein«, sagte Wedler. »Es gibt keinen Weg zurück in irgendeine Art von erdachter Ursprünglichkeit.«

»Und es wird uns auch nicht helfen, eine Sprache zu lernen, die ohne Trauer ist.«

»Wir können nicht vergessen, was wir erlebt haben, und zum Weiterleben brauchen wir Hoffnung, eine vage Vorstellung von Zukunft. Was uns hilft, und das ist unsere Rettung, ist Kommunikation. Frühes Erkennen einer psychischen Störung und früher Beginn der Behandlung.«

»Wie ist das mit Schriftstellern?«, fragte ich.

»Was meinen Sie?«

»Warum bringen die sich um? Ich meine, im besten Fall sind die hochreflektiert, sich ihrer Stimmungen stets bewusst. Die verarbeiten ihre Gefühle doch ständig beim Schreiben.«

»Das bewahrt sie aber nicht vor existenzieller Verzweiflung. Jeder hat seine eigenen Abgründe. Jede Leidensgeschichte ist anders. Manchen, da bin ich mir sicher, hätte es geholfen, mit anderen Menschen zu reden statt mit sich selbst.«

»Vielleicht hätte es ihnen aber auch geschadet. Vielleicht hätten sie dann nichts mehr zustande gebracht. Nichts Gutes jedenfalls. James Joyce hat die Psychoanalyse abgelehnt.«

»Und dabei kannte er sich mit dem Unbewussten so gut aus wie kaum ein anderer zu seiner Zeit.«

»Vielleicht gerade deshalb.«

»Seit Freud gesagt hat, der Künstler heile seine Neurosen selbst, heilen die Künstler ihre Neurosen selbst.«

Und dann sprachen wir über Todesarten und versuchten, uns gegenseitig durch Beispiele zu übertreffen. Wir teilten, das wurde immer deutlicher, je länger wir uns gegenübersaßen, eine morbide Leidenschaft. Später, da war ich schon wieder in Berlin, schickte er mir eine E-Mail, das Fazit unseres Gesprächs, eine unvollständige Liste mit Schriftstellern, die sich umgebracht hatten. Und ich vervollständigte sie so präzise wie möglich mit den Methoden und Orten:

Arthur Adamov	Schlafmittel (Barbiturate)	Paris, Frankreich
Jean Améry	Schlafmittel	Salzburg, Österreich
Ryūnosuke Akutagawa	Schlafmittel (u. a. Veronal)	Tokio, Japan
Nelly Arcan	Strick	Montreal, Kanada
Konrad Bayer	Gas	Wien, Österreich
Victoria Benedictsson	Stichwaffe (Rasiermesser)	Kopenhagen, Dänemark
Walter Benjamin[132]	Schmerzmittel (Morphium)	Portbou, Spanien
Lore Berger	Sprung (vom Wasserturm)	Basel, Schweiz
John Berryman	Gang ins Wasser (Mississippi)	Minneapolis, Minnesota, USA
Jens Bjørneboe	Strick	Tønsberg, Norwegen
Tadeusz Borowski	Gas	Warschau, Polen
Karin Boye[133]	Schlafmittel oder Gift	Alingsås, Schweden
Menno ter Braak	Schlafmittel und Gift[134]	Den Haag, Niederlande
Richard Brautigan	Schusswaffe (Pistole)	Bolinas, Kalifornien, USA
Hermann Burger	Schlafmittel	Brunegg, Schweiz
Giovanni Camerana	Stichwaffe (Rasiermesser)	Turin, Italien

132 Die Umstände von Walter Benjamins Tod sind nicht restlos geklärt. Seine Flucht vor den Nazis von Frankreich nach Spanien im September 1940 war kräftezehrend. Nach seiner Ankunft musste er befürchten, am nächsten Tag wieder abgeschoben zu werden. Von seinem Abschiedsbrief gab es nur eine mündliche Überlieferung. In seiner Sterbeurkunde steht, er sei an einem durch Überanstrengung ausgelösten Schlaganfall gestorben. Der argentinische Dokumentarfilmer David Mauas verfolgt in seinem Film *Who Killed Walter Benjamin?* aus dem Jahr 2005 die These, Benjamin sei ermordet worden.

133 Karin Boyes düsterer Zukunftsroman *Kallocain* war im Jahr vor ihrem Tod erschienen. Bei Kallocain handelt es sich um ein fiktives, blassgrünes Wahrheitsserum. Von sich selbst sagte Karin Boye, sie sei »im Äußeren ein recht fideler Gesellschaftsmensch«, im Inneren aber »spaziere ich mit Selbstmordfantasien durch meine traurigen Tage«. Auf einem dieser Spaziergänge nördlich von Alingsås nahm sie Schlaftabletten oder Gift (manche Quellen sagen so, manche so), setzte sich in den Schnee und erfror.

134 Verabreicht durch den Bruder, der Arzt war.

Pedro Casariego	Sprung (vor einen Zug)	Madrid, Spanien
Paul Celan	Sprung (in die Seine)	Paris, Frankreich
Thomas Chatterton	Gift (Arsen)	London, England
Elise Cowen	Sprung (aus dem Fenster)	New York City, New York, USA
Hart Crane	Sprung (vom Schiff)	Golf von Mexiko
Stig Dagerman	Gift (Kohlenmonoxid)	Enebyberg bei Stockholm, Schweden
Gilles Deleuze	Sprung (aus seiner Wohnung)	Paris, Frankreich
Penelope Delta	Gift	Kifisia, Griechenland
Tove Ditlevsen	Schlafmittel	Kopenhagen, Dänemark
Tristan Egolf	Schusswaffe	Lancaster, Pennsylvania, USA
Carl Einstein	Sprung (in die Gave de Pau)	Pau, Frankreich
Gisela Elsner	Sprung aus einer Privatklinik	München, BRD
Marc Fischer	Sprung aus einer Wohnung	Berlin, BRD
John Gould Fletcher	Gang (ins Wasser)	Johnswood, Arkansas, USA
Sigmund Freud	Schmerzmittel (Morphium)	London, England
Egon Friedell[135]	Sprung aus seiner Wohnung	Wien, Deutsches Reich
Ludwig Fulda	Schlafmittel	Berlin, Deutsches Reich
André Gorz	Barbiturate	Vosnon, Frankreich
Karoline von Günderrode	Gang ins Wasser (Rhein), Stichwaffe (Dolch)	Winkel, Nassau
Stephen Haggard	Schusswaffe (im Zug)	zwischen Kairo, Ägypten, und Palästina
Walter Hasenclever	Schlafmittel (Veronal)	Les Milles, Frankreich
Ernest Hemingway[136]	Schusswaffe (Gewehr)	Ketchum, Idaho, USA

135 Egon Friedell stürzte sich in den Tod, weil er fürchtete, aufgrund seiner jüdischen Herkunft und seiner NS-kritischen Aussagen nach dem Anschluss Österreichs von SA-Männern, die an seiner Tür geklingelt hatten und mit seiner Haushälterin sprachen, verhaftet zu werden. Bevor er sprang, soll er Passanten auf dem Bürgersteig gebeten haben, zur Seite zu treten.

136 Ernest Hemingways Vater, Schwester, Bruder und Enkelin töteten sich selbst.

Leicester Hemingway[137]	Schusswaffe (Revolver)	Miami Beach, Florida, USA
Bohumil Hrabal	Sprung (aus einem Krankenhaus)	Prag, Tschechien
Sergej Jessenin[138]	Strick, Stichwaffe (Rasiermesser)	Leningrad, UdSSR
B. S. Johnson	Stichwaffe (Rasiermesser)	London, England
Tor Jonsson	Strick	Oslo, Norwegen
Attila József	Sprung (vor einen Zug)	Balatonszárszó, Ungarn
Sarah Kane	Strick (im Krankenhaus)	London, England
Yasunari Kawabata	Gas	Zushi, Japan
Weldon Kees	Sprung (von der Golden Gate Bridge[139])	San Francisco, Kalifornien, USA
Heinrich von Kleist[140]	Schusswaffe (Pistole)	Berlin, Preußen
Jochen Klepper	Schlafmittel und Gas	Berlin, Deutsches Reich
Arthur Koestler	Schlafmittel	London, England
Jerzy Kosiński	Plastiktüte	New York City, New York, USA
Hertha Kräftner	Schlafmittel (Veronal)	Wien, Österreich
Pepi Lederer	Sprung (aus einem Krankenhaus)	Los Angeles, Kalifornien, USA
Primo Levi	Sprung (in den Treppenschacht seines Wohnhauses)	Turin, Italien
Malcolm Lowry[141]	Schlafmittel (Barbiturate), Gin	Ripe, East Sussex, England
Leopoldo Lugones	Gift (Blausäure), Whiskey	Tigre, Argentinien

137 Leicester Hemingway, der jüngere Bruder von Ernest, erschoss sich mit der Waffe, die er vom Vater geerbt hatte.

138 Sergej Jessenin schrieb sein Abschiedsgedicht mit seinem eigenen Blut.

139 Auf der Brücke weisen blaue Schilder auf *Emergency Phone and Crisis counseling* hin.

140 Wedler vergleicht in einem 2009 in den *Heilbronner Kleist-Blättern* erschienenen Aufsatz mit dem Titel *Hier auf Erden kein Bleiben mehr?* das Thema Suizid in den Werken von Heinrich von Kleist und David Foster Wallace und kommt zu dem Schluss: »Beide, Kleist wie Wallace, haben die tiefe Einsamkeit des denkenden Individuums in einer Welt empfunden, die von den wirklichen Konsequenzen des Denkens wenig wissen will.«

141 In Malcolm Lowrys Totenschein steht, die Einnahme sei ein Missgeschick gewesen.

Fergus Gwynplaine MacIntyre	Feuer	Brooklyn, New York, USA
Colin Mackay	Plastiktüte	Edinburgh, Schottland
Philipp Mainländer	Strick[142]	Offenbach am Main, Deutsches Reich
Wladimir Majakowski	Schusswaffe (Pistole)	Moskau, UdSSR
Klaus Mann	Schlafmittel	Cannes, Frankreich
Sándor Márai	Schusswaffe (Pistole)	San Diego, Kalifornien, USA
Lucio Mastronardi	Gang ins Wasser (Ticino)	Vigevano, Italien
Francisco López Merino	Schusswaffe	La Plata, Argentinien
Richard Barham Middleton	Gas (Chloroform)	Brüssel, Belgien
Walter M. Miller, Jr.	Schusswaffe	Daytona Beach, Florida, USA
Yukio Mishima	Stichwaffe (Schwert (Seppuku))	Tokio, Japan
Guido Morselli	Schusswaffe	Varese, Italien
Inge Müller[143]	Schlafmittel, Gas	Ost-Berlin, DDR
Henry Neele	Stichwaffe (Messer)	London, England
Breece D'J Pancake	Schusswaffe (Gewehr)	Charlottesville, Virginia, USA
Cesare Pavese[144]	Schlafmittel (Barbiturate)	Turin, Italien

142 Philipp Mainländer benutzte die am Vortag eingetroffenen Belegexemplare seines Hauptwerkes *Philosophie der Erlösung* als Plattform, um sich vom Boden abzustoßen.

143 In dem von ihrem Mann, dem Dramatiker Heiner Müller, elf Jahre später verfassten Stück *Hamletmaschine* findet sich im zweiten Akt bei Ophelia eine Referenz, die sich so, in dieser Gestalt nicht aus dem Stoff, wohl aber aus der Biografie des Verfassers erklären lässt: »Die Frau am Strick Die Frau mit den aufgeschnittenen Pulsadern Die Frau mit der Überdosis AUF DEN LIPPEN SCHNEE Die Frau mit dem Kopf im Gasherd. Gestern habe ich aufgehört, mich zu töten.«

144 Pavese, der unter Depressionen litt, brachte sich, wenige Wochen nachdem er für seinen schwerelosen Kurzromanband *La bella estate (Der schöne Sommer)* den bedeutendsten Literaturpreis Italiens erhalten hatte – den Premio Strega –, in einem Hotelzimmer in Turin um: im Hotel Roma an der Piazza Carlo Felice.

Sylvia Plath	Schlafmittel und Gas	London, England
John William Polidori	Gift (Blausäure)	London, England
Antonia Pozzi	Schlafmittel	Mailand, Italien
Raymond Roussel[145]	Schlafmittel (Sonéryl u. a.)	Palermo, Italien
Emilio Salgari	Stichwaffe (Rasiermesser (Harakiri))	Turin, Italien
Beppe Salvia	Sprung (aus seiner Wohnung)	Rom, Italien
Anne Sexton	Gas (Kohlenmonoxid)	Weston, Massachusetts, USA
Elizabeth Eleanor Siddal	Schmerzmittel (Laudanum)	London, England
Mario Stefani	Strick	Venedig, Italien
Charlotte Stieglitz[146]	Stichwaffe (Dolch)	Berlin, Preußen
Adalbert Stifter	Stichwaffe (Rasiermesser)	Linz, Österreich
Michael Strunge	Sprung (aus einem Krankenhaus)	Kopenhagen, Dänemark
Peter Szondi	Gang ins Wasser (Halensee)	West-Berlin, BRD
Sara Teasdale	Schlafmittel	New York City, New York, USA
Hunter S. Thompson	Schusswaffe	Woody Creek, Colorado, USA
Ernst Toller[147]	Strick	New York City, New York, USA
John Kennedy Toole	Gas (Kohlenmonoxid)	Biloxi, Mississippi, USA

145 Die Umstände von Roussels Tod im Juli 1933 im Grand Hôtel et des Palmes sind mysteriös. Ein Jahr zuvor hatte er aufgehört zu schreiben. Seine Lebensgefährtin, die im Nebenzimmer wohnte, meldete sich erst Stunden später bei der Polizei. Der ermittelnde Kommissar bezeichnete Roussel als »ammalato al cervello« (als »Geisteskranken«). Roussels Chauffeur verschwand urplötzlich und tauchte nicht wieder auf. Die Fragen veranlassten den Schriftsteller Leonardo Sciascia zu seinem Buch *Atti relativi alla morte di Raymond Roussel (Die Akten in der Sache Raymond Roussel)*.

146 Charlotte Stieglitz wollte ihrem Mann, dem Dichter Heinrich Wilhelm Stieglitz, durch ihren Tod zur geistigen Wiedergeburt verhelfen. Ihr Opfer war vergebens.

147 Ernst Toller reiste stets mit dem Strick im Koffer.

Georg Trakl[148]	Droge (Kokain)	Krakau, Galizien
Thaddäus Troll	Schlafmittel	Stuttgart, BRD
Kurt Tucholsky	Schlafmittel (Barbiturate)	Göteborg, Schweden
Valérie Valère	Schlafmittel	Saint-Maur-sur-le-Loir, Frankreich
Bernward Vesper	Schlafmittel	Hamburg, BRD
David Foster Wallace[149]	Strick	Claremont, Kalifornien, USA
Josef Weinheber	Schmerzmittel (Morphium)	Kirchstetten, Österreich
Ernst Weiß	Stichwaffe (Messer), Schmerzmittel (Morphium)	Paris, Frankreich
Virginia Woolf	Gang ins Wasser (Ouse)	Rodmell, Sussex, England
Unica Zürn	Sprung (aus der Wohnung eines Freundes)	Paris, Frankreich
Stefan Zweig	Schlafmittel (Veronal)	Petrópolis, Brasilien
Marina Zwetajewa	Strick	Jelabuga, Tatarstan, UdSSR

148 Georg Trakl, der Pharmazie studiert hatte, wurde im Ersten Weltkrieg als Militärapotheker eingezogen und musste bei der Schlacht von Gródek fast hundert Schwerverletzte allein versorgen. Trakl verfasste das Gedicht *Grodek* (»Alle Straßen münden in schwarze Verwesung«), erlitt einen Nervenzusammenbruch, versuchte, sich zu erschießen, wurde von Kameraden davon abgehalten und ins Krakauer Militärhospital eingewiesen – wo er nach einer Überdosis Kokain starb. Es ist unklar, ob er absichtlich oder aus Versehen zu viel davon nahm.

149 Über Wallace schreibt Wedler etwas, was mich in Bezug auf die Perspektive meines eigenen Erlebens nachdenklich macht: »In der Analyse des tiefen existenziellen Selbstzweifels des modernen Menschen, die die Erzählung *Good Old Neon* tatsächlich ist, folgt Wallace einer mehr als zweitausend Jahre alten Denktradition zur Erklärung des Suizids, die Albert Camus mit seinem Ausspruch, der Suizid sei das einzige wahre Problem der Philosophie, auf den Punkt gebracht hat. In einer Welt, in der Sein und Schein zu virtuellen Größen geworden sind und scheinbar ausschließlich von der Perspektive abhängen, die man gerade einnimmt (wann war es je anders?), in der es keine Selbstvergewisserung gibt, die sich nicht in ihr Gegenteil manipulieren ließe, scheint die suizidale Konsequenz eine nur noch moralische Frage: die der Selbstachtung zu sein.« Als ich das lese, sehe ich mich mit den Augen eines anderen, eines Menschen, der mir fremd ist: ich selbst. Sich von außen und innen gleichzeitig betrachten – eine ganz spezielle Nahtoderfahrung.

Eine solche Liste, schrieb Wedler zurück, könne man für jeden Berufsstand erstellen, sie sage nichts über die Häufigkeit aus. Bemerkenswert sei allenfalls, dass Schriftsteller mehr von sich preisgeben als andere Menschen gemeinhin, dass ihre Fälle für die Forschung also ergiebiger seien als die von Schauspielern, Komponisten, bildenden Künstlern et cetera. Er fügte hinzu, dass die Umstände und Hintergründe jeweils gesondert zu betrachten seien und man nach den jeweiligen Ursachen genauer zu forschen habe, allen gemein sei aber vielleicht ein außergewöhnlich ausgeprägtes Empfindungsvermögen, eine naturgegebene Offenheit – was wiederum mit einer hohen Verletzbarkeit einhergehe; manchen fehle da einfach der Filter, die harte Schale, über die etwa Politiker oder Banker verfügen, an denen jeder Vorwurf, ihre Unfähigkeit und Skrupellosigkeit betreffend, abpralle wie nichts; er schrieb von einer »semipermeablen Membran«, »von der Seele, die vor den herabprasselnden Informationen geschützt werden« müsse und die »von besonders sensiblen, künstlerisch tätigen Personen nicht immer genügend geschützt werden« könne.

Auf meinen erneuten Einwand, dass Künstler im Gegenteil vielleicht sogar besser vor den eigenen Ängsten geschützt seien, weil sie es gewohnt seien, sich diesen zu stellen, allein zu arbeiten und in prekären Verhältnissen zu leben, antwortete er: »Ich dachte dabei besonders an sogenannte Hochbegabte … Ich kenne eine Familie mit lauter Hochbegabten. Ich konnte mich selbst davon überzeugen, als die Jüngste, eine Vierjährige, mich in eine beinahe philosophische Diskussion verstrickte – das war absolut außergewöhnlich! Bei meinem letzten, schon einige Jahre zurückliegenden Besuch hatte sich die Älteste bereits suizidiert, und zwei ihrer Brüder saßen wegen Delikten im Gefängnis. Nicht alle Hochbegabten bringen etwas Großes zustande; sie führen bisweilen ein recht kümmerliches Leben (ich kenne mehrere). Nicht jede überragende künstlerische Leistung, nicht jedes Werk der Weltliteratur ist das Produkt eines Hochbegabten.«

Ich weiß nicht, in welche Kategorie er mich einordnet –
hochbegabt/kümmerlich;
hochbegabt/großartig;
nicht hochbegabt/kümmerlich;
nicht hochbegabt/großartig –,

aber ich weiß, dass man nicht hochbegabt oder großartig sein muss, um zu erkennen, dass Buchmessen eine abgrundtiefe Trauer innewohnt.[150] Nirgendwo ist die Einsamkeit größer als dort, wo man von vielen gleichgesinnten Menschen umgeben ist. Überall in den großen, weiten Hallen sitzen Autoren, sprechen über ihre Bücher und kämpfen um die Aufmerksamkeit der Leser, sie sprechen gegen die anderen Autoren an, gegen die Konkurrenz, die jedes Buch darstellt, und kommen sich gleichzeitig elend vor, auf diese Weise für ihr eigenes Werk zu werben. Niemand kann all das, was an einem einzigen Messetag geschieht, erfassen. Ein Rundgang an den Hunderten Ständen, an den Tausenden Büchern vorbei genügt, um sich der Bedeutungslosigkeit und Endlichkeit bewusst zu werden. Und trotzdem tun alle so, als bereite es ihnen unendliches Vergnügen, sich selbst zur Schau zu stellen. Die Fotografen, die in den Hotellobbys darauf warten, ihr Portfolio zu erweitern, haben es leicht: Sie sind wie Geier, die sich auf ihr dahinsiechendes Opfer stürzen; sie tun nicht so, als ob sie irgendetwas gelesen hätten, ihnen geht es nicht um den Text, sondern ums Bild, um den Augenblick, darum, das Leben festzuhalten, bevor es für immer vorbei ist.

150 Eine noch tiefere als Fahrstuhlfahrten.

Und darum wird nachts auch so hart gefeiert, darum ziehen die büchermüden Horden von einer Party zur anderen: Es ist eine Art trotzige Selbstbehauptung, ein egoistisches Wiederaufbauprogramm, ein wütendes Antanzen, Antrinken, Anficken gegen den körperlichen und geistigen Verfall. Im Exzess, im Rausch soll die Todesangst überwunden werden. Nicht selten kehrt sie am nächsten Tag umso heftiger zurück. Wohlweislich schicken deutsche Verlage ihre Autoren im Anschluss auf Lesereise.[151]

151   Dass italienische Autoren nach der Buchmesse nicht in ein Loch fallen, mag daran liegen, dass sie in ihre mitunter literaturfernen Jobs zurückkehren. Vom Verkauf der Bücher können nur die wenigsten leben. Stipendien gibt es kaum. Lesungen sind kein Geschäftsmodell. Deutsche Kritiker, die immer wieder behaupten, Literaturförderung wirke sich negativ aufs Schreiben aus – wie Oliver Jungen 2008 in der *Frankfurter Allgemeinen Zeitung* unter dem Titel *Autorenförderung? Hungert sie aus!* –, finden in Italien ein Modell vor, das ihre These eindrucksvoll widerlegt: Obwohl ideale Voraussetzungen bestehen – eine dauerhafte politische, ökonomische und soziale Krisensituation –, hat sich die Qualität der italienischen Gegenwartsliteratur nicht verbessert.
Vor meiner Abreise habe ich mich mit Susanne Schüssler, der Verlegerin des Wagenbach Verlags, unterhalten und sie gefragt, was die italienische Literatur auszeichne.
»Die italienische Literatur ist stark von den Novellisten geprägt, vom Geschichtenerzählen. Das ist bis heute so. Immer dann, wenn die Schriftsteller das vergessen, werden sie mittelmäßig. Leider ist das bei vielen jüngeren Autoren der Fall. Sie orientieren sich – das ist jetzt etwas pauschal, aber die Tendenz stimmt – zu sehr an der angloamerikanischen Literatur, und das macht sie austauschbar. Überall da aber, wo sie sich um das Lokale, um das Spezifische kümmern und sich auf eigene alte Erzähltraditionen besinnen, schaffen sie etwas Besonderes, Einzigartiges. Nimmt man zum Beispiel Sizilien, dann findet man dort Erzählmuster und Motive aus alten sizilianischen Märchen, die bei Luigi Pirandello wieder auftauchen, später bei Leonardo Sciascia und in der Gegenwart bei Andrea Camilleri und so weiter. In der Kunstgeschichte, bei Giorgio Vasari, ist es die Liebe zum fabulösen Erzählen. Und das ist wunderbar zu lesen.«
»Hat sich die Literatur in Italien in den vergangenen zwanzig Jahren durch Berlusconi verändert?«
»Darüber habe ich mir viele Gedanken gemacht. Die eine Frage ist: Wie weit haben die Autoren darunter gelitten, dass sie sich derart an der angloamerikanischen Literatur orientiert haben. Zum anderen gibt es in Italien eine Generation von Autoren, die ohne demokratische Erfahrung

Für mich gibt es diesen Trost diesmal nicht. Ich bin hier hoch über Turin, auf der alten Rennstrecke, gestrandet. Ich könnte mich hinabstürzen oder, wenn ich einfach auf dem Dach bliebe und weiterhin in praller Sonne meine Runden zöge, den literarischen Todesarten eine neue, bizarre hinzufügen. Aber ich habe Hunger. Im Leben wie im Tod hält mich immer etwas da-

im eigenen Land aufgewachsen ist. Das hängt nicht nur mit Berlusconi, sondern mit dem ganzen System zusammen, das betrifft die Linke beinahe genauso wie die Rechte. Ich wundere mich, dass aus dieser Erfahrung nicht eine Kraft erwächst.«

»Eigentlich müsste die italienische Literatur extrem radikal und auf sehr hohem Niveau sein.«

»Das Problem ist, dass die Korruption, die die Politik bestimmt, auch im Kulturbetrieb eine Rolle spielt. Wenn Schriftsteller auch Journalisten sind, womöglich selbst Kritiker, dann führt das dazu, dass jeder jeden kennt und fördert, dann gibt es keine scharfen Urteile mehr. Dieser Klientelismus zieht konzentrische Kreise durch die ganze Gesellschaft. Da ist erst die Kleinfamilie, dann die Großfamilie, das Dorf, die Stadt, der Staat – das ist genau das, was Berlusconi zu bedienen verstanden hat. Der hat auf der vorhandenen Klaviatur gespielt: dass ein Patriarch sich um seine Leute kümmert. Und das macht man so in Italien. Da können Sie den aufgewecktesten, aufrechtesten linken Freund haben, kaum bekommt er eine öffentliche Funktion, wird er auf einmal Sachen machen, die wir bei uns nicht akzeptieren würden. Das ist ein anderes Denken. Da ist ein Kulturschnitt dazwischen. Wir haben eine andere Sozialisation. Für Italiener ist unsere Haltung unverständlich, sie finden, dass wir kalt sind. Sie haben andere Kriterien. Und sie haben nicht mehr oder weniger recht als wir.«

»Ist es denn so, dass die italienische Gegenwartsliteratur schwächer ist als vor dreißig, vierzig Jahren?«

»Eindeutig: ja. Jetzt sage ich etwas Ketzerisches: Vor dreißig, vierzig Jahren war die deutsche Literatur auch bedeutender als heute. Solch eine Ansammlung von großen Autoren wie in der Nachkriegszeit haben wir nicht momentan, von Heinrich Böll über Günter Grass, Erich Fried, Uwe Johnson und – wenn Sie in die DDR schauen – auch noch Christa Wolf, Christoph Hein, Stephan Hermlin und und und.«

»Ist das der Grund, weshalb Sie seit einiger Zeit weniger Belletristik aus Italien veröffentlichen?«

»Meine These ist, dass die spannende Literatur momentan von den Rändern kommt. Dass die Welt sich so verändert hat, muss zwangsläufig Folgen haben. Viele unserer neuen Autoren sind in zwei Welten aufgewachsen, in zwei verschiedenen Kulturen, mit zwei Sprachen. Italien hat da das Nachsehen, in Italien gibt es eben fast nur italienische Autoren.«

von ab, meine Pläne zu vollenden. Womöglich ist mein Leidens-
druck noch nicht hoch genug.

16

Beim Frühstück bin ich allein. Ich trage ein frisches Hemd und sitze frisch geduscht und voller Tatendrang an meinem Tisch. Aber beim Anblick des Essens falle ich gleich wieder in ein Loch. Auf meinem Teller liegt ein quadratisches Stück grüne Gelatine und eine mit Obst gefüllte Plastikkugel. Ich vermisse Nikola, Frida, Mario, mit denen ich am Vortag an gleicher Stelle zusammensaß. Jetzt ist alles anders. Es gibt hier, denke ich, nur Augenblicke, keine Wiederholungen.

Von irgendwoher kommt Muzak, die gleiche Muzak wie im Fahrstuhl. Ich schaue mich um, kann aber keine Lautsprecher entdecken. Und zum Glück auch keine Infostation mit dem Manifest des Hauses. Von der zehn Meter hohen Decke hängen in die Verkleidung eingelassene Ventilatoren. Sie sehen aus wie Turbinen, wie mächtige Triebwerke. Ich stelle mir vor, wie es wäre, wenn sie sich drehten und mit ausreichend Schubkraft versorgt das Gebäude zum Abheben bewegen würden. Eine Weile verliere ich mich in der Fantasie, im Rückstoß zu verglühen.

Irgendwann kommt Sarah Gaiotto, eine der Pressefrauen von Bompiani, herein – jung, brünett, schwarzes Kleid. Sie sagt »Guten Tag« – sie hatte Deutsch in der Schule, studierte später in Berlin, beherrscht noch immer ein Minimum an Small-Talk-Floskeln – und setzt sich an den Nebentisch. Ich bedanke mich bei ihr stellvertretend für alle anderen Mitarbeiter für die Einladung nach Turin und die Organisation der Pressetermine.

»Ach, dafür nicht«, sagt sie. »Du warst ja sehr bequem und einfach zu handhaben.«

»Das täuscht«, sage ich, obwohl ich ahne, dass das mein Image kaum verändern wird. »Ich bin auch nicht einfach.«

»Italienische Schriftsteller sind aber manchmal wie Kinder. Du musst alles für sie organisieren.« In dem Moment klingelt ihr Handy, und nachdem sie aufgelegt hat, sagt sie: »Das war einer unserer Autoren. Er hat seinen Zug verpasst. Jetzt ruft er mich an, weil er ein neues Ticket braucht. Das heißt, ich muss mich erst mit unserem Reisebüro in Verbindung setzen und dann wieder mit ihm, um mir die neue Abfahrtszeit von ihm bestätigen zu lassen, und dann darf ich einen Kurier losschicken, der ihm die Fahrkarte am Bahnhof überreicht.«

»Es wäre doch viel einfacher«, sage ich, »wenn er sich selbst ein Ticket kaufen und dir die Rechnung schicken würde.«

»Sag das nicht mir, sag ihm das.« Sie hält mir das Telefon hin und zieht es gleich wieder weg. »Ach, was soll's. Das hat ja auch keinen Zweck. Er spricht ja nicht mal Englisch.«

17

Ich nehme meine Umhängetasche, stecke meinen Apfel und mein Notizbuch ein, setze, damit mich niemand erkennt, meine Death-Metal-Perücke auf und mache mich auf den Weg in die Innenstadt, um meine Selbstauslöschungsfantasie zu betäuben – eine persönliche fünf Kilometer lange Pilgerreise zum Turiner Grabtuch, der *Sacra Sindone,* das seit 1578 im Duomo di Torino, der Cattedrale di San Giovanni Battista, aufbewahrt wird, wie ich auf Wikipedia gelesen habe. Angeblich ist Jesus nach seiner Kreuzigung in dieses Leinentuch gewickelt worden, woraufhin sich die Umrisse seines Körpers im Stoff abgezeichnet haben sollen. Die besten Fotos davon sehen aus wie schlechte Röntgenaufnahmen – was die Leute nicht davon abhält, alle paar Jahre stundenlang Schlange zu stehen, um das Tuch im Original betrachten zu dürfen. Während der Osterfeierlichkeiten 2013 war es für eine halbe Stunde im Fernsehen zu sehen gewesen. Beim letzten Mal, als es öffentlich so gezeigt wurde, dass Schaulustige Zugang dazu hatten, 2010, kamen zwei Millionen Besucher. Welche Verheißung liegt darin, Jesus anzublicken? Welches Glück? Und was ist das für eine tolle Geschichte? Wenn sie denn wahr wäre.

Der Bischof von Troyes, Pierre d'Arcis, zweifelte schon im Mittelalter die Echtheit der Reliquie an. Radiokohlenstoffuntersuchungen haben inzwischen ergeben, dass das Material des Tuches aus dem 14. Jahrhundert stammt, aus der Zeit, in der es zum ersten Mal erwähnt wurde.[152] Zwei Mal überstand es einen Brand. Beim ersten, im Jahr 1532, damals noch in der Schlosskapelle von Chambéry, lag es zusammengefaltet in ei-

---

152 Allerdings stammen einige der Stoffproben von Stellen, die im Mittelalter ausgebessert wurden.

ner silbernen Truhe und wurde an einigen Stellen durch Feuer und Löschwasser beschädigt; beim zweiten, im Jahr 1997, lag es schon hinter zentimeterdickem Panzerglas im Turiner Dom und musste von einem Feuerwehrmann herausgeschlagen werden.

Ob authentisch oder nicht – interessant ist, dass sich ein Körper überhaupt auf diese Weise abbilden lässt, ganz gleich, von wem er ist. Und noch etwas ist merkwürdig:

dass die Negative von Fotos des Grabtuches schärfer und kontrastreicher sind als die Positive oder das Original;

dass das Tuch im VP8 Image Analyzer keine Verzerrung aufweist, wie das sonst beim Abdruck von dreidimensionalen Formen auf zweidimensionale Datenträger der Fall ist;[153]

dass die Ikonografie des Abbildes von der Überlieferung abweicht: Die Dornenkrone ist eine Dornenhaube; nicht die Handflächen, sondern die Handwurzeln sind durchbohrt; die

---

153 Giulio Fanti, Professor für mechanische und thermische Messverfahren in Padua, hat im *Journal of Imaging Science and Technology* dargelegt, dass nur Strahlung für eine solche Struktur im Stoff verantwortlich sein kann. Zwei Modelle wären seiner Ansicht nach denkbar:
   1. Eine starke elektromagnetische Strahlung, wie sie von Excimerlasern erzeugt wird. Ein starker Impuls elektromagnetischer Wellen im UV-Bereich, der imstande wäre, durch eine schlagartige Alterung bestimmter Gewebeteile ein Abbild auf einem Leichentuch zu erzeugen. Das würde den 3-D-Effekt erklären. Im Labor konnten Effekte mit einem Excimerlaser nur auf winzigen Stoffstücken erzielt werden. Für ein Bild von der Größe des Grabtuches wären vierunddreißigtausend Milliarden Watt nötig, wie das Energieforschungszentrum ENEA nach entsprechenden Versuchen mitteilte.
   2. Der sogenannte »Korona-Effekt«: ausgelöst etwa durch einen Kugelblitz oder durch austretendes Radon-Gas.

Daumen sind eingezogen, und die Beine sind ausgestreckt, nicht angewinkelt.[154]

Ich präge mir den Weg – immer geradeaus – auf Google Maps ein, weil ich ja, sobald ich das alte Fiat-Gelände verlasse, keinen Internetzugang mehr habe. Offline: Synonym für »Fremde«. Ich bin auf mein Gedächtnis angewiesen. Die Firmenzentrale von Fiat[155] vor dem Hotel ist ein terrassiertes Gebäude, auf den Giebeln steht auf jeder Seite *FIAT,* und vor dem Eingang wehen Fahnen mit dem Firmenlogo, aber das Tor ist geschlossen, und so gehe ich weiter auf der anderen Straßenseite durch eine kleine Platanenallee die Via Nizza entlang. Auf den Bänken rechts und links sitzen Männer, die Klebstoff aus Tüten schnüffeln. Als kauten sie Kaugummi, bläht sich die Plastikhülle vor ihren Mündern zu einem Ball auf und erschlafft, sobald sie wieder einatmen.

Vor der Bar Lingotto steht ein Glaskasten auf der Straße, in dem Gäste sitzen und einen Espresso trinken – ein Gewächshaus für Menschen. An der Straßenecke unterhalten sich drei Polizisten in ihren blauen Uniformen und weißen Mützen – gestrandete Kapitäne. Ich gehe an Beauty-Shops und Eisdielen vorbei, an Elektrofachmärkten und einem Gemüsemarkt und

154 Die Erforschung des Tuches hat einen eigenen Wissenschaftszweig begründet: die Sindonologie, abgeleitet vom griechischen Wort *sindón* (Leichentuch). Sollte je zweifelsfrei bewiesen werden, wie das Tuch hergestellt wurde, wäre die ganze Disziplin auf einen Schlag erledigt, Dutzende Doktorarbeiten überflüssig, Hunderte Hypothesen hinfällig. Aber immerhin: Sindonologie ist eine Wissenschaft mit einem eindeutigen, klar benennbaren Ziel. Welches andere Fach kann das von sich behaupten?

155 Die Autos der Marke Fiat werden seit 1983 an anderen Standorten produziert, im Turiner Stadtteil Mirafiori und im Süden des Landes, in Piedimonte San Germano, Pomigliano d'Arco bei Neapel, in Melfi sowie in Polen, Brasilien, Argentinien, Mexiko, Indien und China.

merke, wie meine Beine mit jedem Schritt schwerer und schwerer werden. Nach dem ersten Block, an der Station Spezia, nehme ich die Metro. Es handelt sich dabei um die erste und einzige fahrerlose U-Bahn des Landes; sie wurde erst im Jahr 2011 eröffnet und hat wesentlich zum Aufschwung des Stadtviertels Lingotto beigetragen. Wenn man wie ich ganz vorn sitzt und in den beleuchteten Tunnel schaut, ist das – dank der Bodenunebenheiten – wie Achterbahnfahren für Sechzigjährige mit Herzrhythmusstörungen: ein leichter Kitzel im Bauch, aber absolut ungefährlich. An der Station Porta Nuova, dem einstigen Hauptbahnhof, steige ich aus. Das prachtvolle, neogotische Gebäude aus dem 19. Jahrhundert ist komplett eingerüstet – und das, obwohl es erst 2009 – nach einem umfassenden Umbau – eingeweiht wurde.

Ich schlendere durch einen kleinen Park voller Ginkgo- und Magnolienbäume, über die Piazza Carlo Felice und den Arkaden[156] folgend die Via Roma hoch. Das Zentrum hat mehr zu bieten als die 8 Gallery, das Centro Commerciale: Lacoste, Massimo Dutti, Rolex, Apple, Gucci, Salvatore Ferragamo, Louis Vuitton, Tommy Hilfiger, Max Mara, Hermés et cetera. Ein Mann kniet weit nach vorn gebeugt in einem Hauseingang; die Ellbogen aufgestützt, die Handflächen nach oben gedreht, bittet er um eine Spende. Ein anderer sitzt auf einem Schemel, in der einen Hand ein Marienbild, in der anderen einen Becher, in den man das Geld werfen soll. An beiden gehen die Passanten achtlos vorbei. Eben noch plätscherte ein Brunnen neben mir vor sich hin, jetzt bin ich umtost von Menschenmassen, die von einem Geschäft ins andere hetzen, als würden sie in der Woche nicht dazu kommen, einkaufen zu gehen, als müssten

---

156 Die Arkaden, die sogenannten *portici*, die sich mit Unterbrechungen durch die ganze Innenstadt ziehen, haben eine Gesamtlänge von achtzehn Kilometern.

sie den Sonntag nutzen, um ihre Schränke aufzufüllen. Wer der neue Gott ist, zeigt sich in dieser Straße.

Auf der Piazza San Carlo, unterhalb des Reiterstandbildes von Emanuel Philibert,[157] wo ich dem Kapital für einen Moment entronnen zu sein meine, kommt ein Clown auf mich zu, schneidet ein paar Grimassen und sagt etwas auf Italienisch zu mir, woraufhin die Umstehenden anfangen zu lachen. Dann nimmt er meinen Arm, führt mich zu einem nahe gelegenen Blumenstand und sagt in akzentfreiem Deutsch: »Blumen für die Damen.«

»Welche Damen?«

»Der Platz ist voll von ihnen.«

»Ich soll den Frauen Blumen schenken?«

Der Clown nickt. »Frauen lieben Blumen. Und du liebst Frauen.«

»Nein«, sage ich, »seit gestern nicht mehr. Seit gestern liebe ich Männer.«

Mit einem Ausdruck des Missfallens lässt er meinen Arm los; womöglich erinnere ich ihn mit meinen langen, schwarzen Haaren, meinen weichen Gesichtszügen und mit meinem Dreitagebart an Conchita Wurst – auch ein Clown, aber ein Clown der Toleranz.

157   Der Turin 1563 zur Hauptstadt seines Herzogtums machte.

18

Ich biege in eine Seitenstraße ab, in die Via Giuseppe Luigi
Lagrange, in der Hoffnung, dort nicht von Menschen und Waren belästigt zu werden. Ein kräftiger Windstoß reißt mir die
Perücke vom Kopf[158] und treibt mich voran, vorbei am leuch-
tend roten Palazzo Carignano und einem blauweißen Ausstel-
lungsstück des neuen BMW i8. Plötzlich stehe ich vor einem
kleinen Buchladen namens Luxemburg – Libreria Internazionale.[159] Um zu überprüfen, ob mein Buch abseits der Buchmesse überhaupt präsent ist, gehe ich hinein. Das Parkett knarzt bei
jedem Schritt. Gleich neben der Tür hängt ein weißes Plakat
mit einer roten Überschrift *Leggere (Lesen)*, darunter ein Zitat aus *Der Fänger im Roggen:* »Was mich richtig umhaut, sind
Bücher, bei denen man sich wünscht, wenn man es ganz aus-
gelesen hat, der Autor, der es geschrieben hat, wäre irrsinnig
mit einem befreundet und man könnte ihn jederzeit, wenn man
Lust hat, anrufen.« An der einen Wand kleben Coverboys und
Covergirls: Christopher Isherwood auf der Titelseite des *Times
Literary Supplement,* Donna Tartt auf der *New York Times Book*

---

158 Ich lasse sie ziehen, Haare im Wind.

159 Der Buchladen existiert, wie die Fußmatte verrät, seit 1872. Der jetzi-
ge Besitzer, Angelo Pezzana, das erfahre ich im Internet, ist nicht nur
Buchhändler, sondern auch Journalist, Schriftsteller, Politiker und Mit-
begründer der Turiner Buchmesse. 1970 rief er *Fuori! (Out!)* ins Leben,
die erste Schwulen- und Lesbenbefreiungsbewegung in Italien. Weil sich
das Luxemburg nicht nur als geistiges europäisches Zentrum der Stadt
versteht, sondern auch als Hort der jüdischen Geistesgeschichte, gibt es
einen Raum, der sich der Judaistik widmet. Das machte die Buchhandlung 1988 zum Ziel einer propalästinensischen Anarchisten-Gruppe, die
einen Molotow-Cocktail durchs Fenster warf; das Feuer zerstörte zweitausend Bücher. Von den Verheerungen ist jetzt, ein Vierteljahrhundert
später, nichts mehr zu sehen. Ich bin neu hier, betrachte alles zum ersten
Mal. Ich habe nicht den Blick des Alten, der imstande ist, die Gegenwart
mit der Vergangenheit zu vergleichen.

Review; auf der anderen Fotos von Virginia Woolf, James Joyce, Marcel Proust, Jorge Luis Borges. Die Rubriken sind nach Verlagen sortiert, Adelphi, Einaudi, Feltrinelli etc. Auf den Tischen liegen die Neuerscheinungen, und tatsächlich: Da ist es, zwischen Donna Tartts *Il cardellino (Der Distelfink)* und Jonathan Lethems *I giardini dei dissidenti (Der Garten der Dissidenten)*. Das Schönste an dem rundum von schwarzen Regalen eingerahmten Raum sind aber nicht die Zeitungen, Fotos oder Bücher, das ist die Stille; niemand sagt etwas, alle blättern und lesen, voller Neugier und Ehrfurcht, wie in einer Bibliothek. Im Hinterzimmer geht eine schmale Treppe in den ersten Stock hinauf, ein gerahmter Ausschnitt aus der US-amerikanischen *Vanity Fair* vermeldet den Suizid von Primo Levi und zitiert dabei dessen Besuche im Luxemburg. Ich steige Stufe um Stufe nach oben, dorthin, wo es, wie ein Schild verheißt, fremdsprachige Titel geben soll und ich David Wagners *Leben* zu finden hoffe, weil ich, ausgelöst durch das Salinger-Zitat, das Gefühl habe, genau das jetzt zu brauchen. Einen Moment lang bleibe ich vor einem Plakat mit der Aufschrift *Protest Against the Rising Tide of Conformity* stehen, irgendwo habe ich es schon einmal gesehen, kann mich aber nicht daran erinnern, wo.[160] Oben angekommen sehe ich, dass die französische und die englische Literatur jeweils ein ganzes Regal ausfüllt, die deutsche aber nur eine halbe Reihe;[161] das, was ich suche, ist nicht dabei. Auf

160 Im Hotel, als ich es google, fällt es mir wieder ein. Ich sah es in London in einem Pub, ich weiß nicht mehr, in welchem, in einem, in dem ich mit David war, und da hing es in seiner ganzen Größe. Es handelt sich um ein Werbeplakat für Booth's House of Lords Dry Gin aus den Sechzigerjahren – ein frühes Beispiel dafür, wie Gegenkultur von Firmen instrumentalisiert wird, um auch Widerständlern Produkte zu verkaufen und ihnen dabei das gute Gefühl zu geben, weiterhin dagegen zu sein.

161 Im Gegensatz zum angloamerikanischen oder französischen Raum, in dem Deutsch immer mehr an Bedeutung verliert, erwacht das Interesse für die deutsche Sprache in südeuropäischen, von der Wirtschaftskrise be-

dem Weg nach draußen entdecke ich es dann aber doch noch, in der italienischen Übersetzung, *Il corpo della vita,* und da Davids Gesicht auf dem Umschlag abgebildet ist, eine Illustration aus dem *SZ-Magazin,* halte ich es neben mich und mache ein Selfie von uns beiden, wie als wären wir beide jetzt hier und nicht Hunderte Kilometer voneinander entfernt. Um den aus der Distanz resultierenden Schmerz etwas abzumildern, hole ich seine Aufzeichnungen hervor und bleibe an einer Stelle hängen, die mich jetzt, beim dritten oder vierten Lesen, mehr trifft, als ich mir eingestehen will: »So schöne Häuser. Warm nun. Noch ein wenig kreuz und quer, genieße es sehr, wie heute Nachmittag, als ich dachte, was für ein Glückspilz ich bin, werde hierher eingeladen und darf herumspazieren, habe mir das schon gut eingerichtet. Gefällt mir so. Und wenn ich ehrlich bin, vermisse ich niemanden. Gefällt mir allein ganz gut. Ist das gemein? Nein.«

sonders stark betroffenen Ländern wie Spanien, Griechenland, Italien. So verzeichnen die italienischen Schulbehörden drei Prozent mehr Deutschschüler seit 2010; die italienischen Goethe-Institute weisen seit 2010 eine Zunahme der Deutschkursteilnehmer um neunundfünfzig Prozent aus; und die Anzahl der Studienanfänger im Fachbereich Deutsch hat sich an dreißig befragten italienischen Universitäten im Studienjahr 2012/13 im Vergleich zum Vorjahreszeitraum um siebenunddreißig Prozent erhöht. Die meisten Studierenden, dreihundertachtzig, gibt es in Turin. Hier haben sich die Immatrikulationszahlen innerhalb eines Jahres verdoppelt.

19

Als ich wieder auf die Straße hinaustrete, blendet mich das Licht, und ich bin verwirrt. Ich frage einen Passanten nach dem Weg zum Dom. Er weist nach Norden, Richtung Palazzo Madama, der mit seinen gewaltigen backsteinernen Türmen von hinten aussieht wie eine Festung. Als ich dort den Nächsten frage, weist er Richtung Westen. Ein anderer meint, der Dom liege mehr im Süden, dort, wo ich herkomme, fügt aber hinzu, er stamme nicht aus Turin und kenne sich nicht aus. Also folge ich meiner Intuition und gehe nach Osten. Weit schaffe ich es ohnehin nicht mehr.

In der Via Cesare Battisti bleibe ich vor dem Schaufenster eines Eisenwarenladens stehen. Die goldbeschlagenen Türklinken, Hausnummern und Garderobenhaken wirken auf dem blauen Samt wie Schmuckstücke eines Juweliers. Ein paar Meter weiter betrete ich die Galleria Subalpina, ein kühles, ruhiges, prachtvolles Einkaufszentrum aus der *Belle Époque.* Schaufenster drei Stockwerke hoch, Marmorboden, Pilaster und Stuck, mit einer fünfzig Meter langen Kuppel aus Glas und Schmiedeeisen. Zu beiden Seiten Geschäfte wie aus einem anderen Jahrhundert: ein Antiquariat, das in Schweinsleder gebundene Folianten anbietet; eine Kunstgalerie voller naturalistischer Gemälde; ein Möbelhandel, der sich, nach den ausgestellten Objekten zu urteilen, auf Palisanderkommoden mit Blumenintarsien spezialisiert hat; Cafés und Restaurants mit Kellnern in weißen Hemden und schwarzen Livreen.

Ich komme mir, während ich einmal rundherum wandele, vor wie in einem Museum. Als hätte jemand die Zeit angehalten, ist alles noch so wie Ende des 19. Jahrhunderts. Nur die Besucher, die wie ich staunend starren, stammen, ihre legere Kleidung und elektronischen Accessoires lassen daran keinen Zweifel, aus der Gegenwart. Über der Stadt, das sehe ich durchs Glasdach, ziehen Wolken auf. Minutenlang betrachte ich das Schauspiel der Natur. Die Bewegung reißt mich fort, doch ich kann nicht folgen. Weil mir schwindelt, will ich mich auf den Rand eines der mit Blumen bepflanzten marmornen Kübel in der Mitte des Innenhofes setzen. Kaum sitze ich, lese ich auf einem Schild den Hinweis *Vietato sedersi sulle aiuole (Es ist verboten, sich auf die Beete zu setzen)*. Ich blicke mich um, einer der Kellner guckt schon; womöglich hat man sie angehalten, Zuwiderhandlungen unverzüglich zu ahnden. Darum erhebe ich mich, warte einen Moment, bis das durch das plötzliche Aufstehen verstärkte Kreisen im Kopf zum Stillstand gekommen ist, und gehe wieder nach draußen, wieder in die Hitze hinein.

Ich überquere die Via Carlo Alberto, dort, wo Friedrich Nietzsche wohnte, blicke, als ich mich umdrehe, auf die Inschrift und das kupferne Profil des Philosophen an der Wand, und als ich über die Piazza Carlo Alberto schaue, sehe ich rechts das Museo Nazionale del Risorgimento Italiano, das Nationalmuseum der italienischen Einheitsbewegung, links vor mir die Universitätsbibliothek, beide Gebäude säulenumstanden, skulpturenverziert, fahnenbehängt, und in der Mitte das Reiterstandbild Carlo Albertos, König von Sardinien, Herzog von Savoyen, Hamlet Italiens:[162] den Säbel gezückt – das Pferd im Schnauben innehaltend – umgeben von übermenschlichen Figuren, einem Grenadier, einem Lanzenreiter, einem Artilleristen und einem Scharfschützen, uniformiert, behelmt und bewaffnet – bereit, in den Unabhängigkeitskrieg zu ziehen.

162 Die Zuschreibung stammt von dem Journalisten und Freiheitskämpfer Giuseppe Mazzini, geistiger Wegbereiter eines vereinten demokratischen Europas. Er charakterisiert Carlo Alberto als »despotisch in seinen Neigungen und liberal nur in Bezug auf seine Einbildungen, eine Beute seines Gewissens und abgenutzt durch den wechselseitigen, mal von den Jesuiten, mal von Patrioten inspirierten Terror«.

Als ich weitergehe, höre ich hinter mir ein Hicksen, als hätte jemand einen extrem lauten Schluckauf, drei, vier Mal hintereinander und mit jedem Schritt lauter, näher an mir dran. Ich drehe mich um, und im gleichen Moment dreht sich die Person hinter mir ebenfalls um, sodass ich nicht ihr Gesicht, sondern nur ihre langen, schwarzen Haare[163], ihr langes, schwarzes Gewand und die roten Puschel an ihren Schuhspitzen sehen kann. Ich gehe weiter, wieder höre ich das Hicksen, wieder drehe ich mich um, und wieder wendet mir mein Verfolger/meine Verfolgerin den Rücken zu. Ich vermag nicht zu sagen, ob Mann oder Frau. Ich setze meinen Weg fort, alles wiederholt sich ein weiteres Mal. Als ich mich schließlich erneut umdrehe, imitiere ich das Hicksen; ich weiß mir nicht anders zu helfen. Ich mache kehrt und gehe weiter, und plötzlich, als hätte ich ein Codewort gesagt, ist der Bann gebrochen. Die Person, wer immer es ist, bleibt schweigend zurück. Mehrmals noch schaue ich zu ihr hin; sie steht da, wie zu einer Statue erstarrt.

163 Die mich sehr an meine Perücke erinnern.

20

Vor mir, an der Ecke Via Cesare Battisti und Via Giambattista Bogino, ragt ein palastartiges Gebäude auf, der Palazzo Graneri della Roccia, ein Haus der Kunst und Literatur, wie es auf einem an der Wand angebrachten Schild heißt, ein mächtiger Balkon über dem Eingangsportal, die Fenster im Erdgeschoss sind vergittert, aber das Holztor ist offen, und so trete ich durch einen Gang in einen Innenhof ein. Ein roter Teppich führt unter den Arkaden entlang zu einer Glastür mit der goldenen Aufschrift *Circolo degli artisti (Künstlerkreis)*. Junge Leute mit Mappen und Umhängetaschen unter den Armen gehen an mir vorbei, steigen die marmorne, barocke Treppe in den ersten Stock hinauf, ich folge ihnen in eine Galerie, von der aus mehrere Säle abgehen. Im ersten, in der *sala artisti:* Parkettboden, Perserteppich, Goldtapeten und Goldstuck, Kronleuchter und Samtvorhänge, rote Ledersitze und an Metallhaken befestigte, frei schwingende, korbgeflochtene Hängesessel; an den Wänden hängen Drucke, Porträts alter Meister, Michelangelo, Botticelli, Filippo Lippi. Im zweiten, dem größten und über und über mit Stuck verzierten Saal, der *sala grande:* ein schwarzer Flügel, durchsichtige Plastikstühle, Wandleuchter. Im dritten, in der *sala gioco,* dem Spielzimmer, grüngoldene Tapeten, Landschaftsbilder, Fresken. Im vierten, in der *sala filosofi,* mit Tüchern bezogene Sessel, nackte Glühbirnen, die an Kabeln von der Decke baumeln, schiefe, aus den Angeln hängende Türen und Aktbilder, Leda und der Schwan, Frauen beim Picknick, ruhende Mädchen, auf Wolken gebettet. Im fünften, der *sala lettura,* im Lesesaal: rote Tapeten, goldumkränzte, bis zur Decke reichende schwarzfleckige Spiegel, grüne Sofas und Sessel; auf einer Anrichte liegen Bücher und Zeitschriften aus. Und dahinter, ganz am Schluss, der *salotto cinese,* in dem sogenannte »Nu-Ovo«-Objekte stehen, weiße Schallschutzeier, in die man sich, wenn man die Welt um sich herum vergessen will, hineinlegen kann – Särge für die Lebenden.[164]

Man kann von einem Saal zum anderen gehen. Jeder ist durch eine Tür mit dem nächsten verbunden, und in jedem sitzen Leute vor ihren Laptops. Im Café, einem ungemütlichen, grell ausgeleuchteten und mit Musik beschallten Raum mit Bartresen, bestelle ich einen Espresso und lege mich in eins der Schallschutzeier im *salotto cinese*. Durch einen Flyer, den ich aus dem Café mitgenommen habe, erfahre ich, dass der Palazzo Graneri della Roccia im 17. Jahrhundert gebaut wurde; hier feierten die Piemontesen 1706 eine siegreiche Schlacht über die Franzosen, die der monatelangen Belagerung der Stadt ein Ende setzte; Mitte des 19. Jahrhunderts zog der *Circolo degli artisti* ein, und der Palast wurde zum Konzerthaus, Ausstellungsraum und Treffpunkt für liberale Intellektuelle in der Zeit des Risorgimento. Seit 2006, dem Jahr, in dem man Turin zur »Hauptstadt des Buches« erklärte, beherbergt es den von der Region Piemont geförderten *Circolo dei lettori (Leserkreis)*. Jetzt ist es ein Haus, das ausschließlich dem Lesen gewidmet ist, dem privaten und öffentlichen Lesen. Ich ziehe die Schiebetür des Eies zu, und um mich herum ist es still. Jetzt ist er da: der Augenblick, in dem die Ewigkeit Augenblick wird.

Wieder, ich weiß nicht, warum, hole ich Davids Aufzeichnungen hervor. Womöglich hoffe ich, je öfter ich sie lese, eine an mich gerichtete Botschaft darin zu entdecken, die positiver ausfällt als der Wunsch, allein zu sein. So betrachtet liest sich

---

164 NU-OVO ist ein Wortspiel: *nuovo* bedeutet »neu«, *uovo* »Ei«. Der Turiner Designer und Architekt Paolo Maldotti beschreibt die eiförmigen Möbel, diesen Raum im Raum, als »erste mobile Lagereinheit für den Menschen«. Die Nu-Ovo-Räume gibt es in verschiedenen Ausführungen: mit Bett, mit Schreibtisch, mit Regalen, mit Rundbank, mit Küche, mit Dusche, mit Badewanne oder ganz einfach: leer.

dieses Minitagebuch nämlich wie ein Abschiedsbrief. Vielleicht, denke ich, sollte ich seine Vorstellung vom Verschwinden in die Tat umsetzen und einfach hierbleiben – hier in meinem Kokon. Wen würde ich davon in Kenntnis setzen? Meine Eltern? Meine Frau? Meine Tochter?[165] Tom Smith? David? Ist ein Verschwinden mit Ankündigung überhaupt ein Verschwinden? Soll es nicht später über mich heißen: »Er wollte nur nach Turin reisen. Und ward nie wieder gesehen«, so wie, den Legenden nach, Männer, die ihren Frauen sagen, sie würden nur mal eben schnell Zigaretten holen gehen, für immer spurlos verschwinden? Ich wäre nicht der Erste. Ich stünde in einer langen Tradition. Ist Nietzsche nicht in gewisser Weise hiergeblieben? Und Pavese? Und Primo Levi? Geistern sie nicht immer noch durch diese Straßen und Häuser, durch die Köpfe der Menschen? Turin könnte zu einer neuen Chiffre der Weltflucht werden, zu einer Heimat der Verlorenen.

Während ich all das denke, falte ich Davids Aufzeichnungen zu drei Papierfliegern zusammen. Ich schiebe die Tür meines Sarges beiseite, wankend stehe ich auf dem Parkett. Helle Punkte blitzen vor mir auf und verglühen wieder. Alles dreht sich. Alles kreist um mich herum. Als es aufhört, gehe ich an den Fenstern entlang durch die Säle hindurch, durch die wehenden Samtvorhänge, und trete auf den Balkon vor der *sala grande*. Ich ziele auf die Sonne über mir, auf die Wolken, die Berge am Horizont. Ich werfe die Flieger einen nach dem anderen gegen den Wind. Sie steigen auf, getragen, gehalten von einer unsichtbaren Kraft. Sie tanzen in der Luft, drehen eine Schleife, sinken, stürzen, kehren einer nach dem anderen zu mir zurück. Lange stehe ich da, die Hände auf die Balustrade gestützt, und schaue auf die Straße hinab.

165 Die auch das oberpeinlich finden würde.

Ich will.

Ich will nicht.

Ich will nicht springen.

So nicht.

Männer stehen in Gruppen zusammen wie Tauben. Die Person, die mich mit ihrem Hicksen verfolgt hat, ist nirgends zu sehen; jemand anderes muss sie mit einem Hicksen aus ihrer Starre erlöst haben.

21

Als ich, die Papierflieger in der Hand, wieder hineingehe, begegne ich Vincenzo Latronico in der *sala filosofi*. Er sitzt auf dem Sofa unter der Nackten mit dem Schwan und macht sich Notizen. Vorhin, da bin ich mir sicher, war er noch nicht da. Wir umarmen uns wie alte Freunde oder Brüder, Kastor und Pollux, die sich vor langer Zeit aus den Augen verloren haben. Ein paar Sekunden lang schauen wir uns verwundert an, als könnten wir es selbst nicht glauben, uns jetzt, nach nur wenigen Stunden, wiederzusehen. Er wirkt frisch und ausgeschlafen, nicht wie jemand, der bis zum Morgengrauen getrunken und gefeiert hat. Dann setzt er sich wieder, nippt an einem Macchiato, streicht sich durch seine dichten Haare, seinen vollen Bart und blickt erwartungsvoll zu mir auf. Das Einzige, was ihm zur Vollkommenheit fehlt, denke ich, ist eine schwarze Brille.

»Was hast du da?«, fragt er und zeigt auf die Zipfel der zusammengeknüllten Seiten zwischen meinen Fingern.

»Ach, nichts«, sage ich, lasse Davids Aufzeichnungen in meiner Umhängetasche verschwinden und setze mich zu ihm. »So einen Ort wie diesen gibt es in Berlin nicht, einen Ort, der so aristokratisch und demokratisch zugleich ist.«

»Ja«, sagt Vincenzo, »dies ist ein Treffpunkt für alle.«

»In Berlin ist das die Bar 3.«

»Da bin ich nicht gern hingegangen«, sagt er. »Zu viele Leute aus der Kunstszene. Ich bevorzuge die Victoria Bar. Oder das Prassnik. Oder das Hotel de Rome am Bebelplatz.«

»Das ist aber sehr elitär.«

»Das stimmt schon, aber da kannte ich, bis auf einen Freund, wenigstens keinen. Die Bar 3 war für mich immer ein Problem. Bis vor Kurzem habe ich als Kunstkritiker gearbeitet. Und in der Bar 3 sind immer irgendwelche Künstler, Kuratoren, Kritiker, da findet ein permanentes professionelles *networking* statt, ein Abchecken, Beobachten, Bewerten. Und dann dieses ständige Sichherausputzen, als ob da jeden Abend eine Vernissage oder eine Aftershowparty gefeiert werden würde. Ich konnte mich da einfach nicht entspannen. In den anderen Bars dagegen war ich immer ich selbst. So wie hier. Hier kenne ich auch niemanden und mich kennt keiner.«

»Ich kenne dich.«

»Aber du bist bald wieder weg.«

»Danke, dass du mich daran erinnerst.«

»Wann geht dein Flug?«

»Heute Abend. Ich mag Turin, ich mag Turin sogar sehr, alles ist so bombastisch und alt, so überzogen mit Patina, mit einem morbiden Glanz. Alles modert, stirbt, verwelkt und ist in diesem Zustand des Moderns, Absterbens, Verwelkens konserviert. Ich wünschte, ich könnte bleiben.«

»Was hindert dich?«

»Ich bin viel zu nüchtern für diese Art von Unterhaltung«, sage ich, auf seine Antwort vom Vorabend anspielend.

»Wenn du bleibst, könntest du miterleben, wie ich übernächste Woche drüben in der *sala grande* Mario Fortunatos neues Buch präsentiere. Er denkt bestimmt, ich werde viele Leute mitbringen, weil ich in Turin lebe. Dabei bin ich erst seit vier Monaten hier, und drei davon war ich unterwegs. Am Ende wird er enttäuscht sein, mit mir allein dazusitzen und über Berlin zu sprechen.«

»Dann solltest du dich vielleicht nicht in seine Reichweite setzen.«

»Warum?«

»Er wird dir sonst sein Notizbuch auf den Kopf schlagen.«

Ich bestelle für uns beide jeweils einen Espresso, und als ich mich wieder aufs Sofa fallen lasse, frage ich ihn: »Wie ist das bei dir? Wolltest du, als du in Berlin gewohnt hast, für den Rest deines Lebens in Deutschland bleiben?«

»Ich bin der Liebe wegen dorthin gezogen, und als ich dort war und die Beziehung zerbrach, wollte ich erst nicht zurück. Es gab so viele wunderbare Momente: Einmal, nachdem ich meine Steuererklärung abgegeben hatte, erhielt ich einen Brief vom Finanzamt; sie würden mir gern einen Besuch abstatten.«

»Oh. Mein. Gott.«

»Das dachte ich auch erst. Aber die Frau vom Finanzamt sagte im perfekten Englisch: ›Sie haben beim Ausfüllen der Formulare einige Fehler gemacht. Das ist kein Problem, das kriegen wir hin, dafür bin ich ja da.‹ Und ich dachte bloß: ›Wow, sie ist nicht mein Feind, sie ist hier, um mir zu helfen.‹«

»Was würde in Italien passieren?«

»Du erhältst einen Brief, in dem steht, du schuldest uns diesen oder jenen Betrag. Wenn du meinst, das kann nicht sein, und beim Finanzamt anrufst, geht keiner ran; wenn du hingehst, wirst du von einem Büro zum anderen geschickt; wenn du's schaffst, den zuständigen Sachbearbeiter doch noch zu erreichen, musst du damit rechnen, dass er nicht in der Lage oder nicht willens ist, dir zu helfen. Er würde das natürlich niemals zugeben, sondern dir das Gefühl geben, dein Problem sei deine Schuld und das müsstest du demzufolge auch selbst lösen.

Ein andermal hab ich etwas Dummes gemacht. Ich stand in Leipzig am Bahnhof vorm Fahrkartenautomaten und wollte zurück nach Berlin. Ich wusste nicht, welches Ticket ich nehmen sollte. Aus Versehen hab ich zwei unterschiedliche gekauft. Da ich das überflüssige Ticket ja schlecht in den Automaten zurückschieben konnte, hab ich versucht, es weiterzuverkaufen, aber die Leute haben mich angesehen, als wär ich verrückt. Am Schalter bin ich's dann doch noch losgeworden; die Bahnmitarbeiterin hat mir anstandslos das ganze Geld zurückgegeben. Ich musste nicht einmal eine Bearbeitungsgebühr bezahlen.«

»Was würde in Italien passieren?«

»Die Leute würden mir das Ticket einfach abkaufen und fertig.«

Während ich meinen Espresso trinke, muss ich an das denken, was ich über Vincenzo gelesen habe, dass er in Rom geboren wurde und in Luxemburg aufgewachsen ist; dass er erst mit vierzehn nach Mailand kam und in Cambridge, Massachussetts, an der Harvard University, Philosophie und mathematische Logik studierte; dass seine Mutter, halb Italienerin, halb Russin, in Äthiopien aufwuchs, dort die französische Schule besuchte und später am Europäischen Gerichtshof arbeitete; dass sein Vater, ein Italiener, aus dem Süden des Landes stammend, aus der Höhlenstadt Matera, bis zu seiner Pensionierung eine Schweißgerätefabrik leitete und jahrelang zwischen Italien, Dänemark und Luxemburg hin- und herpendelte.

»Wie kommt es eigentlich, dass du mit deinem internationalen Background und deinem Sprachtalent es nicht für nötig gehalten hast, in Berlin Deutsch zu lernen?«

»Ich hab's ja versucht, aber alle, die ich kennenlernte, sprachen, als sie merkten, dass ich im Deutschen vor mich hin stammele, sofort Englisch mit mir. Irgendwann hab ich's dann gelassen.«

»Das Einzige, was ich hier vermisse, ist, nicht alles verstehen zu können«, sage ich und sehe mich im Raum um, zu den Laptopleuten hin. »War es für dich als Schriftsteller nicht ein Problem, die Gespräche um dich herum nicht mitzukriegen, nicht zu wissen, was am Nachbartisch geredet wurde?«

»In der Tat. Davon handelt auch mein neuer Roman. Von der

Fremde. Von diesem Gefühl des Nichtdazugehörens. Von der Entfernung. Und den Möglichkeiten, die sich dadurch ergeben. Mit der Zeit habe ich zwar in Berlin ein ganz gutes Passivdeutsch entwickelt, aber ich wollte nicht in diesem internationalen Künstlerzirkel hängen bleiben.«

»Wir haben uns ja gestern schon kurz darüber unterhalten, über dieses Phänomen: dass in aller Welt nur noch mittelmäßiges Englisch gesprochen wird und dass dadurch auch das Denken der Menschen immer mittelmäßiger wird.«

»Ganz so einfach ist es nicht«, sagt Vincenzo. »Diese neue englische Weltsprache ist einfach und komplex zugleich; einfach, weil wir nicht über das Vokabular eines Muttersprachlers verfügen; komplex, weil wir unsere eigenen sprachlichen Erfahrungen und Kenntnisse mit einfließen lassen. Ich verwende, seit ich aus Deutschland zurück bin, im Englischen auch einige deutsche Begriffe, Worte wie ›Ecke‹ oder ›Schlüsseldienst‹, weil ich sie viel schöner finde als ›corner‹ oder ›locksmith's service‹. Mein Englisch wird dadurch vielleicht nicht besser, aber vielfältiger und spannender. Ich empfinde das als große Bereicherung.«

»Schreibst du auch auf Englisch?«

»Ich habe bisher nur einen Artikel auf Englisch geschrieben, den fürs *frieze*-Magazin zum Thema *Englisch als neue Weltsprache*. Seitdem habe ich in Italien mehr Aufträge bekommen als je zuvor. Ein italienisches Magazin hat den Essay nachdrucken wollen und mich gefragt, ob ich den selbst übersetzen könne, was natürlich kein Problem gewesen wäre. Ich hatte damals aber keine Zeit, und so hat es jemand anderes gemacht. Eine fast wortwörtliche Übersetzung. Als ich das las, dachte ich: Oh Gott, ich klinge ja wie ein dummer, siebzehnjähriger Junge. Das Lustige ist: Daraufhin meldeten sich einige Freunde bei mir und meinten, dieser Text zeige eindrücklich, wie gut ich mich als Schriftsteller entwickelt hätte, der Stil sei so viel klarer und intelligenter als alles, was ich bisher geschrieben hätte. Und das machte mich nachdenklich. Für mich ist das ein eindeutiger Beleg für eine sprachliche Kolonisierung. Wie kann es sein, dass ein guter Text in einer schlechten Übersetzung als etwas Besseres wahrgenommen wird? Früher gab es, behaupte ich jetzt mal, insgesamt qualitativ hochwertigere Übersetzungen. Der Standard ist gesunken und mit ihm die Erwartungshaltung der Leser.«

»Vielleicht hast du auch einfach nur die falschen Freunde.«

»Nein, ich glaube, das Problem ist fundamentaler. Ich weiß nicht, wie das in Deutschland ist, aber für die italienische Ausgabe des *Vice*-Magazins[166] arbeiten zum Beispiel viele Praktikanten, und die übersetzen Geschichten aus dem Mutterblatt ins Italienische. Die Übersetzungen sind allesamt sehr schlecht. Wenn es nur ein Text wäre, aber nein, das ganze Heft besteht aus schlechten Übersetzungen, und diese schlechten Übersetzungen sind eingebettet in eine Mode- und Lifestyle-Philosophie, die unsere Gegenwartskultur prägt. Die jungen Leser bemerken gar nicht, dass es sich um schlechte Übersetzungen handelt, weil sie die Originale nicht kennen und weil sie selbst auf diesem Niveau denken und schreiben.«

Wir beschließen, einen Spaziergang zu machen. Von meinem Plan, zum Turiner Grabtuch zu pilgern, sage ich ihm nichts. Ich

---

166 »Vice« bedeutet »Fehler/Laster/Makel« und kennzeichnet unmoralisches Verhalten. Vice, ursprünglich in Montreal gegründet, inzwischen in New York beheimatet, ist ein Medienunternehmen, das über ein Magazin, eine Website, einen Fernsehsender und einen Verlag verfügt und sich vor allem mit Themen urbaner Jugendkultur beschäftigt. Das *Vice*-Magazin, das sich selbst als »definitiver Guide zur Erleuchtung durch Information« versteht, erscheint in mehr als zwei Dutzend Ländern mit einer Auflage von fast einer Million Exemplaren. Die Redakteure fühlen sich dem *Immersion Journalism* verpflichtet: subjektiv, aber auf den Gegenstand der Betrachtung fokussiert, nicht auf den Autor.

will ihm gegenüber nicht wie ein Tourist erscheinen, der kurz vor der Abreise noch alle Sehenswürdigkeiten der Stadt abklappert. Wir drehen eine Runde um den Block und gehen an Pasticcerien, Parfümerien und Focaccerien mit goldbeschrifteten Schaufenstern und holzvertäfelten Wänden vorbei. Jedes Geschäft sieht so einladend aus, dass ich mich am liebsten hineinsetzen und mein restliches Leben dort verbringen möchte. Selbst die Filiale von McDonald's an der Piazza Castello erinnert mit ihren roten Barhockern und schwarzen Ledersofas, ihren Spiegeln und Chromleisten an einen alten, familiengeführten Diner. Ein Blick hinein genügt, schon blitzen in mir die tollsten Geschichten auf, die, da Vincenzo nach mir winkt, gleich wieder verglühen. Nur ein paar Meter die Straße herunter, im Caffè Fiorio, saßen, das lese ich auf einem Schild neben der Eingangstür, schon Herman Melville[167] und Mark Twain[168]. Wir aber kehren auch dort nicht ein,

167 Herman Melville, der große, zu Lebzeiten erfolglose US-Schriftsteller, Verfasser des *Moby Dick,* machte vom 9. bis 11. April 1857, auf seiner *Grand Tour* durch Europa, auf dem Weg von Rom nach Liverpool, einen Zwischenstopp in Turin und notierte in seinem Reisejournal: »Frühstückte in einem Café (vergoldeter, achteckiger Salon) in der Via di Po. Spazierte unter den großen Arkaden entlang. Genoß die Aussicht auf die Collina. Gemäldegalerie besichtigt. (…) Turin ist regelmäßiger als Philadelphia. Häuser alle von gleicher Bauart, gleicher Farbe, gleicher Höhe. Die ganze Stadt wirkt wie von einem Bauunternehmer erbaut & von einem Kapitalisten bezahlt.«

168 Mark Twain, der in den USA kurz zuvor *Die Abenteuer von Tom Sawyer* veröffentlicht hatte, besuchte Turin vom 16. bis 18. September 1878 und beschreibt die Stadt in seinem halbfiktiven Reisebericht *Bummel durch Europa:* »Turin ist eine sehr schöne Stadt. An Geräumigkeit übertrifft es alles, so scheint mir, was man sich nur erträumen kann. Es liegt inmitten einer riesigen, absolut flachen Ebene, und man gelangt zu der Vorstellung, daß das Land umsonst zu haben sei und man keine Steuern zu zahlen brauche, so großzügig gehen sie damit um. Die Straßen sind verschwenderisch breit, die gepflasterten Plätze sind erstaunlich groß, die Häuser sind gewaltig und schön, und sie sind zu gleichförmigen Blöcken zusammengefaßt, die sich pfeilgerade in die Ferne erstrecken. Die Bürgersteige sind ungefähr so breit wie gewöhnliche europäische Straßen und mit einer Doppelarkade überdacht, die auf großen Steinpfeilern oder -säulen

uns zieht es weiter über die Piazza Vittorio Veneto und den Po. Links am Wasser ist das Clubhaus der Società Canottieri Esperia, in dem wir am Abend zuvor gefeiert haben; davor, in Höhe der Brücke, zwei Zapfsäulen und ein Kiosk, auf dem *Esso* steht, eine Minitankstelle, wie es sie in Deutschland noch bis in die Sechzigerjahre hinein gegeben haben mag; direkt vor uns eine Kirche mit Säulenhalle, eine neoklassizistische Imitation des römischen Pantheons, die Gran Madre di Dio, die »Big Mama«, wie Vincenzo sagt. Auch sie ist ein Symbol der Freiheit, errichtet nach dem Sturz Napoleons und der Rückkehr des Königs von Sardinien und Herzogs von Savoyen, Viktor Emanuel I., einem Onkel von Carlo Alberto.

»Die ganze Stadt sieht aus wie ein Museum«, sage ich nach Atem ringend. Ich habe, seit ich mit David keine imaginierten Wanderungen mehr unternehme, keine Ausdauer mehr für ausgedehnte Stadtspaziergänge.

»Ganz Italien sieht aus wie ein Museum. Wenn überall Oberflächlichkeit regiert, sollte sie wenigstens schön sein, nicht wahr?« Als er das sagt, stehen wir vor der Pasticceria Sabauda am Corso Casale. Ein Achtknoten, eine Endacht, ziert das Logo, und ich muss, wenn auch nur kurz, an die 8 Gallery – Il Centro Commerciale denken. Vincenzo hält mir die Tür auf, vor ihm trete ich ein: auf der einen Seite eine massive Mahagonibar mit einer beleuchteten Vitrine, auf der anderen ein Café mit Bistrotischen und -stühlen, von denen aus man durch eine Durchreiche den Konditoren bei ihrer Arbeit zuschauen kann. In der Ausla-

ruht. Von einem Ende dieser geräumigen Straßen zum anderen geht man immerzu unter einem Schutzdach, und den ganzen Weg säumen wunderhübsche Geschäfte und sehr einladende Restaurants. (…) Turin muß wohl sehr viel lesen, denn es besitzt je Quadratrute mehr Buchläden als jede andere Stadt, die ich kenne.« Beide, Melville und Twain, sind in etwa genauso lang in der Stadt gewesen wie David und ich. Drei Tage scheinen das richtige Maß für die Ewigkeit zu sein.

ge liegen Croissants und Brioches, aber auch *Petits Fours, Dolci*: kunstvoll geformte und mit Cremes und Marzipan gefüllte Biskuits, mit und ohne Glasur, und Pralinen und Schokoladen und Trüffel. Weil draußen alle Tische besetzt sind, setzen wir uns im Café ans Fenster und bestellen zwei Tassen Espresso, eine Flasche Wasser und eine Auswahl feinster Kreationen, die uns, von Papiermanschetten umhüllt, auf einem Silbertablett serviert werden.

»Wie bist du eigentlich«, frage ich ihn, während ich das erste Stück in den Mund nehme, »zu Bompiani gekommen?«

»Verrückte Geschichte. Als ich in Mailand auf dem Gymnasium war, nahm unsere Schule an einem Literaturwettbewerb teil, an einer Auswahl für einen Turiner Literaturpreis. Alle meine Mitschüler haben sich da mit ihren Kurzgeschichten beworben, und meine wurde ausgewählt. Auf der Busfahrt lernte ich einen Journalisten kennen, und der bat mich am letzten Abend während des Dinners an seinen Tisch. Da saß ich zwischen Verlegern und Schriftstellern, darunter auch Amin Maalouf, mit dem ich mich auf Französisch unterhielt. Elisabetta Sgarbi, die mir gegenübersaß, bemerkte das, und fragte mich hinterher nach meiner Kurzgeschichte und ob ich noch mehr geschrieben hätte. Alle anderen jungen Schriftsteller hatten ihre kompletten Manuskripte dabei, ich nicht. Ich war schüchtern, aber in ein Mädchen verliebt, das in einen Typen verliebt war, der als Leser für einen Kleinverlag arbeitete. Deshalb sagte ich zu Elisabetta: ›Ich würde gern im Verlag arbeiten, als Leser.‹ Ein paar Wochen später hatte ich mein erstes Vorstellungsgespräch, ich kaufte mir ein Hemd, stellte mich bei Bompiani vor und bekam den Job. Da war ich sechzehn, prüfte Manuskripte aus dem Englischen, Französischen und Italienischen und schrieb Gutachten für den Verlag.«

»Hat es mit dem Mädchen geklappt?«

»Mit dem, das ich wollte, nicht. Aber mit anderen schon.«

»Und das hast du gemacht, bis dein erster Roman erschienen ist?«

»Nein«, sagt Vincenzo, »das hab ich gemacht, bis ich einundzwanzig war, bis ich mich mit Elisabetta zerstritten habe.«

»Worum ging's dabei?«

»Sagen wir so: Sie ist ein komplexer Charakter. Und ich war jung und idealistisch. Ich meine, sie ist supererfolgreich, intelligent, kultiviert und äußerst scharfsinnig. Es ist schwer, mit ihr mitzuhalten. Ich bin immer wieder überrascht von ihrem Gespür. Sie schafft es, die ganz großen Schriftsteller an ihren Verlag zu binden, ehe diese bekannt werden.«

»Danke, dass du das sagst.«

»Elisabetta ist der Konkurrenz immer einen Schritt voraus.«

»Vielleicht liegt es daran, dass sie so umtriebig ist.«

»Sie ist ein Phänomen. Sie nimmt sich nie eine Auszeit, macht nie Urlaub, braucht keinen Schlaf und ist trotzdem extrem produktiv.«

»Mein ehemaliger Verleger ist auch so.«

»Ich kenne nur ganz wenige Menschen, die so sind. Und sie sind mir ein Rätsel. Die trinken keinen Alkohol. Und nehmen keine Drogen.«

»Womöglich schütten ihre Körper Kokain aus.«

»Ja«, sagt Vincenzo. »Und wenn du an ihrer Haut leckst, machst du wahrscheinlich ›Wah!‹«

»Inzwischen habt ihr euch aber wieder versöhnt.«

»Sonst wären meine Bücher nicht bei ihr erschienen. Wir wissen inzwischen miteinander umzugehen.«

Vincenzo hat von jeder Sorte zwei Stück bestellt. Meine sind, da er die meiste Zeit geredet hat, schon weg, und ich bin versucht, mir seine auch noch einzuverleiben, vor allem die Gianduiotti, die berühmten Turiner Nougatpralinen. Um mich zu beherrschen, sage ich: »Ich habe gelesen, du bist auch nicht ganz ohne.«

»Was meinst du damit?«

»Es heißt, du seist arrogant und böse.«

»Wo hast du das denn her?«

»Aus dem Internet.«

»Du meinst wohl, aus dem Roman *Il Buon Inverno*[169] von João Tordo. Das bin nicht ich, das ist eine Figur namens Vincenzo Gentile, mein Alter Ego. ›Gentile‹ bedeutet ›freundlich, nett, zärtlich‹. Und dieser Typ ist alles andere als das. Ich habe João auf einem europäischen Literaturkongress in Budapest kennengelernt, wo wir beide mit unseren Debüts eingeladen waren. Ich war mit meiner Schwester dort. Gemeinsam haben wir die Nächte durchgemacht, getrunken, über brutale Morde geredet und uns unaussprechliche, mit diakritischen Zeichen versehene Namen für Touristen und Bars ausgedacht. Kurz darauf hat er uns in unserem Sommerhaus in Sabaudia[170] besucht. Wir sind in Kontakt geblieben, haben uns aber nicht mehr gesehen. Als ich Jahre später die italienische Übersetzung seines zweiten Romans las, war ich sehr überrascht, handelt er doch von einem jungen portugiesischen Schriftsteller, der auf einem europäischen Literaturkongress einen jungen italienischen Schriftsteller und dessen Freundin kennenlernt. Gemeinsam machen sie die Nächte durch, trinken, sprechen über Filme und denken sich unaussprechliche, mit diakritischen Zeichen versehene Namen für Touristen und Bars aus. Kurz darauf besucht der portugiesische Schriftsteller den italienischen Schriftsteller und dessen Freundin im Sommerhaus eines Filmproduzen-

169 Der deutsche Titel könnte, würde das Buch in Deutschland erscheinen, *Der gute Winter* lauten.

170 Sabaudia, eine während der Zeit des Faschismus erbaute Retortenstadt, liegt südlich von Rom.

ten in Sabaudia. Aus dieser, der Wirklichkeit nachgebildeten Ausgangslage entwickelt sich eine Horrorgeschichte: Der Filmproduzent wird ermordet, sein Freund, ein ehemaliger Söldner, will die Tat aufklären und zwingt alle Verdächtigen, so lange im Haus zu bleiben, bis der Täter gefasst ist. Das Ganze gipfelt in einem Gewaltexzess. Parallel dazu gibt es Fußnoten voller Abschweifungen, in denen der Schriftsteller erklärt, warum er schreibt, was er schreibt. Die totale Metafiktion. Vincenzo Gentile entpuppt sich dabei als teuflischer Typ, verlogen, boshaft, selbstsüchtig, heimtückisch, manipulativ und arrogant. Ich habe mich gefragt, warum er diese Figur nach mir benannt hat. Meint er, ich werde so enden wie mein anderes, alternatives Ich? Hat er etwas in mir gesehen, was ich selbst nicht sehen kann – eine dunkle Seite meiner Persönlichkeit? Oder hat das alles nichts mit mir zu tun? Also habe ich ihm geschrieben und ihn gefragt.«

»Und?«

»Und er schrieb mir zurück, Fiktion und Realität seien zwei völlig verschiedene Dinge. ›Warum dann all diese Details aus dem wahren Leben?‹ Ich solle, schrieb er, mir keine Sorgen machen, der niederträchtige und erbärmliche Schriftsteller in dem Buch heiße sogar wie er selbst und habe nichts mit ihm zu tun. Aber ich mache mir Sorgen. Ich frage mich seitdem, inwiefern die Tatsache, dass die Menschen im Buch Ähnlichkeit mit den Menschen im Leben haben, die Deutung der Geschichte beeinflusst. Und manchmal stelle ich mir vor, wie es ist, mit einem Gewehr in der Hand vor dem Haus in Sabaudia zu stehen und auf die Leute, die da drin sind, zu schießen.«

»Das kenne ich«, sage ich. »So geht es mir gerade.«

»Wie? So als ob du jemanden umbringen könntest?«

»So als ob ich nicht ich selbst wäre, sondern eine Figur, die ich erfunden hätte.«

»Das Schlimme daran ist: Irgendwann weißt du nicht mehr, wer wer ist. Bin ich ich? Oder bin ich ich?«

»Die Frage ist viel grundlegender«, sage ich. »Wer bin ich überhaupt? Existiere ich unabhängig von mir? Oder habe ich mir mich nur ausgedacht? Und wenn ich mir mich nur ausgedacht habe, habe ich mir dich womöglich auch nur ausgedacht. Dann sitzen wir hier gar nicht. Dann gibt es diesen Ort gar nicht. Kein Sabauda. Kein Turin. Keine Gianduiotti.«

»Wenn wir zu lange darüber nachdenken, werden wir wahnsinnig«, sagt Vincenzo und isst, als fördere das die Vernunft, ein Nougatstück nach dem anderen auf.

Wie am Vorabend spüre ich diese tiefe Verbundenheit zwischen uns, diesen Gleichklang der Gedanken. Er könnte, denke ich, wenn ich bliebe, wenn wir gemeinsam mehr Zeit hätten, der neue David werden. Und während ich das denke, schießt mir das Blut ins Gesicht, und ich wechsele das Thema.

Ich erinnere mich, gelesen zu haben, dass Vincenzo gerade erst von einer Reise nach Südamerika zurückgekehrt ist. Anfang des Jahres ist er als einziger Passagier auf einem Frachter von Belgien nach Brasilien gefahren. Darüber hat er einen Erfahrungsbericht verfasst, der, wenn sich genug Besteller finden, im übernächsten *Block*-Magazin erscheinen soll. Die Geschichte handelt von einem Menschen, der zwischen lauter in Containern verstauten Dingen allmählich selbst zu einem Ding wird. Es geht darum, die Monotonie auszuhalten, die Isolation zu ertragen, ohne die Beherrschung zu verlieren.

So grundverschieden unsere Reiseanlässe auch gewesen sein mögen, in beiden schwingt die Hoffnung mit, an einer besonderen Erfahrung zu reifen. Als ich ihn darauf anspreche, sagt er: »Ich wollte eigentlich nicht darüber schreiben. Zehn Jahre habe ich nichts anderes gemacht als schreiben, schreiben, schreiben.

Ich war zu einem Sklaven meiner selbst geworden. Ich musste einfach mal raus und etwas tun, was mir nichts bedeutet. Ein Franzose, der vor mir auf dieser Route unterwegs war, meinte, das Angebot richte sich an ›chronisch kontemplative oder hyperaktive Naturen auf Entzug‹. Ich weiß nicht, ob diese Zuschreibung auf mich zutrifft, ich weiß nur, dass ich mich immer mal wieder nach Einsamkeit sehne, nach einem toten Trakt, in dem mich niemand findet. Dieser Monat, diese Auszeit auf See war wichtig für mich, um neue Kraft schöpfen.«

»Du sagtest, dein nächstes Buch handele von der Fremde«, sage ich. »Ich schreibe seit Jahren an einem Roman über deutsche Auswanderer, eine Familie, die nach dem Krieg Deutschland verlässt und in den Vereinigten Staaten das Glück sucht. Eine historische Geschichte, die bis in die Gegenwart reicht, ein monumentaler Roman, der niemals fertig wird. Wie ist das bei dir?«

»Mein nächster Roman beschäftigt sich mit der europäischen Integration, mit der Idee, dass du jederzeit in einen anderen europäischen Staat ziehen und dort arbeiten könntest. In Italien gibt es diesen großen Mythos des *Braindrain:* Die Jungen, Gutausgebildeten, Arbeitswilligen verlassen das Land; zurück bleiben die Faulen und Unfähigen, dazu verdammt, das Wenige, was sie haben, zu verlieren. Dadurch wird die Rückkehr der anderen mit einer unheimlichen Bedeutung aufgeladen. Entweder du kommst wieder, weil du auch in der Fremde gescheitert bist, oder du kommst wieder, weil du einen Plan hast, den du, wenn du geblieben wärst, nicht gehabt hättest. In meinem Roman interpretieren die Figuren ihre Reise als notwendigen Schritt zum Erwachsenwerden. Sie gelangen von einer Welt der Vorstellung in eine Welt der Wahrheit.«

»Das klingt sehr theoretisch.«

»Im Mittelpunkt steht ein junger Italiener, ein ehemaliger

Journalist, der nach Berlin zieht, um dort ein neues Leben als Programmierer zu beginnen.«

»Klingt – zumindest zum Teil – wie deine eigene Geschichte.«

»Vorausgesetzt, ich bin ich. Der Ex-Journalist im Buch schreibt aber von Berlin aus nicht für Kunstmagazine, sondern nur seinen eigenen Blog. Er erweitert das Konzept des *New Journalism* und verkehrt diese subjektive, aber der Wahrheit verpflichtete Form ins Gegenteil: Er übertreibt und romantisiert seine Erfahrungen, verbindet Fakten und Fiktion, um seiner Ansicht nach einen höheren Grad der Wahrhaftigkeit und eine größere Tiefe der Darstellung zu erreichen. Als er merkt, dass das, was er schreibt, bei seinen ehemaligen Kollegen in der Redaktion daheim begeistert aufgenommen wird, beginnt er, wieder für sie zu arbeiten und systematisch zu lügen. Je mehr er die Wahrheit dehnt, desto erfolgreicher sind seine Geschichten. Weil sie die Erwartungen bedienen. Bis er von derselben sensationsgierigen Magazinkultur enttarnt wird, die ihn erschaffen hat.«

»Das erinnert mich an einen Fall, den wir vor fünfzehn Jahren in Deutschland hatten, den Fall Tom Kummer.«

»Den kenne ich nicht.«

»Kummer ist ein Schweizer Journalist, der in den Neunzigern von Los Angeles aus deutschsprachige Zeitungen und Zeitschriften mit gefälschten Interviews beliefert hat; erfundene oder aus anderen Quellen zusammenmontierte Gespräche mit Hollywood-Schauspielern wie Sharon Stone oder Brad Pitt. Seine Fälschungen bezeichnete er nicht als Fälschungen, seine Lügen nicht als Lügen, sondern als ›Konzeptkunst‹. Ein Chefredakteur, der deswegen gefeuert wurde, nannte das ›Borderline-Journalismus‹.«

»Hab ich noch nie von gehört.«

»Kummer hat Jahre später eine zweite Chance bekommen. Aber anstatt sie zu nutzen und sich zu rehabilitieren, hat er alte Artikel wieder veröffentlicht, ohne die Redaktion davon in Kenntnis zu setzen.«

»Ich dachte dabei eher an Jonah Lehrer, ein US-Journalist, der für den *New Yorker* gearbeitet hat, bis herauskam, dass er sich Zitate von Bob Dylan und anderen bloß ausgedacht, eigene Texte mehrfach ausgeschlachtet und von Kollegen abgeschrieben hatte. Das Absurde ist: Eine gemeinnützige Organisation, die Qualitätsjournalismus fördert, zahlte ihm hinterher sogar zwanzigtausend Dollar für eine Rede, in der er sich mit den Worten entschuldigte: ›Ich brauche meine Kritiker, damit sie mir sagen, was ich falsch gemacht habe, und sei es, um mir selbst zu beweisen, dass ich zuhören kann.‹«

»Warum machen die so etwas?«

»Ich glaube, es hat viel mit der Sehnsucht zu tun, eine Welt nach den eigenen Vorstellungen zu erschaffen.«

»Dann sollen sie Literatur machen und keinen Journalismus.«

»Offenbar ist die Wirklichkeit verführerischer und gewichtiger als die Fiktion. Wie sonst ist zu erklären, weshalb sich viele Romanleser wünschen, dass die Geschichten, in die sie eintauchen, auf Tatsachen beruhen?«

»Wie siehst du dich?«, frage ich.

»Ich bin Schriftsteller«, sagt Vincenzo.

»Das«, sage ich, »darf aber nicht Rechtfertigung für alles Mögliche sein.«

Ich schaue auf die Uhr. Erschrocken über die fortgeschrittene Zeit frage ich ihn jetzt doch nach dem Weg zum Dom. Er sagt, das sei nicht weit von dem Ort entfernt, an dem wir uns begegnet seien; er müsse in die gleiche Richtung und werde mich begleiten; er habe seinen Laptop, ein MacBook, in Reparatur gegeben und wolle im *Store* fragen, ob er ihn schon wieder mitnehmen könne. Und so kehren wir, fast ohne dass ich meine Augen von ihm abwende, an den Ausgangspunkt unserer gemeinsamen Wanderung zurück, überqueren den Po und die Piazza Vittorio Veneto und folgen den Arkaden zur Piazza Castello. Straßenbahnen, Motorroller und Autos rauschen an uns vorbei. Mit Tüten und Taschen behangene Menschen berühren uns, streifen uns, stoßen uns zur Seite. An den Wänden Graffiti, Tags, Figuren und Sprüche. Ich kann, da wir wie auf dem Hinweg daran vorbeieilen, nur einen Satz entziffern: *Torino antifascista sempre. (Turin immer antifaschistisch.)*

An der Via Roma angekommen, umarmen wir uns und versprechen uns, in Kontakt zu bleiben – wie David und ich damals in London. Dann strebt er in die eine Richtung, Apple zu, und ich strebe in die andere, dem Abbild Jesu entgegen.

22

Habe ich dank der drei Espressi meine Müdigkeit für eine Stunde erfolgreich unterdrücken können, befällt sie mich jetzt umso heftiger. Eine Weile stehe ich wie benommen vor dem Palazzo Madama, der von vorne so ganz anders aussieht als von hinten: vorne Barock, hinten Antike; vorne Palast, hinten Kastell – zwei der vier Wehrtürme gehörten ursprünglich zum an gleicher Stelle stehenden Stadttor der römischen Siedlung Augusta Taurinorum. Ich beschließe, über die Piazza Castello zu gehen, an der Via Garibaldi vorbei, durch ein gusseisernes Tor, bekrönt von zwei mächtigen Pferdestatuen, und mich in den Giardini Reali auszuruhen, bevor ich die Suche nach dem Dom, der, wie Vincenzo sagte, ganz in der Nähe sei, fortsetze. Die Bäume und das Grün des Parks sehe ich schon von Weitem, schon durch das Eingangsportal des Palazzo Reale. Vom Innenhof führt aber kein Weg hinein, das Tor ist verschlossen.

Unter den von innen beleuchteten, golden schimmernden Fenstern des Palastes marschiert eine Clownsgruppe: Frauen, die als Männer verkleidet sind. Sie tragen mit Blumen verzierte Melonen und Zylinder, angeklebte Bärte, lose gebundene Krawatten, zu groß geratene Anzüge. Anstelle von Gewehren haben sie zusammengeklappte Regenschirme an ihre Schultern gelegt, die sie alle paar Meter präsentieren, indem sie die Schirme aufklappen und in Händen drehen. Sie gehen im Gleichschritt immer im Kreis um mich herum und rufen sich gegenseitig zu: »*Sinistro, sinistro, sinistro, capitano, sinistro!*« (»Links, links, links, Hauptmann, links!«)[171]

---

171 Erst denke ich bei »*sinistro*« ans Englische »*sinister*« (finster, böse), weshalb mir die Clowns wie ein böses Vorzeichen vorkommen, wie eine Warnung, nicht weiterzugehen. Solange sie immer wieder »links« sagen, sofern sie bei jedem Schritt links als Richtung meinen und vorgeben, wer-

Ich biege in einen Durchgang ab, ein Spalier aus meterhohen Elektrokerzen, die aber, da es helllichter Tag ist, nicht entzündet sind, und gelange auf einen kleinen, schattigen Platz. Links, unter einem Glasdach, sind die Überreste eines Mosaiks zu sehen, der Fußboden der ersten Kathedrale von Turin, rechts die halbkreisförmigen Ruinen des einstigen römischen Theaters. Ich stehe im Schatten eines backsteinernen Glockenturms und setze mich, weil mir schwindelt, auf die marmornen Treppenstufen, die – das sehe ich, als ich mich umdrehe – zum Dom hinaufführen. Mit letzter Kraft erhebe ich mich, jede Stufe fühlt sich an wie ein Berg. Über dem von Engeln eingerahmten Mittelportal hängt das Wappen des Erzbischofs mit dessen Wahlspruch *Caritas congaudet veritati (Die Liebe erfreut sich an der Wahrheit)*.

Ich öffne eine der beiden Holztüren, trete in einen Windfang, der seinem Namen heute alle Ehre macht, öffne eine weitere Tür und stehe im Dom. Die Kühle umfängt mich wie ein Grab. In der Luft hängt noch der Weihrauch der Morgenmesse. Es dauert eine Weile, bis ich mich an die Dunkelheit gewöhnt habe. Mit seinem nackten, weißen Gewölbe wirkt der Dom fast so schlicht wie reformierte Kirchen in Norddeutschland. In beiden Seitenschiffen flackern von Kerzen illuminiert jeweils sieben Kapellen auf, die Heiligen und Seligen gewidmet sind. Die Frau hinterm Postkartenstand beäugt mich ebenso argwöhnisch wie die mit violetten Westen gekennzeichneten Aufseher. Mit ihren Blicken weisen sie mir den Weg, geradeaus durchs Mittelschiff, an den Säulen und Bänken vorbei zum Hauptaltar hin. Der Raum weitet sich mit jedem Meter, den ich voranschreite; es ist, als ginge ich auf einen Spiegel zu, nur dass ich mich selbst darin nicht sehen kann. Ich werde nicht größer, nehme keine

den sie im Kreis gehen. Vielleicht, denke ich, sollte ich das auch tun, anstatt einem unsichtbaren Faden zu folgen, immer weitergehen zu wollen.

Bewegung wahr; winke ich, winkt niemand zurück. Endlich, denke ich, bin ich verschwunden, bin ich mir selbst unsichtbar geworden; ich habe mein Ziel erreicht. Doch als ich vor dem mit Blumen verzierten Kruzifix ankomme und weitergehen will, über die Kordeln hinweg in die Apsis, in die an den Dom anschließende kreisrunde Kapelle des Turiner Grabtuches hinein, erkenne ich, dass es ein Trugbild ist, ein Trompe-l'œil, eine Leinwand, eine originalgetreue Kopie des dahinterliegenden Raumes.[172] Jetzt erinnere ich mich wieder, gelesen zu haben, dass die Kapelle bei einem Feuer 1997 schwer beschädigt wurde; womöglich ist die Renovierung noch nicht abgeschlossen. Die bemalte Leinwand wirkt wie eine Fotografie, als hätte man sich bemüht, mit dem der Entstehung des Grabtuches entsprechenden Verfahren, dem Geheimrezept folgend, Gegenstände auf Gewebe zu bannen – um letzte Zweifel an der Echtheit der Reliquie auszuräumen. Und um auch die hartnäckigsten Skeptiker zu überzeugen, hat man, der Deutlichkeit wegen, anstatt des Negativs das Positiv aufgehängt.

Von links dringen Stimmen zu mir herüber; ich verstehe nicht, was gesprochen wird, aber ich sehe zwei Aufseher, die auf einen Mann zueilen, der, ich mag es kaum glauben, DAS GRABTUCH fotografieren will. Es schwebt unterhalb der Königlichen Loge über einem mit Dorngesträuch geschmückten und mit einer goldenen Decke verhängten Altartisch. Als ich jedoch Sekunden später – die Aufseher haben den Mann inzwischen nach draußen begleitet – direkt davorstehe, vor der

172   Der schwarze, goldverzierte Altar, in dem das Leichentuch normalerweise aufbewahrt wird, thront in der Mitte des Bildes. Nur hinaufschauen, ins Innere der Kuppel kann ich nicht, so weit reicht die Darstellung nicht. Dabei wäre das einen Anblick wert (ich habe Fotos im Internet gesehen): die sich nach oben hin verjüngenden Bögen, das Licht, das durch immer kleiner werdende Fenster fällt, bis sich Bögen und Licht zu einem strahlenden Stern verbinden, der aus dem Unendlichen zu mir herabscheint.

Kniebank und der Glasscheibe, erkenne ich, dass der Rahmen von zwei Stahlseilen gehalten wird und nicht einmal das ganze Tuch zeigt, sondern das vergrößerte *Best-of*, den perfekt ausgeleuchteten Kopf Christi – sofern es denn der Kopf Christi ist.

Über dem Saum der Tischdecke steht *Tuam Sindonem veneramus, Domine, et Tuam recolimus Passionem (Wir verehren Dein Grabtuch, Herr, und wir gedenken Deines Leidens)*. Ein Metallschild weist darauf hin, dass es sich hierbei um die *Cappella della Sacra Sindone* handele, die Kapelle des Grabtuches. Doch das stimmt nicht; es ist ein mit Gold und Samt ausgekleideter, von Marmorsäulen umgebener Heiliger Abstellraum, ein Provisorium, bis die echte Kapelle wieder bezugsfertig ist. »In dieser Kapelle«, heißt es, dessen ungeachtet, auf Deutsch weiter, »wird das Grabtuch in einem fünf Meter langen Schrein aus Aluminium und Glas aufbewahrt. Das Grabtuch liegt darin in voller Länge und ganz eben. Der Schrein wird von einem großen Behälter geschützt, den ein Tuch mit den Symbolen Christi bedeckt. Pilger und Besucher werden um STILLE gebeten.« Der Wahlspruch des Erzbischofs, der draußen über dem Eingang prangt, bekommt hier, im Angesicht der Lügen, eine ganz neue Bedeutung. Der Dom von Turin ist, da die Wahrheit der Sensation geopfert wird, ein Ort ohne Liebe. So gesehen könnte der Satz auf dem Wappen, *Caritas congaudet veritati,* auch als Warnung verstanden werden.

Auf der Betbank sind acht weitere Schilder montiert, in acht Sprachen, auch auf Deutsch: »Wir befinden uns vor dem Leichentuch. Lasset uns beten.« Eine Frau und ein Mann, die nach mir hereingekommen sind, sinken tatsächlich neben mir auf die Knie und falten, die Unterarme auf die Lehne gestützt, die Hände. Während sie leise vor sich hinsprechen, lese ich mir das Gebet selbst vor. »Gott, unser Vater, das Abbild auf dem Leichentuch verweist uns auf die Leiden Deines Sohnes Jesus, der die Schmerzen aller Menschen auf sich genommen hat. Mach, dass wir ihn in jedem Menschen sehen, um ihm zu dienen und seine Liebe zu verkuenden, und lass uns das strahlende Gesicht des erstandenen Jesus schauen, der mit Dir lebt und herrscht von Ewigkeit zu Ewigkeit. Amen.«

Bemerkenswert ist, dass hier vom »Grabtuch« oder »Leichentuch« die Rede ist – ohne den Zusatz, dass es sich um das Grab- oder Leichentuch von Jesus handelt, als hätte die römisch-katholische Kirche die Fälschung anerkannt, als wäre es nur das Grab- oder Leichentuch von irgendjemandem. Nicht im Tuch solle man, so heißt es daher folgerichtig, in das »strahlende Gesicht des erstandenen Jesus schauen«, sondern »in jedem Menschen«. Dieser Denkfigur folgend sind wir das Antlitz Christi. Wir sind die Söhne und Töchter Gottes. *Christus sumus.*[173]

Ein Flyer mit dem deutschen Titel *Die Sindone,* der in einem Kasten neben der Säule steckt, versucht sich trotz aller Widersprüche an einer Beweisführung, behauptet, dies sei das Grabtuch, in das Jesus nach der Kreuzabnahme gehüllt wurde, weist auf die Blutspuren hin, die Nagelmale, die Blütenstaubanalysen und kommt zu dem Schluss: »Der Körperabdruck stammt von einem Leichnam.« Auf einem Flachbildschirm, eine Säule weiter, wird noch einmal ausführlich erklärt, warum sein muss, was sein soll. In dem stummen, durchgehend untertitelten Lehrfilm lese ich auch, dass das echte falsche Grabtuch – und nicht wie jetzt die Kopie der Fälschung – in voller Länge und Breite erst von Ende April bis Ende Juni 2015 wieder ausgestellt wird.[174]

173 Dazu passt, was Papst Franziskus über das Grabtuch sagt: Das Gesicht, das sich auf dem Stoff abzeichne, gleiche »den vielen Gesichtern von Männern und Frauen, verletzt von einem Leben, das ihre Würde missachtet, von Kriegen und von Gewalt, welche die Schwächsten trifft«.

174 Das hätte ich auch eher erfahren können, wie ich später im Hotel feststelle, wenn ich den Teil des Wikipedia-Artikels über die *ostensioni,* die Grabtuchausstellungen, nicht übersprungen hätte.

Und als ich mich zum Ausgang wende, sehe ich die Krönung des Reproduktionsirrsinns: eine Nachbildung von Leonardo da Vincis Gemälde *Il Cenacolo (Das Abendmahl)*.[175]

175 Ich muss gestehen, dass die Farben dieses von Luigi Cagna 1835 ange-fertigten Ölgemäldes kräftiger sind als die des Originals. Auch wenn der Dom ein auratisches Erlebnis vermissen lässt, spricht er doch die Sinne an. Die Schönheit ist ohne Nutzen, während das Nützliche bei Eataly, in der 8 Gallery, dem Centro Commerciale, und in den Luxusläden entlang der Via Roma mitunter zwar auch schön ist, aber immer zweckgebunden, immer eigennützig. Die Kirche hat den Vorzug des Seelenheils verloren, seit die meisten Menschen Erlösung im Jetzt suchen. Dabei fällt mir die Frau wieder ein, der ich beim Einchecken in Berlin-Tegel begegnet bin, die mit dem Strickpullover und dem Aufdruck *Habemus Fashion*. Nur die Beschränkung des Angebots vermag die Nachfrage nach etwas Höhe-rem, Uneigennützigem hochzuhalten.
Wo überall der Genuss zum Geschäft gemacht wird, muss man es der römisch-katholischen Kirche fast anrechnen, dass der Besuch dieses Gotteshauses kostenlos ist. Aber wofür, frage ich mich, dürfte sie auch Eintritt verlangen? Für die verhängte Baustelle einer Kapelle? Für das Ausstellen von Kopien? Für das Betrachten eines Filmes, den man sich bei YouTube bequemer anschauen könnte?
Aus Prinzip widersetze ich mich dem Bilderverbot, mache ein Foto vom Leichentuch, schreibe *Gegen die Kirche* dazu und schicke es Tom Smith. Die Aufseher begleiten mich nach draußen.

23

Am späten Nachmittag, zurück in Lingotto, entscheide ich
mich – als Kompensation der misslungenen Pilgerreise –,
meinen Hotel-Gutschein einzulösen: eine kostenlose Be-
sichtigung der Pinacoteca Giovanni e Marella Agnelli. Anstatt quer durch die Stadt zu wandern, muss ich nichts weiter tun, als durch die 8 Gallery – Il Centro Commerciale zu
gehen und aufs Dach zu fahren. Das private Kunstmuseum
des Fiat-Ehepaares ist dem Himmel näher, als es ihre Autos
jemals gewesen sind. Es thront über der Rennstrecke auf einem von Renzo Piano umgestalteten Querflügel der Fabrik,
in einem silbergrauen, trapezförmigen Container mit einem
weit über die Außenwände hinausragenden Kristalldach. Was
von außen wie ein Frachtschiff von Außerirdischen anmutet,
ist von innen unscheinbar, nichts weiter als der kunstwelt-
typische weiße Kubus: ein Raum bescheidenen Ausmaßes,
durch Trennwände aufgeteilt in sechs Sektionen. Und doch
beherbergt dieses Minimuseum eine der bedeutendsten und
legendärsten Sammlungen des 20. Jahrhunderts. Spätestens
seit den Sechzigerjahren gehörte Giovanni Agnelli zu einer
Gruppe von erfolgreichen Unternehmern, die sich nicht nur
mit Statussymbolen wie Autos, Schiffen, Häusern und berühmten schönen, jungen Frauen schmückten, sondern auch
mit bildender Kunst. Es hieß, in seinem Besitz befänden sich
einige unschätzbar wertvolle Gemälde von Albrecht Dürer,
Vincent van Gogh und Pablo Picasso. Ausgestellt worden waren sie nie, weder im damals noch Fiat-eigenen Palazzo Grassi
in Venedig noch irgendwo anders. Darum war die Erwartung
hoch, als die Pinacoteca im September 2002 – ein halbes Jahr
vor Agnellis Tod – eingeweiht wurde. Was hier zu sehen ist,
entspricht dem Blick durch das Schlüsselloch eines Mäzens,

der mit seinen Schätzen[176] geizt. Wie ein Striptease, bei dem nur eine Brust entblößt wird, eine Brust, die so wohlgeformt, so perfekt ist, dass sie das Verlangen, den Körper in seiner ganzen Pracht zu betrachten, noch steigert, eröffnet dieses Museum einen weißen Raum jenseits des *white cube:* den der Imagination. Denn die Dauerausstellung besteht aus nicht mehr als fünfundzwanzig Objekten: dreiundzwanzig Gemälde von Giovanni Antonio Canal[177] bis zu Henri Matisse, von Pierre-Auguste Renoir bis hin zu Pablo Picasso und zwei lebensgroße Skulpturen von Antonio Canova – eine persönliche Auswahl vom 18. Jahrhundert bis zur Klassischen Moderne. Welche Kunstwerke mögen die Nachkommen Agnellis wohl noch ihr eigen nennen? Wie umfangreich, wie kostbar mag ihr Depot sein? So gesehen ergibt die Position der Pinacoteca einen metaphorischen Sinn: Sie schwebt deshalb über dem Haus, weil sie wie die sprichwörtliche Spitze eines Eisberges ist. Sie ragt heraus und lässt erahnen, was unter der Oberfläche, unter dem Gezeigten, noch alles verborgen liegt. Das Erste, was ich sehe, ist in einem Autohaus wie diesem denkbar passend: Giacomo Ballas *Velocità astratta (Abstrakte Geschwindigkeit)* aus dem Jahr 1913. Es zeigt, ganz dem *Futuristischen Manifest* folgend – das Balla mitunterzeichnete –, die »angriffslustige Bewegung«, »die Schönheit der Geschwindigkeit«, »den aggressiven Charakter«; es besingt den Mann, »der das Steuer hält, dessen Idealachse die Erde durchquert, die selbst auf ihrer Bahn dahinjagt«. Den Gang durch das Museum mit einem Vertreter der Futuristen beginnen zu lassen, die sich gegen das Museale wandten, gegen das Institutionalisierte, Kanonisier-

---

176 Die Pinacoteca wird auch »*scrigno*« genannt: Schatulle, Schmuckkasten. Und genau das ist es: ein Schmuckkasten, keine Wunderkammer.

177 Besser bekannt unter seinem Künstlernamen »Canaletto«.

te, Akademisierte, lässt sich nur als bösartiges Statement deuten, als *Kapitalistisches Manifest:* der Sieg des Geldes über die Autonomie der Kunst.

Das zweihundertsechzig mal dreihundertzweiunddreißig Zentimeter große Gemälde wirkt jedoch aus einem anderen Grund an dieser Stelle, in dieser Hängung deplatziert. Auf seiner Rückseite verarbeitete Balla von 1931 bis 1933 nämlich Mussolinis Marsch auf Rom. An einem einzigen Exponat wäre, wenn man es mitten im Raum anbrächte, die emphatische Fortschrittsgläubigkeit der Futuristen und deren Kehrseite, das Aufgehen von »Feuer, Hass und Geschwindigkeit« im Faschismus, erfahrbar. Andererseits ist dieses Verhängen nur konsequent, schließlich ist die Ausstellung auch nur ein Ausschnitt aus etwas Größerem und verdeckt, indem sie weniges zeigt, gleichzeitig das, was nicht gezeigt wird. Was aber gezeigt wird, ist dies: zwei marmorne Tänzerinnen von Antonio Canova, die sich, da sie einander gegenüberstehen, kokett oder verschüchtert anschauen; sechs Venedig-Veduten von Giovanni Antonio Canal aus dem 18. Jahrhundert, die meinen Blick in wenigen Sekunden derart konditionieren, dass ich Bernardo Bellottos[178] großformatige, in Gold gerahmte Bilder der im Bau befindlichen Dresdner Hofkirche und des belebten Neuen Marktplatzes mit der noch unzerstörten, weil eben erst fertiggestellten Frauenkirche zunächst ebenfalls südlich der Alpen verorte. Deutschland hätte ich hier nicht vermutet, auch nicht ein mit den Augen eines Italieners betrachtetes Deutschland. Eine ganze Weile stehe ich davor, aber mein Blick will sich nicht an die Farben gewöhnen. So vertraut mir die dargestellten Gebäude aus eigener Anschauung auch sein mögen, so sehr die Formen einander auch entsprechen, Bild und Abbild wollen einfach nicht zur Deckung kommen. Dies ist

178 Neffe von Canaletto, der sich ebenfalls »Canaletto« nannte.

ein italienisches Dresden, ein wahres Elbflorenz, ein Elbvenedig: ein wärmerer, hellerer, bunterer Ort als in der Wirklichkeit meiner Erinnerung. Daran schließt sich das von Henri Matisse besetzte Themengebiet »Sitzende Frauen mit frischen Blumen auf den Tischen« an; sieben Gemälde aus den Jahren 1920 bis 1948, auf denen die Pflanzen immer karger und größer und die Frauen immer dünner und gesichtsloser werden: Stillleben mit Statistinnen. Bei Pablo Picasso erahnt man wenigstens, dass er das Weibliche dem Ornamentalen vorzog – auch wenn die hier ausgestellte Rothaarige vom üppigen Federschmuck ihres Hutes und von der Breite der Perlenkette, gleichsam vom Schmuck bezähmt, erdrückt zu werden droht. Als würde alle Kunst, der Fernsehästhetik Berlusconis entsprechend, auf die Entblößung der Frau hinauslaufen, hängen in der letzten Sektion eine schulterfreie Schwarze von Manet und Akte von Renoir und Modigliani. Ich muss, als ich um die Ecke biege, an Videotheken denken, wo die Pornos auch meist im letzten Raum stehen, versteckt und doch gewissermaßen als Höhepunkt des Sortiments arrangiert. Ich mache, weil ich das so unglaublich finde und einen Beweis brauche, mit meinem Smartphone ein Foto, woraufhin ein Alarm losheult, rote Lichter in Höhe der Fußleisten aufleuchten und die Aufsicht auf mich zutritt und hier, umgeben von Bildern, zu mir sagt: »Keine Bilder, bitte«, als fürchte sie, die Bilder würden sich vervielfältigen – und durch die Vervielfältigung an Wert verlieren. Ich halte mich ab da an ihre Anweisung, wenigstens werde ich hier nicht abgeführt, aber jedes Mal, wenn einer der anderen Besucher ein Foto macht, heult der Alarm los und die Leisten leuchten auf und die Aufsicht läuft die Sektionen ab und bittet die Fotografen, das Fotografieren zu unterlassen. Für einen Moment herrscht helle Aufregung, bis das Geräusch erstirbt, das rote Licht erlischt, die Aufsicht in ihre Ausgangsposition zurückkehrt – und einer der Fotografen trotz des Verbots ein neues Foto macht. Ein Ritual der Erregung, das, so oft es auch wiederholt wird, so störend es auch ist, ohne Konsequenzen bleibt. Weder werden die Übeltäter gebeten, die Fotos zu löschen, noch werden sie des Raumes verwiesen.[179]

Zu Pianos Pinacoteca gibt es eine Art Appendix, der ganz neue Möglichkeiten eröffnet – und alle ungenutzt lässt. Vier Stockwerke geht es in einem gläsernen Fahrstuhl hinunter; auf mehreren Ebenen ist Platz für mehr, aber mehr gibt es nicht, keine Warhols, Rauschenbergs, Gauguins – der größte Teil der Sammlung bleibt den Augen der Öffentlichkeit verwehrt. In den unteren Etagen soll demnächst eine Sonderausstellung eröffnet werden, die Bibliothek und der Vermittlungsraum sind sonntags geschlossen, und ganz unten, auf Höhe des Einkaufszentrums, kurz vor dem Ausgang, befindet sich ein Souvenirshop mit Plakaten und Postkarten der oben ausgestellten Gemälde und Skulpturen. Und das ist die bittere Pointe dieses Kunsterlebnisses: Die Freiheit ist nur über den Markt erreichbar.

179 In allen Ecken hängen Kameras, kein Kunstwerk bleibt unbeobachtet; es muss im Innern des Hauses einen Überwachungsraum geben, von dem aus der Alarm, die roten Fußleistenlampen, die Aufsicht aktiviert werden. Insgeheim, so scheint mir, wollen sie, dass die Kunstwerke auf diese Weise reproduziert werden, sonst würden sie Schilder anbringen oder mit Repressalien drohen.

24

Im Hotel packe ich meine Sachen. In der Lobby erwartet mich nicht Michelangelo, sondern – wie er es prophezeit hat – ein anderer Fahrer. Er heißt Bruno, trägt einen schwarzen Anzug und fährt einen schwarzen Lancia Thema, aber er strahlt die gleiche Würde und Gelassenheit aus wie Michelangelo. Ich sage ihm, dass wir noch auf zwei Frauen warten müssen, die womöglich etwas später kommen.

»Sie werden nicht später kommen«, sagt er. »Deutsche sind immer pünktlich.«[180] Und tatsächlich biegen Urpu und ███████ ███ in dem Moment mit ihren Rollkoffern um die Ecke.

Bruno lädt unser Gepäck ein, hält jedem von uns die Türen auf und setzt sich erst ans Lenkrad, als alle angeschnallt sind. Im Gegensatz zu Michelangelo zieht er keine Handschuhe an, bevor er den Motor startet. Er fährt gewissermaßen nackt, ursprünglich, normal.

Als wir über die Via Nizza fahren, unter den Bannern der UEFA hindurch, frage ich ihn, ob er sich denn das Europa-League-Endspiel anschauen werde.

»Vielleicht«, sagt er, er interessiere sich nicht sonderlich für Fußball, aber er müsse an dem Tag die deutschen Schiedsrichter vom Flughafen abholen, ins Hotel fahren und später ins Stadion.

Ob er häufiger Prominente fahre.

»Ja, aber ich erkenne sie nicht. Für mich sind alle Kunden Menschen und alle Menschen Kunden.« Er erkenne auch keine Schriftsteller, er wisse nicht, wie sie aussehen, was sie geschrieben haben, es interessiere ihn auch nicht, er habe nie viel gelesen,

---

180 Dass Urpu Finnin ist, verschweige ich ihm. Es würde nichts ändern, wenn ich es ihm sagte; er würde sein Vorurteil einfach auf alle nordeuropäischen Länder ausweiten.

außer Calvino, aber der sei ja schon tot, und persönlich habe er ihn auch nicht gekannt, und mit Begeisterung sei das Lesen auch nicht geschehen, er wolle sich da nicht hervorheben, intellektueller machen, als er ist, jedes Kind habe Calvinos Texte in der Schule lesen müssen.

Ob er denn die Geschichte von Ruedi und Bernadette kenne, fragt ██████████ und beugt sich zu uns nach vorn, »die ihren toten Freund Jojo im Cabrio herumfahren«.

»Nein«, sagt Bruno und schüttelt, um diese Aussage zu bekräftigen, den Kopf.

»Die Geschichte ist die«, sagt ██████████, »Ruedi und Bernadette haben Jojo umgebracht, und jetzt suchen sie nach einem abgelegenen Platz, um seine Leiche loszuwerden. Sie kurven aber so lange herum, bis der Tank fast leer ist und sie in die Stadt zurückkehren müssen. Und als –«

»Welchen Wagen fahren die beiden?«, frage ich.

»Keine Ahnung«, sagt ██████████, »ein Cabrio.«

»Ja«, sage ich, »aber welche Marke, welches Modell?«

»Was spielt das für eine Rolle?«

»Manche verbrauchen mehr, manche weniger Benzin.«

»Mein Gott«, sagt sie, »ein Cabrio halt. Ist doch egal, was für eine Marke.«

»Das ist überhaupt nicht egal«, sage ich.

Und Bruno sagt: »Das stimmt.«

»Jedenfalls«, sagt ██████████, »der Tank ist fast leer, und sie müssen umkehren. Und als sie zurück sind, beschließen sie, ihn von einem Hochhaus zu werfen, damit es so aussieht, als hätte er sich selbst ins Jenseits befördert.«

»Welches Hochhaus?«

»Mein Gott«, sagt sie, »was weiß ich.«

»Wo spielt die Geschichte eigentlich?«

»In Paris.«

»Aha«, sagt Urpu, und alle sehen sie an, selbst Bruno dreht sich für einen Moment zu ihr um. »Was?«, fragt sie, und wir schauen wieder nach vorn.

»Jedenfalls«, sagt ███████, »machen sie das, aber das nützt ihnen auch nichts, denn als sie aus dem Fahrstuhl treten, stehen drei Männer vor ihnen.«

»Und dann?«, frage ich nach zehn Sekunden drückenden Schweigens.

»Und dann nichts. *Fin.* Ende. Aus. Die Geschichte ist vorbei.«

»Die hat doch gerade erst angefangen.«

»Darum geht's ja bei Calvino.«

»Verstehe ich nicht.«

»Dass es keinen Anfang und kein Ende der Geschichten gibt. Dass es bloß Vorgeschichten sind, ein Geflecht aus Vorgeschichten, aus dem sich immer wieder neue entwickeln. Der Ruedi will einen Schlussstrich ziehen, den Beruf wechseln, die Frau, die Stadt, die Gewohnheiten, Geschäfte, Kunden, er sehnt sich nach einem stillen Gewerbe, will endlich seine Ruhe – und schafft's nicht. Im Grunde genommen geht's nämlich darum: dass einen die Vergangenheit immer wieder einholt, dass man die Probleme, auch wenn man sie entsorgt zu haben glaubt, nicht loswird. Die kommen immer wieder zu einem zurück, egal, wo du bist. Du hast nur ein Leben.«

»Es sei denn«, sage ich, »man könnte jemand anderes sein.«

»Das geht aber nicht.«

»In meiner Vorstellung schon.«

███████ fragt Bruno, ob er denn Calvinos Geschichte von der Taxifahrt kenne.

»Welche Taxifahrt?«

»Die in Ataguitanien.«

Bruno schüttelt den Kopf.

»Wo ist das denn?«, frage ich.

»Südamerika«, sagt ███████.

»Nie gehört.«

»Das Land gibt's auch gar nicht. Aber um das Land geht's auch gar nicht, sondern um die Taxifahrt. Also: Der Leser steigt an einem Flughafen irgendwo in Ataguitanien in ein Taxi, und –«

»Welcher Leser?«

»Die Hauptfigur.«

»Die Hauptfigur ist ein Leser?«

»Ist das nicht immer so?«

»Nein«, sage ich. »Die Hauptfigur ist immer der Schriftsteller. Ich muss das wissen. Ich bin schließlich einer.«

»Jedenfalls«, sagt ██████████, »der Leser begegnet einer jungen Frau, und gemeinsam fahren sie im Taxi, um einen mysteriösen Übersetzer zu finden, und während der Taxifahrt werden sie von zwei anderen Taxis verfolgt. Das erste Taxi überholt sie, Polizisten steigen aus, legen ihnen Handschellen an und zwingen sie, im zweiten Taxi weiterzufahren.«

»Den Chauffeur auch?«, fragt Bruno.

»Den Chauffeur auch«, sagt ██████████. »Dann überholt das dritte Taxi das zweite Taxi, Bewaffnete springen heraus, entwaffnen die Polizisten, nehmen den Geiseln die Handschellen ab und zwängen sie in ihr Taxi.«

»Den Chauffeur auch?«

»Das weiß ich nicht«, sagt ██████████.

»Das wissen Sie nicht?«, fragt Bruno völlig entgeistert.

»Ich glaube«, sagt ██████████, »der ist verschwunden, für den war in der Geschichte kein Platz mehr.«

»So geht ihr mit Leuten um«, sagt er, mir zugewandt, »ihr Schriftsteller. Wenn ihr sie nicht mehr braucht«, er hebt die rechte Hand und schnipst mit den Fingern, »zack und weg?«

»Ja«, sage ich, »so ist es.« Und weil ich Angst habe, dass er anhält und mich zur Strafe aussteigen lässt, füge ich noch hinzu, dass ich ihn aus meiner Geschichte niemals herausstreichen würde, dafür sei er viel zu wichtig, er müsse mich ja noch zum Flughafen bringen.

Ich könne ja auch ein Taxi nehmen, schlägt er vor. Oder den Shuttlebus.

Das sei mir viel zu umständlich, sage ich. »Schriftsteller sind nämlich sehr bequem.«

»Ich also nicht«, sagt er.

Und ich sage: »Nein, Sie nicht«, und sehe dabei abwechselnd Urpu und ██████████ an.

»Ich hab dir doch gar nichts getan«, sagt Urpu.

Und ██████████ sagt: »Wie wär's, wenn du dich selbst wegzackst?«

»Das geht nicht«, sage ich. »Ich bin der Erzähler.«

»Ich dachte, du bist der Schriftsteller.«

»In diesem Fall bin ich beides. Ich bin wichtiger als der Leser oder die Leserin. Wichtiger als der Schriftsteller. Ich bin der Wichtigste von allen. Ohne mich keine Geschichte. Es sei denn, –«

»Es sei denn, was?«, fragt ██████████.

»Ach nichts«, sage ich.

Und Bruno fragt: »Wissen Sie, was das ist?«

»Was?«, frage ich.

»Das, was Sie da machen, dieses Wegzacken.«

Jetzt bin ich es, der den Kopf schüttelt.

»Das ist menschenverachtend.«

Und daraufhin fängt er an, von Turin zu schwärmen; womöglich fürchtet er, dass er, wenn ich weitererzähle, trotz seiner Funktion aus meiner Geschichte verschwindet, dass ich mein Versprechen breche und einfach über ihn, die Randfigur, hinwegerzähle. Er schwärmt also um sein Leben, schwärmt von der Lage, von den Alpen, die man von vielen Straßen aus sehen könne, er zeigt nach vorn, und da sehen wir sie auch, die schneebedeckten Berge; und er erklärt, wie wohl er sich hier fühle und dass er gar nicht das Bedürfnis habe, um die Welt zu reisen, und dass er schon als kleiner Junge immer nur habe Auto fahren wollen, weil jede Fahrt anders sei, selbst wenn er die gleichen Wege fahre, und im weiteren Verlauf des Gesprächs stellt sich heraus, dass sein Vater das Unternehmen, in dem er arbeitet, den Chauffeurdienst Autoservizi Zenith[181], gegründet hat.

Als wir über Michelangelo reden, über dessen Vergangenheit als Rennfahrer – wir sind schon auf der Autostrada, schon fast am Ziel –, sagt Bruno: »Nur die Hälfte von dem, was er sagt, ist wahr.«

Und da denke ich, dass das für alles gilt, was ich in Turin erlebt habe.

Am Flughafen stelle ich ihm zum Abschied die gleiche Frage, die ich auch Michelangelo zum Abschied gestellt habe.

»Nein, wir werden uns nicht wiedersehen. Es sei denn, Sie kommen auch im nächsten Jahr zur Buchmesse nach Turin.«

»Ich glaube nicht.«

»Dann könnten Sie aber auch das Grabtuch Christi sehen.«

»Lohnt sich das denn?«

Er zuckt mit den Schultern. »Keine Ahnung.«

»Sie haben es noch nicht gesehen?«

»Nein. Und ich wohne schon mein ganzes Leben lang hier.

181 Als ich das höre, bin ich kurz versucht, die Firma in »Nadir« umzutaufen, wie David Foster Wallace die Zenith, das Kreuzfahrtschiff, über das er seine Reportage *Schrecklich amüsant – aber in Zukunft ohne mich* geschrieben hat –, einfach um einen weiteren Verweis auf Wallace' Vorlage für diesen Reisebereich zu liefern, um das postmoderne Spiel auf die Spitze zu treiben. Aber das wäre nicht nur übertrieben, sondern auch falsch: Es war nicht der Tiefpunkt meiner Reise. Die beiden Fahrer von Autoservizi Zenith haben gute Arbeit geleistet, sie waren stets höflich, interessant und zuverlässig, und ich fühlte mich die ganze Fahrt über bestens unterhalten.

Ich habe keine Zeit und keine Lust, mich stundenlang anzustellen. Aber ich fahre viele Leute dorthin. Und wenn ich sie wieder abhole, sind sie immer ganz begeistert. Vielleicht hängt das damit zusammen, dass es nur alle paar Jahre zu sehen ist, dass es nicht ständig verfügbar ist. Dann da zu sein, am richtigen Ort zur richtigen Zeit, empfinden sie wohl als Auszeichnung. Danach sind sie jedenfalls wie verwandelt.«

25

Beim Einchecken verwechselt mich die Lufthansa-Mitarbeite-rin mit einem gewissen Robert Braun. Als ich es bemerke, hat sie meinen Koffer auf dem Rollband schon Richtung Frankfurt am Main geschickt. Auf meinen Hinweis hin tätigt sie erst ein paar Anrufe, dann, als die keinen Erfolg zu versprechen scheinen, beauftragt sie den Kollegen mit der Korrektur ihres Fehlers. Er seufzt, als passiere ihr das nicht zum ersten Mal, schält sich aus seinem Sitz, nimmt den Zettel, den sie ihm reicht, entgegen und geht Richtung Sicherheitskontrolle. Einen Augenblick lang bin ich versucht, ihm hinterherzulaufen, ihn aufzuhalten, um unter einem fremden Namen ein anderes, aufregenderes Leben zu beginnen – mich in ein größeres Abenteuer zu stürzen als diese dreitägige Reise nach Turin.

Ehe er hinter einer Tür verschwindet, wird mir bewusst, dass die Verwechslung auffliegt, sobald der wahre Robert Braun eincheckt – es sei denn, ich warte hier neben dem Schalter und überzeuge ihn, die Existenz mit mir zu tauschen. Womöglich wäre es für uns beide ein Gewinn, womöglich fiele es uns leich-ter, uns auf etwas Neues einzulassen anstatt das Alte, das wie ein Gewicht auf unseren Schultern lastet, weiter mitzuschlep-pen. Ich würde ihn gern kennenlernen, diesen Robert Braun aus Frankfurt am Main. Er ist in meinem Alter und arbeitet bei der Deutschen Bank; er ist im internationalen Wertpapierhandel tätig und oft unterwegs; er hat eine erfolgreiche/intelligente/at-traktive Frau, Tochter, Geliebte; in den ersten Jahren hat er sich aufgerieben, *all nighter* gemacht, noch und noch, hundert Stun-den die Woche, bis zum Umfallen vor den Tastaturen, den Bild-schirmen, den Telefonen gesessen; auf einer Yogamatte auf dem Boden seines Büros geschlafen, er hat nie »Nein« gesagt, nie Kri-tik geäußert, Anweisungen nie in Zweifel gezogen – nicht einmal in Gedanken, immer vollen Einsatz gezeigt, bedingungslose Loyalität bewiesen, selbst als er ganz bewusst Finanzinnovationen/*Swaps*/Zinswetten an Gemeinden/mittelständische Unternehmen/Privatanleger verkauft hat, an die DuNas, an die Dummen und Naiven – einfache Leute, die mitspielen wollen, aber keine Ahnung von den Regeln haben. Während des Börsenbooms hat er viel Geld verdient, das er frühzeitig, auf Anraten seines Schwiegervaters, in Immobilien investiert hat: Er besitzt ein großes Haus im Taunus und ein kleines in Binz, eine Wohnung in Frankfurt am Main und eine in Berlin, dieser völlig unterbewerteten Stadt – eine rundum sichere Anlage. Das letzte Buch, das er ganz gelesen hat, das einzige seit Jahren – ein Geschenk zum vierzigsten Geburtstag –, ist Rolf Dobellis *Die Kunst des klaren Denkens.* Die zweiundfünfzig darin beschriebenen Denkfehler fand er im Gegensatz zu seinen Freunden nicht erhellend, sondern lediglich »interessant« und »amüsant«, weil er, ohne sich dessen bewusst zu sein, dem dreiundfünfzigsten, dem *self-serving bias,* dem Kardinalfehler, unterlag: dem Denkfehler, keine Denkfehler zu machen, über den Dingen zu stehen, immer vollkommen reflektiert und rational zu handeln. Aber jetzt, ein Jahr später, ist er sich seiner selbst nicht mehr so sicher, jetzt, da er seiner persönlichen Bilanz zufolge alles erreicht hat, was er erreichen wollte, glaubt er, dass sein Glück im Schwinden begriffen sei. Er ist auf seinem geistigen und körperlichen Höhepunkt. Und das bedeutet: Von jetzt an kann es nur noch bergab gehen. Er kennt das von den Aktien her. Das ist das Gesetz des Marktes. Überall sieht er Zeichen, die auf sein baldiges Scheitern hindeuten: In der Bank meint er, nicht mehr in alle Abläufe eingeweiht zu werden; er weiß, er ist bis an die Grenze seiner Unfähigkeit befördert worden – und die Vorgesetzten und Kollegen wissen es auch; will er weiterkommen, muss er woanders hin, am besten ins Ausland, in eins der Krisenländer, nach Spanien, Griechenland, Italien, womöglich zur Mediobanca, da stehen deutsche Investmentbanker noch hoch im Kurs; seine Frau macht Anspielungen, wenn es bei ihm abends wieder einmal länger wird; er liebt seine Tochter, doch die ist dreizehn und findet ihn, wenn sie ihn sonntags sieht, megapeinlich; seine Freundin spricht, seitdem sie dreißig geworden ist, andauernd von einem »Projekt«, um ihre Beziehung zu stärken, sie nennt es »Sommerhaus«, eine »Datsche in der Uckermark«, damit sie, wie sie sagt, bei seinen Besuchen bei ihr in der Hauptstadt, »mal zum Schnuppern für ein paar Tage in ihr gemeinsames Leben hineinfahren können«. Ihr reichen die Wochenendtrips nicht mehr, die Flüge nach Paris/London/New York, die er ihr spendiert, damit sie sich alle zwei Wochen sehen; sie hat es satt, ihn teilen zu müssen.

Er ist an einem Endpunkt angelangt. So, denkt er, kann es nicht weitergehen, das ständige Herumreisen, die Hochstapelei, das Doppelleben, und dann geht es doch immer irgendwie weiter, weil man ihn lässt und weil es funktioniert, bei ihm und bei den anderen auch. Aber er will mal wieder richtig durchatmen, sich mal wieder völlig frei fühlen, nur für sich selbst verantwortlich sein – sich treiben lassen und nicht getrieben werden –, so wie damals während des BWL-Studiums in Düsseldorf und Oxford, bevor ihn der *trading room,* die kollektive Sucht nach Erfolg, Gehorsam lehrte. Er hatte gehofft, das Wochenende in Turin würde für Klarheit sorgen, seinen Kopf aufräumen, er hatte gehofft, seiner Freundin endlich überdrüssig zu werden, aber dann hatten sie doch wieder die meiste Zeit im Bett verbracht, hatten sich wie so oft schon um den Verstand gefickt, waren nach dem Frühstück nur einmal kurz aufs Dach hinaufgefahren – der Kunst und der Aussicht wegen – und danach shoppen und essen gegangen, in der Via Roma, im Del Cambio.

Er hat mehr Geld als ich und mehr Probleme, mein Dasein wird ihm, wenn ich ihm davon erzähle, wenig verlockend erscheinen; außerdem müssten wir beide Klone sein, um ganz im anderen aufzugehen, und selbst wenn das der Fall wäre und wir uns beide darauf einließen, auf den Identitätswechsel, würden die, die uns nahestehen, trotz aller äußerlichen Gleichheit merken, dass etwas nicht stimmt, dass wir nicht wir selbst sind. Ich spreche seine Sprache nicht, kenne die geheimen Codes nicht, die Details, die alles am Laufen halten; es würde Wochen, Monate, Jahre dauern – ein ganzes Leben –, sich in den Alltag des anderen einzuarbeiten. Anstatt frei zu sein, wäre ich stärkeren Zwängen unterworfen. Sehr bald würden wir feststellen, dass wir nicht aus unserer Haut können und unsere Existenzen, die wir so mühevoll aufgebaut haben, so oder so zusammenbrechen werden; wir stehen seit Langem vor wichtigen Entscheidungen, und seit Langem drücken wir uns davor, sie zu treffen. Und je intensiver ich über diesen Robert Braun nachdenke, desto ähnlicher ist er mir, und ich habe Angst, mir selbst zu begegnen, wenn ich noch länger neben dem Schalter stehe und auf ihn warte.

»Es ist alles in Ordnung«, höre ich ████████ sagen.

Und Urpu fügt hinzu: »Sie werden deinen Koffer schon finden und nach Berlin schicken.«

Ich werfe noch einen letzten Blick zurück zu den Schaltern, dann gehen wir gemeinsam durch die Sicherheitskontrolle. Im Wartebereich, vor den großen Fenstern, trinken wir einen Espresso, schauen aufs Flugfeld hinaus, sehen den Maschinen nach, die im Abendlicht landen und starten und im Himmel verschwinden.

Weil das *Boarding* zur selben Zeit stattfindet, trennen sich unsere Wege. ████████ und ich müssen nach München, Urpu fliegt nach Frankfurt am Main. Ich umarme sie und bitte sie, nach diesem Typen Ausschau zu halten, nach diesem Kerl, der ich sein könnte, ich sein wollte. Und in dem Moment, als sie es mir verspricht, als wir uns voneinander lösen, weiß ich schon, dass sie dieses Versprechen brechen wird. Er bedeutet ihr nichts. Er war und ist für sie keine Möglichkeit. Seinen Namen hat sie sofort vergessen, während er in meinem Kopf noch herumgeistert, während ich mich noch der Illusion hingebe, ein anderer zu sein, als ich den Sicherheitsgurt von Air Dolomiti, Flug LH 1899, Reihe 18, Sitz F, längst um meine athletischen Hüften geschlossen habe. Das viele Geld hat mich satt und träge werden lassen, aber der *Work-out* der vergangenen Monate hat sich gelohnt, das Laufen vor der Arbeit, das Krafttraining am Wochenende, der Sex mit zwei Frauen. Alles fühlt sich straff an, straff und fest. Ich kann den Gürtel jetzt enger schnallen, kann mit den Jungs aus der Revision wieder mithalten. Sähe ich sie wieder, was spätestens am Freitag der Fall wäre, würden sie mir unter der Dusche anerkennend auf die Schulter klopfen. Doch ich werde sie nicht wiedersehen, weder am Freitag noch an irgendeinem anderen Tag. Ich werde niemanden wiedersehen. Ich bin hier. Ich bin weg. Ich bin frei. Ich bin ich, auf dem Weg ins Glück. Der Schub drückt mich in den Sitz, der glänzende Asphalt zieht an mir vorbei, die Lichter des Towers, die sich drehenden Radarantennen, das flirrende Grün des Grases. Und als wir oben sind, merke ich, wie mir eine Träne über die Wange läuft, und ich greife über mich, um die Düse direkt auf mein Gesicht zu richten.

Der Pilot meldet sich und sagt, dass über Deutschland »seltsame Wetterverhältnisse« herrschen; kalte und warme Luftmassen schöben sich über den Alpen zusammen; es werde sicherlich einige Turbulenzen geben; er aber werde für unsere Sicherheit sorgen. Seine Stimme zittert bei dem Wort »Sicherheit«. Mehrmals setzt er von Neuem an, bis es ihm gelingt, »Sicherheit« sicher auszusprechen. Das macht mich stutzig. Hätte ich doch den Flieger nach Frankfurt nehmen sollen? Ist dies das Ende? Und dann sehe ich es selbst: dunkle Wolken über den Alpen, eine Wolkenwand. Bevor wir in sie eindringen, spüre ich die prognostizierten Turbulenzen, das Rucken und Zittern und Knirschen. Ich gebe mich den Bewegungen hin und schaue noch einmal aufs Piemont hinab. Flach und eben liegt Turin zwischen den Bergen, die wie Ausläufer erkalteter Lava aussehen, als wäre die Stadt nur knapp einer Bedrohung apokalyptischen Ausmaßes entronnen. Selbst von hier oben lässt sich im Häusermeer Fiats steinerne Insel ausmachen.

Das nächste Mal, als ich die Stimme des Piloten höre, spricht er schon von Landung, davon, dass wir uns zwar noch auf achttausend Metern befinden, die Schweiz aber bereits hinter uns gelassen haben und jetzt auf München einschwenken. Ich muss eingeschlafen sein. Wir tauchen in ein kreisrundes Loch in den Wolken, und als die Sonne unter uns lange Schatten aufs Land wirft, überall gelbe, grüne, braune Felder aufleuchten und selbst die dampfenden Kühltürme der Atomkraftwerke vollkommen natürlich aussehen, als sich also die ganze Schönheit der Welt entfaltet, fällt mir auf, dass ich die auf dem Ticket angekündigte Snackausgabe verpasst habe. Ich greife in die Tasche zwischen meinen Beinen, fingere darin herum – und finde zwei Notizbücher, auf dem einen steht *Tod in Turin,* auf dem anderen *Unterwelt (Anmerkungen)*, und daneben liegt ein Apfel, ein großer, goldgrün schimmernder Apfel, eingewickelt in eine transparente Tüte. Er hat einige Stellen, einige Makel, aber sonst ist er nicht zu beanstanden. Lange reibe ich ihn an meinem Oberschenkel ab, wer weiß, wer ihn alles in Händen gehalten hat. Dann beiße ich hinein.

Dank an

Maike Albath, Francesca Gabelli, Barbara Griffini, Laura Donnini, Anna Falavena, Elisabetta Sgarbi, Eugenio Lio, Frida Sciolla, Isabella d'Amico, Sarah Gaiotto, Chiara Spaziani, Chiara Casali, Oliviero Toscani, Denise Setton, ▬▬▬▬▬▬▬, Mario Fortunato, Vincenzo Latronico, Nikola P. Savic, Clara Ehrenwerth, Jan Wagner, David Wagner, Daniel Siemens, Christian Strowa, Philip Oltermann, Tom Smith, ▬▬▬▬▬▬▬, Marianne und Hans Wedler, Karin Graf, Tanja Graf, Nikolaus Heuer, Juliane Schindler, Marianna Perniola, Claudia Kühne, Judith Momo Henke, Alexandra Thomas, Marco Ursin, Anke Bräuler, Susanne Schüssler, Rolf Pohl, Frank Oliver Lehmann, Katy Derbyshire, Nina Behrendt, Mariette Heinrich, ▬▬▬▬▬▬▬ ▬▬▬▬▬, Urpu Strellman, Louisa Pritchard, Louise Léa Quantin, Theresia Enzensberger, Gregor Stasch, Lieselotte und Wolfgang Hamberger, Norbert Rücker, Nikolaus Frey, Jo Lendle, Kerstin Thorwarth, Andrea Reffke, Staatsbibliothek zu Berlin, Wikipedia und Google, alle bei DuMont, die mir einen schwierigen Charakter bescheinigen, und – ganz besonders – an die die derzeitige DuMont-Verlegerin Sabine Cramer.

Ohne euch hätte ich dieses Buch nicht schreiben können.

Zitatnachweise

S. 20 f.: Leif Randt, *Schimmernder Dunst über CobyCounty,* Berlin Verlag 2011, S. 83, 91 u. 103.

S. 29: Hanns-Josef Ortheil, *Blauer Weg,* Luchterhand Literaturverlag, München u. a. 1996, S. 474.

S. 100: Hayden Herrera, *Arshile Gorky – His Life and Work,* Farrar, Straus and Giroux 2003, S. 600.

S. 125: Lila Azam Zanganeh, ‚*Mein Kampf' – The Italian Edition,* in: *New York Times* vom 07.11.2004.

S. 125: Guido Bonsaver, *Censorship and Literature in Fascist Italy,* University of Toronto Press 2007, S. 129ff.

S. 141 f.: Andreas Kilb, *Das alte Geschöpf gibt auf – Vor hundert Jahren: Friedrich Nietzsches Zusammenbruch in Turin,* in: *Die Zeit* vom 06.01.1989.

S. 147: Susanne Kübler, *Mir geht es mies, also schreibe ich,* in: *Tages-Anzeiger* vom 25.11.2013.

S. 168: Mario Fortunato, *Spaziergang mit Ferlinghetti,* aus dem Italienischen von Jan Koneffke, Schöffling & Co. 2011, S. 107.

S. 168 f.: Maike Albath, *Der Geist von Turin – Pavese, Ginzburg, Einaudi und die Wiedergeburt Italiens nach 1943,* Berenberg 2010, S. 7f. u. S. 123.

S. 180: Paul Kreiner, *Das ehrliche Schlaraffenland,* in: *Stuttgarter Zeitung* vom 13.08.2012.

S. 182: David Wagner, *Vier Äpfel,* Reinbek 2009, S. 68.

S. 197: Vincenzo Latronico, *Tip of the Tongue. Since English has become the lingua franca, what has happened to art – and to language?,* in: *frieze d/e,* Ausgabe 4, 2012, S. 60–76.

S. 206: Vincenzo Latronico, *Man sollte niemals nach Deutschland gehen, Paolo,* aus dem Englischen von Theresia Enzensberger, in: *Block,* Ausgabe 1, 2014, S. 13–20.

S. 214: Frank Bruni, *A Search for Girls, Girls, Girls Around Italy's Dial*, in: *New York Times* vom 03.09.2002.

S. 214: Concita De Gregorio, *Boldrini: »Io, minacciata di morte ogni giorno. Non ho paura ma stop all'anarchia del web«*, in: *La Repubblica* vom 03.05.2013.

S. 214: Fiona Ehlers, *Zotig und vulgär*, in: *Der Spiegel* vom 19.09.2011.

S. 214: Raffaella Silvestri, *Reality TV for Italian Writers*, in: *New York Times* vom 23.04.2014.

S. 217: Daniela Cipolloni, *I suicidi non sono aumentati per la crisi*, in: *Wired* vom 09.05.2012.

S. 220: *AFP, Schuldenkrise in Italien: Fast täglich nimmt sich ein Mensch das Leben*, in: *Der Tagesspiegel* vom 18.04.2012.

S. 225 f.: Stephen J. Dubner, *The Suicide Paradox*, im Podcast *Freakonomics* vom 21.06.2011.

S. 226: Markus Fritzsche, Gerhard Ebner, Mario da Silva, *Multipler Suizid bei den Zuruwaha in Brasilien. Ein Populationsregulativ?*, in: *Suizidprophylaxe* 30, Heft 2, 2003, S. 46–52.

S. 231: Hans Wedler, *Hier auf Erden kein Bleiben mehr?*, in: *Heilbronner Kleist-Blätter* 21, 2009, S. 163–180.

S. 232: Heiner Müller, *Die Hamletmaschine*, in: *Der Auftrag und andere Revolutionsstücke*, Reclam 2005, S. 40.

S. 243: KNA/bas, *Professor vermutet Starkstrom im Grab Jesu*, in: *Die Welt* vom 03.04.2012.

S. 247: J. D. Salinger, *Der Fänger im Roggen*, aus dem Amerikanischen von Eike Schönfeld, Kiepenheuer & Witsch 2003, S. 31.

S. 251: Giuseppe Mazzini, *Scritti editi e inediti*, Daelli 1861, S. 9.

S. 263: Herman Melville, *Ein Leben – Briefe und Tagebücher*, aus dem Amerikanischen von Werner Schmitz und Daniel Göske, Hanser 2004, S. 473.

S. 263 f.: Mark Twain, *Bummel durch Europa*, aus dem Amerikanischen von Ana Maria Brock, Diogenes 1990, S. 404–405.

S. 278: dab/AFP, *Osterferien: Italienisches Fernsehen zeigt Turiner Grabtuch live*, in: *Spiegel online* vom 30.03.2013.

S. 281: Stefan Koldehoff, *Die Kunst über den Autos*, in: *die tageszeitung* vom 26.09.2002.